圖說

聽雨樓隨筆〔文史篇〕

圖說聽雨樓隨筆

【文史篇】

高伯雨

編選 譚然

OXFORD
UNIVERSITY PRESS

OXFORD
UNIVERSITY PRESS

Oxford University Press is a department of the University of Oxford.
It furthers the University's objective of excellence in research, scholarship,
and education by publishing worldwide. Oxford is a registered trade mark of
Oxford University Press in the UK and in certain other countries

Published in Hong Kong by
Oxford University Press (China) Limited
39th Floor, One Kowloon, 1 Wang Yuen Street, Kowloon Bay, Hong Kong

First edition published in 2018

ISBN: 978-0-19-098263-8 (三卷套裝)
ISBN: 978-0-19-800207-9

圖說
聽雨樓隨筆
[文史篇]

高伯雨著

2 4 6 8 10 11 9 7 5 3

目錄

春風廬聯話（初集、二集） 1
讀小說札記（《水滸》小考據） 239
讀小說札記（《二十年目睹之怪現狀》索引） 337

高貞白林翠寒等一九三〇年十月攝於汕頭四進樓上。高貞白剛自英倫歸來，在汕頭邂逅林翠寒。高穿著整齊，林與兩女友共擠一椅，林靠前坐，表現優雅大方。(許禮平供圖)

高貞白一九三五年二月，攝於汕頭(許禮平供圖)

高伯雨在香港美專二十年宴會上作畫，1977年

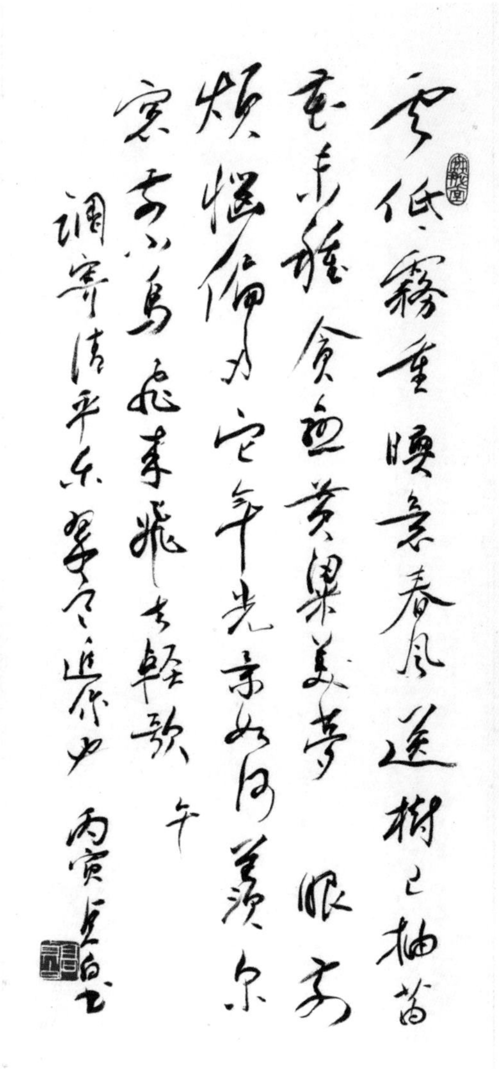

高貞白行書錄夫人翠寒詞 (許禮平供圖)

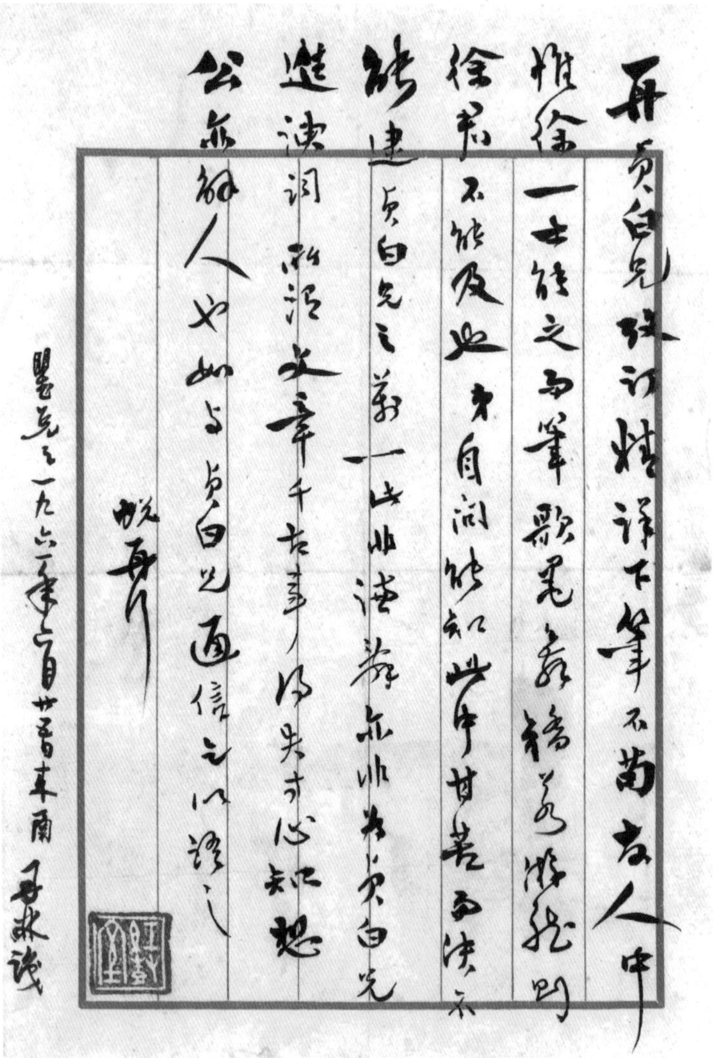

瞿兌之致陸丹林書札 (許禮平供圖)

春風廬聯话

知堂 知堂

春風廬聯語

天笑署

包天笑序

中國文辭中，有一種為他國文字所無有，而亦不能為他國文字所可企及，又無從倣效的，對聯是也。這不是近代開始，自周以來，見於載籍：如「滄浪之水清兮，可以濯我纓；滄浪之水濁兮，可以濯我足。」（論語）以及「昔我往矣，楊柳依依；今我來思，雨雪霏霏，」（詩經）都是排比之文。漢魏六朝以後，詩賦辭章，無一不為駢儷之句，不必言了。記得我們做童子時，開筆作文，先從對偶着手，因為將來作詩人，應舉業，一切文體，都需對偶。而文章中的別創一格的，卻是那些對聯。

對聯於中國社會上，用之最廣。用之於祝頌，用之於哀輓，用之於嬉笑怒罵；用之於廟堂，用之於園林，用之於書舍妝閣。更有涉於文章遊戲者，名曰巧對，巧不可階；目曰絕對，絕處逢生。我友春風廬主人，於學無所不窺，於書無所不讀，出其緒餘，編為聯話一集。斯非小道，凡品藻人材，扢揚風雅者，允宜珍視此一編也。

一九六一年七月，天笑誌於香港，時年八十六

自序

對聯在文學的園地中，雖然所佔的地位甚小，但它卻是園中的奇葩異草，為人們所愛。欣賞中國古典文學，非要有相當的學問不行，例如韓退之有一篇很好的古文，李太白有首很好的古體詩，辛稼軒有一闋著名的詞，要欣賞它，並不是讀過七八年書的人可以辦得到。對聯就不同了，即使在韻文已廢，語體文大興的今日，中學生也會欣賞，甚至也會應報紙怪聯之徵。由此可見對聯在韻文中比較詩選要通俗許多。因為學做詩，非下一番苦功夫不可，做得好與壞，還在不可知之數，對聯就容易得多了，只要略懂平仄，就是用語體文也可以寫出很好的對聯來。（語體文雖不講平仄，但有時在一句之中改換一兩字，平仄一調，便覺讀起來不同。至於報館的編輯，做個大標題，在這十多個字的偶句中，更要講平仄。）

是誰首先創造對聯，現在已無可考，唐朝人做詩最講究對仗，律詩中的兩聯，尤為一詩的菁華所在，有了名對，自然會為人欣賞傳誦，大概到唐末宋初，已有人專做對聯了。（孫星衍的《寰宇訪碑錄》說，宋朝的寇準，用八分書寫一對聯，刻石中，聯語為：「但知行好事；不必問前程」。）不過將聯語寫在紙上，裱成一對以為裝飾品，恐怕還是明朝中葉以後的事。至於將談對聯的文章出為專書，以我淺學所知，大概是清朝道光年間的福建人梁章鉅，他輯有《楹聯叢話》一書，頗風行一時，聯話祖宗，恐梁氏莫屬了。（他又著有《制義叢話》，專談論八股文字，但只盛行五六十年，後來廢八股，也沒有人再讀它了。）

我生平不善韻文，吟詩作對與我無緣，但頗喜歡聯話，二十年來讀書所見或友朋口述的佳聯，記得極多，偶然也寫些在報上發表，一九五八年八月，又在新加坡《南洋商報》的副刊，用「春風盧聯話」這一專欄發表了很多，積存至今，約有二百餘則，現在更取在新加坡《星洲日報》和香港幾家報紙所登載過的聯話，集為一書，仍用「春風盧聯話」之名，以記一時之事。

一九六一年八月十六日，伯雨記於香港之聽雨樓

漢光武諸葛亮

河南省的南陽縣，舊時是南陽府，府城樓上有一對聯云：

真人白水生文叔；
名士青山臥武侯。

梁章鉅的《楹聯叢話》稱其「對仗渾成，允稱傑構」，確實不錯。下聯任何人都知道諸葛亮隱居南陽。上聯的「文叔」，指漢光武帝。《後漢書》光武傳說「光武皇帝諱秀，字文叔，南陽蔡陽人。」縣有光武舊宅，宅枕白水，張衡所謂「龍飛白水」也。

《楹聯叢話》沒有說此聯作者是誰，大概已把它當作失名一類看待了。此聯卻是清初一個詩人宋聚業的詩句，全詩是：

真人白水生文叔；名士青山臥武侯。
水自奔騰趨漢口；山猶重疊枕城頭。
時來一夕收銅馬；事去經年運木牛。
太息興亡千載上，荒村野廟總悠悠。

全詩從頭到尾，一句詠漢光武，一句詠諸葛亮，實在配得過梁氏所讚之語。（宋氏字嘉升，江蘇長洲人，康熙間進士，官至吏部郎中，性剛直，以忤年羹堯死。著有《南園詩稿》。）

梁氏的《叢話》說：「或疑諸葛亮應稱忠武侯，但曰武侯，恐未盡善。然古人二字、三字謚，後人稱其一字者甚多，如衛之叡聖武公，只稱武公；貞惠文子，只稱文子；楚之頃襄王、秦之昭襄王只稱昭王，諸葛之稱武侯，亦其例耳。」看來似甚有理，但仍可以爭論一番的。孔明封的是武鄉侯，謚忠武，梁氏說他應稱忠武侯，已經不大對了。假如他說亮封武鄉侯，後人沿李德裕封衛國公，王安石封荊國公之例，將「國」字省去，只稱「衛公」「荊公」，那就無可非議了。

成都浣花祠

四川成都杜工部草堂之內，有浣花夫人祠。夫人姓任，不知其名，乃唐朝西川節度使崔寧的侍妾，封冀國夫人。祠中有長洲（今併吳縣）顧子遠（復初）一聯云：

一代紅妝，繼李波小妹；
數行青史，先石砫夫人。

殊未能盡浣花夫人的事跡，不算佳作。用李波、秦良玉典亦不切。李波是後魏時人，為一姓之雄，時出殘殺良民，為李安世所殺，事與浣花夫人不侔。浣花夫人的歷史，見宋人謝采伯的《密齋筆記》卷四，據云：「蜀郡西門可六七里，有杜工部草堂，潭以百花名，初未有花，冀國夫人在父母家時，有異僧墮污渠中，夫人為浣衣，而百花浮水上。工部嘗賦浣花流水之句。夫人歸西川節度使崔寧為小婦，節度入奏，夫人能散財破賊人楊子琳，邦人德之，即所居祠夫人，後草堂寺與祠並稱。端平丙申（案：宋理宗端平三年，即公元一二三六年）遭亂，郡城焚蕩，此等遺跡，闃自無恙。」

明人楊慎《升菴全集》卷四十九，「浣花夫人」條對於任氏封夫人的原因有說明。他說：「成都浣花谿，有石刻浣花夫人像，三月三日，為浣花夫人生辰，傾城出遊。地志云：夫人姓任氏，崔寧之妾。按通鑑成都節度使崔旰入朝，楊子琳乘虛突入成都，寧妾任氏出家財募兵，得數千人，自帥以擊之，子琳敗走，朝廷加旰尚書，賜名寧，任氏封夫人」。但《唐書》沒有說任氏封冀國夫人事。然自宋以來即有此稱，亦可謂源遠流長了。

江庸的父親江叔海（瀚）光緒初年在四川做官，他見顧復初一聯寫得很壞，自己想另作一對，但又作得不好，一直到光緒十八年（一八九二年），他才寫信到蘇州請俞曲園撰聯。曲園以新舊唐書都沒有說任氏封夫人之事，冀國夫人之稱，沒有根據。因撰聯云：

新舊書不詳冀國崇封，但傳奮臂一呼，為夫子守城，代小郎破賊；

三四月歷數成都盛事，且先遨頭大會，以流觴佳節，作設帨良辰。

此聯典雅工切，純用本地風光故事，遠勝顧聯十倍。《新唐書》卷六十九崔寧傳，大歷三年（代宗年號，公元七六六年），崔寧入朝，賜名寧（本名旰，升菴引通鑑言賜名在楊子琳被擊敗後，兩說不符，似以《新唐書》為準）。當他入朝時，留其弟崔寬守成都，楊子琳襲而據之，寬戰敗，任氏驍果，出家財十萬，招得勇士千人，將自擊之，子琳大懼，會糧絕大雨，子琳乃退出。俞曲園上聯就是根據這一段故事寫的。下聯「三四月」云云，按《老學菴筆記》云：「四月十九日，成都謂之浣花，遨頭宴於杜子美草堂滄浪亭，傾城皆出，錦繡夾道」。又，《成都記》云：「太守出遊，士女則於木床觀之，謂之遨床，故太守為遨頭；自正月出遊，至四月浣花乃止。」下聯説浣花夫人本三月三日生辰，四月十九日又是浣花節日，這都是成都的盛事。用「且先」二字，尤見靈活，真才人之筆也。這樣好的聯子，大概還會留到今日的。

廣州三君祠

八十年前，廣州的越秀山麓有鄭仙祠一所，祀的是安期生。每逢安期生的誕辰（陰曆七月廿五日），四方進香的善男信女雲集，有很多求子的婦女還在祠外露宿一宵，爭取燒頭炷香的機會。光緒十三年（公元一八八七年）四月，兩廣總督張之洞認為這是「崇尚虛無，罔資觀感」，將它改祀三國時代的虞翻（字仲翔，吳國人，被貶到廣州）、唐朝的韓愈和宋朝的蘇軾。他們被貶到廣東，對於當時嶺南的文化有很大的影響。張之洞因取「漢書」黨錮傳中之語，名之為三君祠，並集杜甫、李白詩句為聯云：

海氣百重樓，總為浮雲能蔽日；
文章千古事，蕭條異代不同時。

此聯集得極好，既切三君的身份，又很含蓄蘊藉。李太白詩「總為浮雲能蔽日」，下句是「長安不見使人愁」，有了上句，便很容易使人想到下句了。在唐宋時代，做官的人都樂意在京做官，尤其是文學侍從之臣，以日伴君王才過癮，一提到謫官，便如喪考妣，永無生入國門之望了。上聯的「日」字，也可說是指的君王，「浮雲」指的是「佞人」、「奸臣」。下聯說他們三人都是能文章之士，但是蕭條異代不同時，現在同在一祠，也算是有因緣了。

這時候，任廣東巡撫的是吳大澂，三君祠額就是由他以篆書寫的，他也撰一聯，篆書刻石上。聯云：

江湖忠悃三遷客；
嶺海人文百世師。

這一聯雖也切三君的身份，但情韻卻遠不及上聯了。廣州人拜安期生，自唐朝已然，白雲山腳有蒲澗寺，建於唐時，相傳安期生於七月廿五日在此飛昇。蘇東坡作詩刻石寺中云：

不用山僧導我前，自尋雲外出山泉。
千章古木臨無地；百尺飛濤瀉漏天。
昔日菖蒲方士宅；後來薝蔔祖師傳。
如今只有花含笑，笑道秦皇欲學仙。

三君祠地方甚大，又占風景幽勝之區，清代大官，每假此地歡讌顯宦（但讌學台、主考，則以比較隆重，多設席八旗會館）。一九一四年，龍濟光建碉樓，將三君祠拆毀，張吳兩聯及一額，皆置路旁，無人過問，此兩聯也成為後人的聯語資料了。

鄭成功祠

一九六一年陰曆干支是辛丑，三百年前一辛丑，是一六六一年，亦即是南明永曆十五年（清順治十六年）。是年鄭成功在廈門出師，將蟠踞在台灣的荷蘭人驅走了，於是台灣重歸中國的懷抱。二百三十四年後，到光緒二十一年（公元一八九五年），清廷將它割給日本求和，到一九四五年，日本無條件投降，台灣又重歸中國版圖。這一段歷史是很可紀念的。

同治十三年（一八七四年），福建船政大臣沈葆楨，以欽差出巡台灣，奏准清廷，在台南建立鄭成功祠堂，並請予謚。清廷准如所請，予謚忠節。葆楨撰祠聯云：

開千古得未曾有之奇，洪荒留此山川，作遺民世界；
極一生無可如何之遇，缺憾還諸天地，是創格完人。

光緒十一年，台灣設為行省，第一任巡撫是劉銘傳，光緒十五年他到台南謁延平王祠，也撰一聯云：

賜國姓，家破君亡，永矢孤忠，創基業在山窮水盡；
復父書，辭嚴義正，千秋大節，享俎豆於舜日堯天。

沈葆楨一聯，說得籠籠統統，好像在無可如何中着筆一般。劉銘傳一聯就寫出鄭成功被明帝賜姓朱，在家破君亡之後，走到台灣來創業。鄭成功的父親芝龍降清後，寫信叫他投降，他復信嚴辭拒絕。過後幾年，芝龍在北京全家被殺，滿清皇朝正是他的殺君父的仇人。不過劉銘傳下聯說在「舜日堯天」之下，鄭成功得以享俎豆於千秋萬世，還要仗滿清帝皇之力，這一層，恐怕鄭成功不願意的，正如沈葆楨替他請謚一般。鄭成功一生的志業，在驅逐滿人出境，恢復大漢江山，出師未捷身先死，子孫不肖，投降敵人，正是他的憾事。而他的同鄉沈葆楨居然不了解他，為他請謚，此豈鄭成功所樂聞，成功死而有知，也不多謝的。

延平王祠又有一聯，傳係最末一任台灣巡撫，其後又為台灣民主國總統唐景崧所作的。聯云：

由秀才封王，拄持半壁舊河山，為天下讀書人別開生面；
驅外夷出境，自闢千秋新世界，願中國有志者再鼓雄風。

另一傳說，上聯是唐景崧所擬，由丘逢甲所對的。此說恐不十分可信。今日台南的延平王祠，不知尚懸有此聯否？我真望中國有志的人，再鼓雄風呢。

台南又有鄭成功家廟，叫延平家廟，是鄭成功死後，他的嗣藩鄭經，擇地於承天府的寧南坊，建立家廟，祀其父及遠祖神位。（成功死於永歷十六年，公元一六六二年壬寅五月初八日未時。寧南坊即今日台南市忠義路，十八鄉及二十鄉之地。）

日本人得台灣後，曾改建延平王祠及延平家廟，他們叫延平王祠為「開山神社」，因為光緒元年初建之時，稱開山王廟也。家廟被日人改拆後，較原來已小許多。廟內當中懸昭格堂三大楷書額，係成功四世孫鄭某所書。鄭某又撰書昭格堂三聯，皆以昭格二字冠首。楝聯云：

昭烈題宗祊，疆開毘舍；
格誠興祖廟，派衍滎陽。

按鄭姓出河南省滎陽，因此滎陽為鄭姓族望。成功祖先自河南固始縣入福建，另一部分人住於潮州。據說成功的祖父是潮州人，故成功在永歷時，有晉封一字王（即親王）封為潮王之事。

正門聯云：

昭代偉人，不愧千秋俎豆；
格天烈士，真堪萬代馨香。

堂柱一聯云：

昭德啟孫謨，經文緯武；
格言承祖訓，移孝作忠。

據可靠的文獻，永歷十一年，封成功為潮王，成功謙辭不敢受。早在永歷八年，已封成功為延平王，成功亦不受，但九年四月，隆武帝已將延平王金印從雲南送來了。成功生前只稱招討大將軍，對於王爵之封是不敢受的，所以雖封一字王，他不拜命，後來因有延平王金印繳出，故稱延平郡王。

西湖林啟墓

西湖孤山上有林和靖處士墓，墓旁的「巢居閣」，今已改建為鋼骨水泥的建築了。林和靖墓側，舊日有林典史墳，今已不見。這個林典史名汝霖。字小巖（福建上杭人），署理仁和縣典史，死後，杭州人把他留葬於此。

在「巢居閣」上，有一斜坡，林迪臣太守的墳尚在，但祀林太守的祠卻不見了。太守名啟，與林琴南是同鄉，他在杭州做知府，勤於政事，很有建設，死後，杭州人士就將他的遺體留葬西湖，每年春秋二祭，杭人士都去上墳，並到林祠致祭。林太守墓道的石坊，扁額刻「古之遺愛」四字，款署「光緒辛丑仁和陳豪題」，旁刻聯云：

樹穀一年，樹木十年，樹人百年，兩浙無兩；
處士千古，少尉千古，太守千古，孤山不孤。

跋語云：「迪臣太守帥杭五年，創農學一，造書院學堂者四，又於孤山補梅，今成林矣。州人公請留葬此山，次於處士典史之墳，書此以志不忘。州人公獻。道光廿七年九月。」

案：陳豪字藍洲，是陳叔通先生的父親。林啟死於光緒廿六年，扁作「光緒辛丑」，辛丑是光緒廿七年——一九零一年，何以柱聯跋語作「道光」，恐怕筆誤。如果真的是筆誤，這一誤誤得很有趣，在兩浙金石史上倒也很可貴呢。

杭州冷泉

杭州靈隱寺前有一座飛來峰，據説是從西方靈境飛來的。在飛來峰附近，有一冷泉，明人的《西湖遊覽志餘》説，唐朝就有人在冷泉上築一亭，名冷泉亭，到宋朝，有個人來杭州做官，不知怎的將亭子拆去了，現存的還是明人所築，歷經修葺過的。亭有一聯，傳説撰寫皆出董其昌之手。聯云：

泉是幾時冷起？
峰從何處飛來？

這一問，便有無窮意思。又有一聯依此意以禪語出之，據説是「仙人」所作的。聯云：

泉自冷時冷起；
峰從飛處飛來。

浙江天台人范掄撰題一聯云：

滌熱腸，泉是冷好；
衛淨土，峰故飛來。

此聯見陸敬安《冷廬雜識》。他還說吳慶泰認為下聯的「故」字太過平弱，當以「特」字易之。又左宗棠題一聯云：

在山本清，泉是源頭冷起；
入世皆幻，峰從天外飛來。

在過去三十五年間，冷泉已淤塞，泉已不從地中噴起，只有冷泉上一亭翼然。一九五五年杭州當局疏濬泉源，將淤塞之處挖深，於是泉源再見，現在已日夜不息的噴珠濺沫了。

西湖靈隱寺

上海市文史館館長江翊雲（庸）先生，於一九六〇年二月九日下午死於上海，年八十三歲。江老先生是一個擅長文學的法律專家，詩文寫得都很好（他是詩人趙堯生的弟子），亦擅聯語。一九五六年五月我遊杭州，有一天去逛靈隱寺，新修的大雄寶殿，懸有一金字長聯，就是江翊雲先生的近作，我見此聯寫得很好，便抄了下來。（另有一長聯是張宗祥先生作的，因懸得太高，看不清楚，不能抄下，張君是一位著名的古典文學專家，精版本目錄之學，一九六一年八十歲了，三十年前一任浙江教育廳長，現任浙江圖書館館長，還不斷工作，整理古籍，有好幾種已出版了。）聯云：

古蹟重湖山，歷數名賢，最難忘白傅留詩，蘇公判牘；
勝緣結香火，來遊初地，莫虛負荷花十里，桂子三千。

西湖的平湖秋月，有一座御書樓，樓懸一聯，不知出誰氏之手，頗能寫風景之勝。聯云：

憑欄看雲影波光，最好是江蓼花疏，白蘋秋老；
把酒對瓊樓玉宇，莫辜負天心月到，水面風來。

御書樓下有光緒廿一年（公元一八九五年）乙未科狀元駱成驤（四川人）一聯云：

穿牖而來，夏日清風冬日日；
捲簾相見，前山明月後山山。

款署「西蜀駱成驤撰並書。」上聯之前書有「戊申仲夏」四字，知是光緒三十四年（一九〇八年）之作。這一聯頗見巧思，也切平湖秋月的風景，與上聯同是佳構。

江心孤嶼古蹟

浙江南部的永嘉縣，舊屬溫州府，辛亥後廢府，併入永嘉。永嘉在古時就以山水著名於天下，謝靈運到這兒做官，寫下過許多詩篇。永嘉城外的甌江中，有個江心孤嶼，上有江心寺，是北宋初年所建的，到了南宋，這個孤島卻變成兩度作為抗禦外侮的根據地。第一次是宋高宗南渡時，曾在這裏計劃抵抗金兵入寇，過了一百二十餘年，文天祥也在這兒抗元兵。

王十朋未發跡時，曾在江心寺讀過書，他是樂清縣人，字龜齡，號梅溪，廷試時，宋高宗親點他為狀元。（梅溪官至龍圖閣學士，著有《東坡詩集注》《春秋尚書論語解》《梅溪集》等書，為宋代一學者、名臣。）江心寺門一聯，相傳是王十朋所撰寫的，此聯傳誦已近千年，到今日仍膾炙人口，不過聯的字已非真跡，大概是後人重寫的了。聯云：

雲、朝朝，朝朝朝，朝朝朝散；
潮、長長，長長長，長長長消。

此聯一共二十字，上比相同的字八個，下比也是八個，初看起來，真令人有丈二和尚之感，驚歎狀元的才華與眾不同。但如果將上比第二個「朝」字和第五、第七個朝字，下比第二、五、七的「長」字圈破，讀作「朝見」的「朝」（音潮），和長大、上漲之「長」，那末，此聯的妙處，就完全出現了。這一聯只可以用於此寺，移到別的地方就不見得適合了。為甚麼呢？原來江心寺是建在孤島上的，島上樹木叢生，一片青綠之色，江水從上頭流到此處，江面特別寬，水氣受到鬱蒸，上結為雲霧，終日覆在樹林之上，久久不散，上聯即形容此景，下聯則描寫江上潮聲宏壯，因被江流阻激，發出怒吼聲的情形。更妙者是此聯的每一句只把三個不同的字連綴運用，組織成為一對極自然的偶對，洵才人之筆也！

文天祥祠也在孤嶼之上，兩柱所掛的聯對極多，有兩聯寫得頗好，不知出誰人之手。第一聯云：

花外子規燕市月；
柳邊精衛浙江潮。

這是寫文天祥在燕京被囚，並兼顧到在溫州的故事。第二聯有些是集成語的，集得很是渾成，正切合文丞相的身份。聯云：

久要不忘平生之言，古誼若龜鑑，忠肝若鐵石；

敢問何謂浩然之氣？鎮地為河嶽，麗天為日星。

南京莫愁湖

南京的莫愁湖，相傳為盧莫愁舊宅，明太祖與中山王徐達圍棋輸了，以此湖賜給他，因此湖上有勝棋樓。太平天國亡後，金陵損失慘重，許多古蹟都受到清軍破壞，後來曾國藩首先把那幾處有名的重修了。莫愁湖上的建築，也在這一役中給清軍破壞的，待到曾國藩重修後，已不是原來那個樣子了。

勝棋樓重建之後，上懸中山王像，下懸莫愁小影和曾國藩像。這個小影恐怕也是以意為之的，但也沒有人去理她了。薛時雨撰一聯云：

> 山温水膩，風月常存，幾人打槳清遊，倩小婦新弦，翻一曲齊梁樂府；
> 局冷棋枯，英雄安在，有客登樓閒眺，仰宗臣遺像，壓當年常沐勳名。

金陵本無莫愁，是後人附會，已為洪容齋説得很清楚了。不過製造一個美人出來，也可為河山增色不少。

同治十年（公元一八七一年），江寧藩司桂香亭重新修葺莫愁湖亭。是年九月，王湘綺從北京南歸，路經金陵，九月廿三日，桂香亭約他同遊莫愁湖，請他題亭子一聯，湘綺題云：

莫輕他北地燕支，看畫艇初來，江南兒女無顏色；
儘消受六朝金粉，只青山依舊，春時桃李又芳菲。

此聯寫得極好，怎知懸出後，江南人士大譁，認為侮辱江南女性，他們還說湘綺平時在文字中常說，湘軍在江南討妻子回鄉者，不絕於道，她們身穿羅綺，隨拙夫頗有得意。江南女子，多奴役丈夫，今有此報，活該云云。現在此聯又公然在江南勝蹟上侮辱女性，非搗毀不可。後來桂香亭出面調停，請湘綺修改一下，湘綺將上聯末句的「無」字改為「生」字，下聯第二句「依舊」改為「無恙」。於是江南人士才覺得氣平。

湘綺是九月廿二日到南京的，廿三日遊莫愁湖，廿四夜登輪船還鄉。十月初八日舟過彭蠡，是日日記云：「又寄題莫愁湖亭一聯云：『同治十年重新莫愁湖亭，桂香亭司使要遊索題，余案樂府詞，莫愁河中人，嫁盧氏，盧亦北方名族，而石城艇子說者歧異，蓋麗質佳名，流傳詞賦，如宋子、齊姜之比，不宜儕之蘇小、真娘也，故為引以諗好事云。』」（聯已見上，不再錄。）

日記中絕沒有提到金陵人士攻擊他的事情，而日記中之聯，已將「無顏色」寫為「生顏色」，「依舊」寫為「無恙」了。此處用「無顏色」，自然比「生顏色」好得多，不是這樣襯托，怎見得莫愁之美？一經改易，全聯就減色了。此聯《湘綺樓說詩》一書亦載之，下聯末句是「春來桃李又芳菲」，因此上下聯都有「來」字。日記作「春時桃李又芳菲」，似較勝。

黃鶴樓

武昌黃鶴樓，舊日建築在黃鵠磯上，為國中一名勝古蹟，可惜在光緒十年（公元一八八四年）燬於火。清末端方做湖廣總督時，在原址上建有兩層洋房型的警鐘樓（又名純陽樓），黃鶴樓上的一個大鐵頂也安放在此樓上。張之洞於光緒三十三年（一九〇七年）入京做宰相，湖北人士在黃鶴樓附近建一樓紀念他，名叫「奧略樓」，因此遊人都誤以奧略樓為黃鶴樓。其實真正的黃鶴樓已在人間消逝了近八十年了，最古的黃鶴樓，我們只能從項子京的「天籟閣宋人畫冊」中，略窺一二而已。（此書係三十年前商務印書館影印行世。子京明朝人，為中國著名收藏家。）

黃鶴樓之得名，據說費文禕成仙，曾騎黃鶴經過，在樓上休息。又一說仙人子安乘黃鶴過此，所以得名。後來經唐朝詩人崔灝題詩，李太白見了大為佩服，不敢在樓上再題，於是樓名更著於世。一九五五年武漢地方當局因築長江大橋，將舊黃鶴樓（即警鐘樓）拆毀，另在蛇山首義公園高冠山上，根據清代的黃鶴樓圖樣，另築一新樓。

黃鶴樓舊有楹聯極多，有題得很好的，也有很壞的，好的自然為人永遠傳誦下去，壞的早被人忘記了。現在且談一下那些名聯。

張之洞任湖廣總督十餘年，與黃鶴樓頗有關係。他在同治六年（一八六七年）十一月曾任湖北學政，重遊黃鶴樓，題聯云：

江漢美中興，願諸君努力匡時，莫但賞樓頭風月；
輶軒訪文獻，記早歲放懷遊覽，曾飽看春暮煙花。

之洞任湖北學政，正當太平天國滅亡後第四年，當時的人恭維滿清統治者為「同治中興」。之洞是文學侍從之臣，上聯自當作此語，但也勉勵一般人不可嬉遊佚樂，努力為國家服務。下聯第一句點明自己是學政的身份。學政是欽差，體制隆崇，與督撫平行，地方官巴結唯恐不及（清末新官制，改學政為提學使司，為督撫屬官，體制卑了）。第二句說他少年時曾來遊覽。之洞是直隸南皮人，以道光十七年（一八三七年）生於貴州興義府，到道光廿九年十三歲，回故鄉南皮應童子試，路經湖北，他三十一歲做湖北學政，回首前遊已十八年，當時是一童子（下一年十四歲，中秀才），往遊時，誰人識得他，現在是赫赫欽差，為官吏、士子、平民所尊敬了。書生得志，無怪他要感慨一番了。

光緒廿七年辛丑（一九〇一年），滿洲人端方做湖北巡撫，他集唐人詩句為聯云：

我輩復登臨，昔人已乘黃鶴去；
大江流日夜，此心常與白鷗盟。

端方做巡撫時，恰好之洞做總督，大權獨攬，端方尊稱他做老世伯，不敢與爭。到下一年之洞調任兩江，端方以巡撫兼署總督，得意非常，我們今日細味此聯，似乎也有寄託，上聯大概說老世伯已乘黃鶴去了，於是我就登台。下聯末句，自言與之洞無芥蒂。（張之洞端方督撫同城時，湖北人士有一聯譏之云：「端拱無為，遇事全推老世伯；張皇失措，大權全落丫姑爺。」冠首切督撫之姓。下聯言之洞寵用張彪，以婢女妻之也。）

胡林翼於咸豐五年（一八五五年）任湖北巡撫，到十一年病死，在此七年間，他坐鎮武昌，與太平天國革命軍作戰，黃鶴樓也有他一聯云：

黃鶴飛去且飛去；
白雲可留不可留。

張之洞做湖廣總督時，題黃鶴樓一聯，又與做學政時的口氣不同了，此聯全是總督身份。聯云：

昔賢整頓乾坤，締造皆從江漢起；
今日交通文軌，登臨不覺亞歐遙。

下聯頗有時代性，當他在湖廣任上時，努力建設，創各種工廠，又派學生出洋留學。「文軌」是「書同文，車同軌」的縮寫。

康熙年間一個大官員宋犖（字牧仲，河南商丘人），長於文學，為人極風雅，他所題的一聯最膾炙人口。文云：

何時黃鶴重來，且自把金尊，看洲渚千年芳草；
今日白雲尚在，問誰吹玉笛，落江城五月梅花。

這一聯只用本地風光和唐人詩意寫成，情韻悠長，真不愧才人之筆。同治年間，「中興名臣」李鴻章、彭玉麐都各題有一聯。他們都曾在江漢之間和太平軍作戰過的。李聯云：

數千里奔湍激浪，到此樓前，公暇一憑欄，江漢雙流相映照；
十餘年人物英雄，恍如夢幻，我來重訪鶴，滄桑三度記曾經。

鴻章於同治八年（一八六九年）做過十一個月湖廣總督，下一年調任直隸總督，由其兄瀚章升任。此聯大概是同治八年所作的。彭聯云：

心遠地天寬，把酒憑欄，聽玉笛梅花，此時落否？
我辭江漢去，推窗寄慨，問仙人黃鶴，何日歸來。

李太白詩有「黃鶴樓中吹玉笛，江城五月落梅花」之句，宋、彭之聯都用此意。陳兆慶（他的籍貫未詳，俟考）寫有一聯，頗有氣概。聯云：

一枝筆挺起江漢間，到最上頭，放開肚皮，直呑將八百里洞庭，九百里雲夢；
千年事幻在滄桑裏，是真才人，自有眼界，那管它去早了黃鶴，來遲了青蓮。

李聯芳題一長聯，頗膾炙人口，他能寫景寫情，感懷今古，自是情韻不匱之作，雖然比不上孫髯翁昆明大觀樓一聯那麼雄壯，但也不愧稱傑作了。（李字芝軒，陝西平利人，同治十年庶吉士，散館授編修，官至典禮院學士。）聯云：

數千年勝蹟，曠世傳來，看鳳凰孤岫，鸚鵡芳洲，黃鵠漁磯，晴川傑閣，好個春花秋月，祇落得賸水殘山，極目古今愁，是何時崔灝題詩，青蓮擱筆；
一萬里長江，幾人淘盡，望漢口斜陽，洞庭遠漲，瀟湘夜雨，雲夢朝霞，許多酒興風情，儘留下蒼煙晚照，放懷天地窄，都付與笛聲縹渺，鶴影蹁躚。

黃鶴樓的左邊，舊日有太白亭，後人呼為仙棗亭，久已不存在，從前盛時，遊人常在此亭觴詠，因此也留下了許多名聯，今錄於此，以存一時文獻。何紹基聯云：

千年仙棗不留核；
五月落梅猶有花。

畢沅一聯云：

攬勝我長吟，碧落此時吹玉笛；
學仙人漸老，白頭何處覓金丹。

又有一聯，作者不知何人，寫得非常切題，也可說是題太白亭的佳構了。聯云：

宛然海上三山，邈矣安期，先我亭前探棗實；
猶是江城五月，仙乎太白，與君笛裏聽梅花。

余本敦一聯雖題得平平常常，但因為舊日遊人多在此亭飲讌，所以還算寫得很切。聯云：

此地饒千秋風月；
偶來作半日神仙。

四川桂湖

四川新都縣城內，有一個桂湖，據説此湖是明朝才子狀元楊升菴（慎）的住宅，地廣三百畝，種滿荷花，湖堤則遍植桂樹，故名桂湖。清道光廿二年（公元一八四二年），縣令張宜亭將桂湖重新修葺，樓閣頗為不俗，蔚為縣中一古蹟名勝。第二年曾國藩放四川鄉試主考，九月考試完畢，道出新都，張宜亭在桂湖設酒席款待他，並請他撰聯，國藩撰云：

五千里秦樹蜀山，我原過客；
一萬頃荷花秋水，中有詩人。

上聯切作者自己，下聯切桂湖景色和它的舊主人楊升菴，堪稱佳作。費道純也題有一聯云：

宛在水中央，聚千古名士忠臣兩個；
生成香世界，看滿湖春風秋月四時。

升菴是四川新都人，中狀元後。因切諫明武宗（是明朝一個昏庸絕頂的皇帝）微行居庸關，博得忠直之名。其後世宗（也是一個大昏君，《遊龍戲鳳》一劇中那個正德皇帝）登位，因議大禮，升菴被貶往雲南，所以上聯説他合忠臣名士為一人。

昆明有楊升菴祠，築在碧嶢山上。他在雲南對於文化的溝通很有功勞，所以雲南人建祠祀之。中一聯云：

一水抱城西，雨晴濃淡，拄杖僧歸蒼茫外；
群峰朝閣下，煙靄有無，倚欄人在畫圖中。

濟南風景名勝

濟南為齊魯舊邦，人文薈萃，名勝古蹟，觸目皆是。我在廿五年前曾往暢遊，很留意到各處的聯對，可惜日子久了，大部分已記不清楚。現在試從聯語來一談濟南的勝概。

遊濟南的人，沒有一個不先遊趵突泉的，它是濟南四大名泉之一（其餘是金線泉、珍珠泉、黑虎泉），本是三股泉水的，二十年前，當地的官廳在池子裏用科學方法，增建三股泉水，並在近處開多一個池子，也建多三股泉水在內，總共變成九股了。新舊的泉水也有很大的差別，舊股噴出的水低，水色稍綠，新股噴出的水較高，色白，多含沫。舊股的是天然之物，一些機械之跡都沒有，新股就看出是人工經營的了。因為泉水由鐵筩裏向外噴沫，很清楚的看得出來。泉上有一個呂祖祠，數十年來香火甚盛，我往遊之時，韓復榘正做山東主席，將呂祖像從寶座搬下來，活埋在一個甚麼同鄉會（似為呂洞賓的同鄉人所創的）的義塚，將大殿改為宣講之所。趵突泉上有乾隆間人石藴玉一聯云：

畫閣鏡中開，幻作神仙福地；
天泉雲外聽，寫成山水清音。

這一聯頗能描寫此地之勝，妙在下聯「雲外聽」三字，因為泉水是在城中而不在城外山林的地方，但泉水飛來，似乎在雲外聽到琤瑽之聲，恍惚山水清音也。又有無名氏一聯云：

空洞洞天，作非非想；
活潑潑地，故源源來。

此聯不純從寫景着手，似以禪理出之。

濟南地勢甚低，有七十二名泉，泉水散流匯為大明湖，湖占城內地三分之一，沿湖盡植柳樹，兩岸多亭、台、祠、寺，湖前有匯泉寺，寺中舊有薛荔館，面湖而立，遊客每在此處宴集，可以將湖中勝景一望無餘。後來湖面被蘆港荷塘所隔，舟行就要曲折隨之，更覺得有趣。館中有一聯云：

舟行着色屏風裏；
人在迴文錦字中。

此聯不知何人所撰，寫的人是濰縣教官郭銘盤。湖濱有鐵公祠，其前軒有一聯最膾炙人口，作者劉金門，聯云：

四面荷花三面柳；
一城山色半城湖。

真能切大明湖的景色，絕不能移置別處也。又有孫星衍集唐句一聯云：

地占百彎多是水；
樓無一面不當山。

也是傑構。湖之東北岸，有南豐祠，崇祀北宋的大文豪曾子固（鞏），廟貌莊嚴，聯對極多。我最喜歡的一聯，忘記出諸誰人之手。聯云：

北宋一燈傳作者；

南豐二字屬先生。

子固是江西南豐縣人，為唐宋古文八大家之一。宋神宗初年，他曾任齊州（即今日之濟南）的高級長官，在任時，曾鏟除當地的大惡霸，民心大快。一方面他又能為人民興水利、修農田、創學校，他死後，山東人士才築祠紀念他。

歷下亭是濟南最著名的地方，杜甫李邕曾在此亭讌集。杜工部詩云：

海右此亭古；
濟南名士多。

此亭遂傳不朽，現在亭中還存有此聯，不過改「海右」二字為「歷下」而已。龔易圖（字靄仁，福建閩縣人，咸豐九年翰林，官至廣東布政使，工詩，有「烏石山房詩集」。）一聯云：

李北海亦豪哉，杯月相邀，頓教歷下古亭，千古入詩人歌詠；
杜少陵已往矣，湖山如昨，為問濟南過客，有誰繼名士風流。

無名子一聯云：

勝景畫圖開，憶杜老當年，豪氣縱橫傾北海；
酒痕襟袖滿，自杭州至此，風光明媚似西湖。

古文家張裕釗（字廉卿，武昌人）也有一聯云：

活水問源頭，七二名泉隨地湧；
好山排對面，一千尊佛隔城看。

此聯分寫從亭中所見的山水，因千佛山在城外四里之地，故下聯云云也。歷下亭於咸豐九年己未（公元一八五九年）重修，何紹基題一聯云：

山左有古歷亭，坐攬一帶幽齊之勝；
大清當今萬歲，時為九年己未所修。

聯字集蘭亭序。此聯撰寫到今已是一百零一年了，不知今日還存在否。

歷城縣舊是濟南府的首縣，自一九三七年，歷城縣治移去王舍人莊，舊歷城縣已劃入濟南市了，因此舊歷城也算是濟南地方。記得張之洞有題歷城縣衙門一聯云：

襟帶七十二泉，到處皆馬蹄秋水；
領袖一百八縣，無時不虎尾春冰。

歷城縣衙門久已不存，這一聯諒也不存在，只留為後人寫聯話的資料了。

漱玉泉所在地是北宋詞人李易安的故居，其地何在，我沒有法子尋出。聞說一九五八年山東當局已將漱玉泉整理，將李清照故宅擴大為紀念堂。一九五九年八月，郭沫若往遊，當政人士請他為紀念堂寫一對聯，郭沫若欣然命筆，為撰聯云：

大明湖畔，趵突泉邊，故居在垂楊深處；
漱玉集中，金石錄裏，文采有後主遺風。

郭君此聯，見某報，他還有說明云：「大家知道李清照的詞集名《漱玉集》，她的前夫趙明誠撰有《金石錄》是有名的，毫無疑問，有李清照的勞績在裏面。」案：李易安的詞集名叫《漱玉詞》，不叫《漱玉集》，若改為「漱玉詞中，金石錄裏」，不止更近事實，就是在平仄上讀起來也順口得多了，鄙意如此，不知郭君以為如何。《漱玉詞》一卷，是不完全的集子，後附有〈金石錄後序〉。胡仔的《苕溪漁隱叢話》說李清照再嫁張汝舟，李心傳的《紹興以來繫年要錄》說她與後夫構訟事，早已為後人考證，將此說推翻了。考得最翔實的無過清儒俞正燮與李慈銘，他們都羅列可靠的證據。證明易安並沒有再嫁。說她「守節」的似乎有「衛道」之嫌，而郭君今日說「她的前夫趙明誠」，似乎是說她再嫁了，而有「解放」之意。誰說的對，且留待後人去打筆墨官司好了。郭沫若又有辛棄疾紀念祠（在濟南）聯云：

鐵板銅琶，繼東坡同唱大江東去；
美芹悲黍，冀南宋莫隨鴻雁南飛。

潮州名聯

我不到潮州已廿多年了，以前在故鄉居住時，每年總得去遊潮州市一次。自一九三七年二月一別至今，時形夢寐，因寫聯話，便記起有許多關於潮州的佳聯，現在分別寫出來給讀者欣賞。

一九二一年至一九二五這五年間，陳炯明的部將洪兆麟蟠踞潮州，他愛潮州的富庶，又愛潮州的風景，因此大力經營潮州的西湖，使它成為風景區。洪兆麟在潮數年，本無善政可言，如果勉強說有，就是他將西湖搞好了。

西湖最盛之時，有一韓江酒樓開設在附近，主人在開張前曾出重金徵聯，一時應徵者數百，其冠軍一聯為鶴頂燕尾格，作者不知為誰，盡將韓江酒樓四字分別嵌入聯頭聯尾，頗能傳誦一時。聯云：

韓愈送窮，劉伶醉酒；
江淹作賦，王粲登樓。

潮州人從前最崇敬安濟聖王，王廟在南門外青龍廟內，祀的是王伉。到底王伉是甚麼人，我一時還想不起來，潮人對他崇德報功，必是有功於地方人民的。每年陰曆正月，安濟聖王出會，熱鬧非常。青龍廟前，有一寫景極生動的對聯云：

船如梭，橫織江中錦繡；
塔作筆，仰寫天上文章。

原來此廟前臨韓江，客船渡船，風帆片片，來往極繁。斜岸是涸溪塔，和仙洲村頭的鳳凰台對峙。涸溪塔建造得雄壯渾厚，挺立江濱，塔頂直聳雲霄，活像如椽大筆。此聯描寫的風景不止是工切，讀起來也能使人心曠神怡呢。

蘇東坡到過廣州惠州，但未到過潮州。凡是他所到過的地方，大都有個西湖，可惜的是潮州的西湖他未見過。潮州西湖有一聯，在聯語中，補東坡此憾，也可謂善於着筆矣。聯不知出誰人之手，待考查。聯云：

湖名合杭潁而三，水木清華，惜不令大蘇學士到此；

山勢分村郭之半，樓台金碧，還須倩小李將軍畫來。

杭州的西湖馳名天下，人所共知，蘇東坡嘗為杭州太守。不過西湖之名，中國有的是，如果查地理書，查起來也許有幾十個，但大多數沒有盛名，只是經詩人到過而生色的才為人所重。安徽的阜陽縣西北三百里之處，有潁河經過，匯合諸水之地也，唐詩人許渾曾為潁州從事，有一次在諸水匯合之處飲讌，他的詩有「西湖清晏」之句，所以也名西湖。宋朝的晏殊、歐陽修、蘇軾相繼為太守。上聯的「潁」就是這樣而來的。

潮州韓文公祠，有一聯也不知出誰人之手，聯云：

天意啟斯文，不是一封書，安得先生到此？
人心歸正道，祇須八個月，至今百世師之。

下聯最後一句，雖然未免誇大一點，近六七十年，潮人已不師韓愈了。不過韓文公之名在潮州人中最響亮，歷史上謚文者不知凡幾，文公亦不知凡幾，只有韓文公為一般人所知。（唐末的韓熙載謚文，人亦稱韓文公）韓文公似乎為韓愈獨佔，亦「百世師之」之意乎？

潮州韓文公祠佳聯，我還記得有一對很好的，此聯是光緒末年一個知府李士彬所題的。士彬字百質，湖北蘄水縣人，同治四年乙丑科進士，入翰林，散館以知縣用。他在潮州做知府數年，很有惠政，為人民所愛戴。這時候他已經七十歲，快要歸隱了。他所題的聯是這樣的：

我道非耶，六經以外無文章，韓山屹立；
征夫遑止，大行之陽有盤谷，李愿歸來。

下聯用韓愈《送李愿歸盤谷序》故事，本地風光也。士彬同時又有題金山書院藏書樓云：

吁嗟乎、此樓長貯此書，便是昇平日月；
歸去來、太守自慚太老，會見多士風雲。

金山在城東北隅，上設金山書院，辛亥後改為省立第四中學，張競生、杜國庠（一九六一年一月十二日逝世，年七十三）都以潮州名士出任校長。清末知府張聯桂（江都人，字丹叔）題聯云：

明月共天涯，看雲影波光，恍疑身在江南，訪當年佛祖談禪，詩仙留帶；
春風移嶺表，趁蕉陰椰葉，偶爾步來城北，問何處韓公遺碣，常相殘題。

上聯以鎮江的金山來陪襯，下聯的「常相」，指唐朝的常袞，他在金山上勒有「初陽頂」三字，見《一統志》。常袞京兆人，唐德宗時貶潮州刺史，後來任福建觀察使。閩人初未知興文教的重要性，常袞為設學校，於是文化日興，閩人比諸潮之韓愈。

潮州的韓山，有韓山書院，也是紀念韓文公的。辛亥後，由學堂改為中學，後來似乎又改為師範學校，校產之富，僅次於金山中學。這個韓山書院，舊日與金山書院並稱，一九二五年我第一次遊潮安，訪杜國庠先生於金山中學，他帶我漫遊各名勝，見韓山書院一聯，不知出何人之手，聯云：

奉以為師，學有經術，通知時事；
號稱易治，篤於文行，延及齊民。

此聯頗能道出舊日潮州文士的性格及潮人對韓文公的崇拜。潮州一向有「易治」之稱，大抵潮人怕事，最怕官府，有錢人都寧願破財消災，於是就「易治」了。

舊日潮州的鹽務主管機關，叫做鹽運使，清朝叫鹽運司運同，一向是個肥缺。光緒初年，山東人喬文蔚做潮州運同，金武祥（江陰人，在廣東官場一個長時期，民國初年才逝世）為題運署聯云：

憲使許分猷，會典居府廳州縣而上；
鄰疆歸統轄，職掌在潮嘉汀贛之間。

上聯說運同的官階與知府同是從四品，但在「會典」上，卻前過知府。下聯就有趣了。廣東的運同引地，跨三省（粵、閩、贛）、四府州（即潮州府、汀州府、贛州府，嘉應州），各處的鹽務都歸他管理。這一制度，直到民國成立後若干年還不廢。現在運署的遺址何在，已少人知道，大概已成古蹟了。

廣州海山仙館

廣州荔枝灣，有一部分地方是舊日大富豪潘仕成的荔香園，又名海山仙館。仕成雖然一介商人，以鹽業及洋務起家，但文學根柢甚優，非如今日暴發戶那樣草包的，他還是欽賜舉人呢。海山仙館的荷花與荔枝最為著名，園中有一聯，不知出誰人之手，聯云：

荷花世界；
荔子光陰。

此聯久已傳誦於世。翁同書在咸豐初年到廣州，住在海山仙館（同書之父心存，道光間曾為廣東學政，翁同龢其弟也。同書官至安徽巡撫，因事革職逮問）。他寫撰的聯云：

珊館迴凌霄，問主人近況何如，剛逢官韻寫成，叢書刊定；
珠江重泛月，偕詞客清遊蒞止，最好藕花香處，荔子紅時。

海山仙館佳處，在有天然山水，樓台出水中，奏樂時，絃管起於水上，此為一特色。上聯言主人刻成《佩文韻府》、《海山仙館叢書》。下聯仍用荷花荔子，本地風光，為園中「典故」也。潘仕成亦有一聯云：

池館偶陶情，看此時碧水欄邊，那個可人，勝似荷花顏色；
鄉園重涉趣，憶昔日紅塵騎上，幾番過客，虛拋荔子光陰。

相傳此聯係主人在北京得舉人後，無參加會試，即歸廣州，到家時，恰值最寵愛的一個侍妾死去，故上聯云然。下聯有悔在京塵求官，而將荔枝造錯過了之意。聯雖然不算上乘之作，但一班「洋務」人才卻難比得上他呢。

劉莊許莊

一九五九年六月，友人木易先生在某報《羊城談往》中，兩次談及劉學詢，文中提到劉園有一聯：

無奈荔枝何，前度來遲今又早；
又乘蘇舸去，主人不醉客無歸。

說是出於一位大名士和書法家的紀實之作。木易先生沒有說明這個大名士是誰，但據我所知，是何子貞（紹基）。此聯本是潘仕成荔香園（海山仙館）之物，何以後來為劉園所有，大概是仕成失敗後，為劉學詢所得。蘇舸是海山仙館的遊艇，何子貞兩度南來都吃不到荔枝，故為園主人作此聯。下此「主人不醉客無歸」，後三字應作「客常醺」才是。劉園遺址已於民國初年改為昌華大街了。蘇舸是潘家之物，與劉無涉，木易先生說劉亦有蘇舸之名，恐係誤傳，劉為人不喜剽竊，他自有新意的。（何子貞聯亦見滿洲人李繼昌的《左菴瑣語》。）

劉學詢起家並不靠李鴻章，鴻章來廣東做總督，事在光緒廿六年（一九〇〇年），那時候他搞闈姓發財久矣。木易先生說他隻身走上海鑽鴻章門路大開闈姓而成巨富云云，皆與事實未盡符。廣東闈姓自光緒十年張之洞、彭玉麐主張重開，籌餉抗法國侵略，一直到光緒末年岑春煊做兩廣總督才禁絕，此二十年間，時禁時開，劉學詢已撈到不少了。鴻章來做總督，要辦清鄉無款，所以靠劉去籌款，倒可以說是李鴻章鑽劉的門路呢。

劉學詢的詩文頗優（他是光緒十二年進士），西湖劉莊有他作的一聯云：

五月荔枝紅，千里鄉心吹不斷；

六橋楊柳色，兩家春色好平分。

原來劉莊附近有許莊，是番禺許苓西（名炳榛，廣州高第街許家的子弟，做過日本領事）的別業，故下聯有「兩家」之語。

廣州晏公街，六十年前有武林會館，後來賣給廣州市商會，一直到十年前還是商會會址。道光末年，武林會館築戲台，杭州人梁晉竹為題一聯云：

一闋荔枝香，聽玉笛吹來，遍傳南海；
雙聲楊柳曲，問金樽把處，憶否西湖？

劉聯似乎是套自梁聯的情調，而韻味不及原作，但兩聯都是寫客居他鄉而不忘故鄉的。（梁聯見他所著的《兩般秋雨盦隨筆》。）

愚園

舊日上海租界時代，外國人強蠻不講理，霸租界不足，更越界築路，將滬西一帶都占為租界，其中有愚園路者，到民國十三四年之時，成為「高級」的住宅區。

愚園路之得名，因為四十年前有徐某所築的愚園，當時靜安寺路一帶還是郊區，地方遼闊，愚園占地頗大，有亭榭樓台，花木湖山之勝，一到下午，一班妓女就和恩客坐馬車來遊玩，車可直入園中行一周。袁子才之孫翔甫為題一聯云：

關心燕燕鶯鶯，繞疏林覓覓尋尋，渾不問暮暮朝朝，風風雨雨；
觸目紅紅翠翠，度曲徑行行去去，越顯得齊齊整整，嫋嫋婷婷。

又題園中茶樓一聯云：

東園載酒西園醉；
花下題詩月下歌。

袁翔甫在上海充名士，日與妓女來往，所以上一疊字聯可說是有所說說名妓了。他這一聯不用真名發表，只用「倉山舊主」筆名，因為隨園在金陵小倉山下也。

前記舊日上海的愚園疊字聯，現在想起還有幾對也是疊字的，一併談談。

劉樹屏題愚園裏面的一個花神閣聯云：

花花葉葉，翠翠紅紅，惟司尉香着意扶持，不教雨雨風風，清清冷冷；

鰈鰈鶼鶼，生生世世，願有情人終成眷屬，長此朝朝暮暮，喜喜歡歡。

劉氏此聯是仿西湖花神廟的，花神廟舊有一聯，不知出誰氏之手（一說李衛，一說俞曲園），聯云：

翠翠紅紅，處處鶯鶯燕燕；
風風雨雨，年年暮暮朝朝。

蘇州的網師園，二十年前張大千兄弟曾租去居住，張善子還在園中養一老虎。舊有聯云：

風風雨雨，暖暖寒寒，處處尋尋覓覓；
鶯鶯燕燕，花花葉葉，卿卿暮暮朝朝。

有人做愚園疊字聯為報館題聯云：

好好醜醜，事事詳詳細細；
非非是是，天天說說談談。

又有人倣題戲院及贈妓女紫雲，但皆不如原作，今錄左：

武武文文，齣齣吹吹打打；
男男女女，人人聽聽看看。

紫紫紅紅，花花葉葉；
雲雲雨雨，暮暮朝朝。

關廟聯

陳繼昌中三元後，據傳過了若干年，簡放為江蘇鄉試主考官。清初以江蘇、安徽合稱為江南省，與江西同隸屬於兩江總督，因此江南地面極大，而又文風極盛。（所謂「文風」，指科舉時代出狀元、翰林、進士、舉人而言，多者謂文風盛，少者謂文風衰，亦猶今日言某處文化水準高，某處水準低也。）繼昌是廣西臨桂人，廣西是邊省，一向文風不振，這回出了個三元，又奉派為江蘇主考，而江蘇出狀元最多，自然不為江蘇人放在眼內。相傳考試完後，當地的文人嘗以文字難他，他都應付裕如，並沒有失去面子。因此江南士紳大為悅服。

恰巧蘇州城內有一座新建的關帝廟落成，眾士紳請陳三元作一副對聯，寫後刻在石上，以為蘇州人士增光。陳三元答應了，但要一字不能改易，眾人一口應承。繼昌倒也大才槃槃，不愧三元之稱，立即用《三國演義》關羽本身的故事，撰一雅俗共賞之聯云：

匹馬斬顏良，河北英雄皆喪膽；
單刀會魯肅，江南名士盡寒心。

眾士紳見此聯後，只有面面相覷，苦笑而已。他們明知陳三元故意挖苦江南人物，以報他初到貴境時被江南士人輕視之意。他們意欲不接納這一對聯，但已有約在先，不能反口，又不敢公然向主考抗議，只好像啞子吃黃連一般，連聲說好，雙手接受了，刻在石柱上。（繼昌是嘉慶廿五年庚辰科三元，官至布政使。今日桂林省城尚有他的三元坊存在。）

舊日神權時代，國中關羽廟隨處皆有，大有「有井水處」即有關廟之概。有關廟就有聯，聯多陳陳相因，絕少滿人意者，前見某書記某處關廟一聯，比較有新意，可惜已忘記作者是誰，一時也找不到那本書了。聯云：

惠陵煙雨，涿郡風雷，在昔同袍與一旅；
魏國山河，吳宮花草，於今裂土笑三分。

劉備死後的葬地名叫惠陵，他和張飛同是河北涿郡人。「魏國」指曹操集團，「吳宮」指孫權集團，他們和劉備三分天下的。前人曾集唐詩為關廟聯云：

吳宮花草埋幽徑；
魏國山河半夕陽。

此聯略用其意。關羽的家世最不詳，後人所作的甚麼「關侯世系」，類多不可信。宋牧仲的《筠廊偶筆》說他的夫人姓胡，不知確否。有人作關夫人廟聯云：

生何氏，沒何年，蓋弗可考矣；
夫盡忠，子盡孝，得不謂賢乎？

以羌無故實之事，不得不作此活筆，亦可謂立言得體了。

現在另有幾對好聯，可為一談。

浙江富陽緱嶺，有關廟一聯，表面寫得極好，但還可以議論一番的。聯云：

此吳地也，不為孫郎立廟；
今帝號矣，何須曹氏封侯。

此聯之好，好在只能用於富陽，別處就不大適合了。原來孫權是吳郡富春人（晉時因避諱，改春為陽，但江仍名富春江），上聯有譏孫郎之意，下聯言關羽後來封帝號，不必曹操封侯了。其實封關羽為漢壽亭侯是漢獻帝，不是曹操下「聖旨」的。作聯者不知何人，本意想幽默曹操，適見弄巧反拙。

其實富陽並非沒有孫氏父子之廟，在六七百年前，關廟未大興，關羽未行死運時是有的，其廢也，亦如蔣子文廟在江南興了一時又衰落一般。關羽得到明清帝皇之力，死後大行好運，享了五百多年煙火之福，到今日民智大開，已經沒有人拜它了。

清咸豐初年，俞曲園先生做河南學政，題汝州關廟一聯，寫得極好，不愧才人之筆。聯云：

> 廟貌遍塵寰，此間地接許昌，請看魏國山河，徒留芳草；
> 軺車遵汝水，使者家居苕霅，願與故鄉父老，同拜靈旗。

巫山有關廟一所，聯頗壯，不知出誰人之手。文云：

> 山勢西來猶擁蜀；
> 江聲東下欲吞吳。

舊日廣州城西九曜坊，有一所華陀廟，據倪鴻的《桐陰清話》說，廟有華陀祖師降壇所寫的一聯，文云：

愧當代以醫名，未能與奸雄破腹穿胸，把他心腸易換；
慨沈疴非藥治，願各從平日修身積善，默邀神鬼扶持。

迷信的人，必定深信此乃華陀所作。後漢時代的人，不興作對聯，而華陀居然會迎合潮流，在清代降壇之時，大寫唐宋以後所興的聯語，可見他頭腦甚為開明，不像二十世紀六十年代某些人仍要大寫兩漢古文也。我猜，如果華陀今日會降壇，必寫白話文無疑。代華陀寫此聯的那個神棍，只熟讀《三國演義》，《三國志》沒有讀過，所以才寫出此聯。與倪鴻同時的浙江人陸敬安，他的《冷廬雜誌》也載有某地華陀廟聯云：

未劈曹顱千古恨；
曾醫關臂一軍驚。

又云：

岐黃以外無仁術；
漢晉之間有異書。

陸氏說前聯曹顱關臂事，皆不見正史，不若後聯之大方。所說不愧通人，《三國志》關羽本傳說羽為流矢中臂，一醫士為之破臂骨取箭頭，並無說此醫是華陀，小說硬將華陀拉上去。正如世人所傳關羽讀《春秋》一事之可笑。關廟聯云：

> 聖以武成名，剛毅近仁，於清任時和中，又增一席；
> 直於古有獲，春秋卒業，在詩書易禮外，別有專經。

因此許多人畫關羽像手握線裝《春秋》一本（漢朝有線裝書，亦大奇）。關羽能讀《春秋》，只見於《三國演義》小說，正史未之見，但《三國志》本傳，裴松之注語引《江表傳》云：「羽好左氏傳，諷誦略皆上口。」俗傳其好《春秋》，當然是從此傳會而來。但傳自傳，經自經，不同一物，且「略皆上口」，則關羽之諷誦《左傳》之程度，亦如小童讀書念一番耳，以視有《左傳》癖而作集解的杜預，尚非其倫也。

關羽只讀《左傳》不讀《春秋》，而作聯人硬說是《春秋》，頗有造作之嫌。洪亮吉一代通人，他的《北江詩話》有一段云：

> 今關神武廟遍海內，然柱帖絕少佳者。余少時有代人作二聯云：「一樣英雄感騅逝；千秋家國尚鵑啼。」又云：「左傳癖應開杜預；季興功足抵岑彭。」近遊三天洞，道出孫家埠，里人方新神廟，乞作一柱聯長句，余為題云：「稍緩須臾，匝歲即元稱章武；庶幾夙夜，一篇

亦志在春秋。」

洪氏為一代學者，所作自是不凡，他根據正史，說關羽讀的是《左傳》，但第三聯忽又出現《春秋》，未免使人疑其前後矛盾，其實此處之《春秋》是活用，指關羽的志事在《春秋》，《春秋》是嚴於褒貶，以杜亂臣賊子的，不是說他讀《春秋》也。

戲台聯

北京有戲院名叫慶樂園者，三十年前已歇業了，有一聯極為人傳誦，聯話中凡提及戲台聯者，無不談到它的。聯云：

大千秋色在眉頭，看遍翠暖珠香，重遊瞻部；
五萬春華如夢裏，記得丁歌甲舞，曾睡崑崙。

相傳此聯出於吳梅村之手，但又有一說是龔芝麓所作的。龔定菴題顧橫波小影的百字令詞，有句云「五萬春花如夢過」，注云：「京師某家劇樓，有楹帖一聯曰……（聯語見上，不再錄），相傳尚書作也。」尚書即指龔芝麓，芝麓降清，官至禮部尚書也。定菴熟於掌故，他說

「相傳」，還不敢作肯定之語。今人鄧之誠先生的《骨董瑣記》卷三，記此聯云：

大柵欄慶樂園有「大千秋色在眉頭」（云云）……膾炙人口。相傳出吳梅村筆，又謂龔芝麓，恐皆非。彼辱身二姓，豈不忸怩思諱，安肯自道身世如此？蓋遺老余澹心一流人所為也。傳者每譌「睡」為「醉」，醉字終隔一層。

鄧先生這樣說法，頗有見地。不過，我認為出諸龔芝麓之手，並非不可能，芝麓為人是不顧羞恥的，名教二字，他更不在乎。他投降清朝，自以為一件光榮的事情，甚至他丁憂扶柩還鄉，他還一路上大作豔詩，像這樣的「遺老型」聯語，他是寫得出的。

某年元旦，有一個名士為慶樂戲園作冠首聯云：

慶春王正月；
樂天子萬年。

聯頗堂皇，在封建時代確是稱得上佳作。近年所見書中記戲台的聯頗多，現在就手頭所有者，擇尤錄出，各聯多白描，少用典故，又能確切不能移作別用。相傳圓明園戲台有一聯，出某太監之手（一說是乾隆皇帝所作），聯云：

堯舜淨，湯武生，桓文丑旦，古今來幾多腳色；
日月燈，雲霞彩，風雷鼓板，宇宙間一大戲場。

又一聯云：

堯舜生，湯武淨，五霸七雄丑末耳，伊尹太公便算一隻好手，其餘拜相封侯，不過搖旗吶喊稱奴婢；
回書白，六經引，諸子百家雜說也，杜甫李白會唱幾句亂彈，此外咬文嚼字，大都沿街乞食唱蓮花。

兩聯的口氣頗大，表現「天家」的派頭，掛在皇宮的戲台真恰切不過。一說此二聯不是宮中的，但已不可考了。

作戲台聯，要正喻夾寫，方見得遊戲三昧之妙，今有數聯於此，不知屬於哪一個戲台，大概從前好些戲台都有用它，也不知出何人之手了。

人情到底好排場，耀武揚威，任你放開眉眼做；
此事原來仍假局，裝模作樣，惟吾踏實腳跟看。

又一聯云：

問誰入世不諧容，澤粉塗脂，識破總非真面目；
何物嚇人真惡態，摩拳擦掌，看來盡是假威權。

又一聯云：

你也擠，我也擠，此處幾無立足地；
好且看，歹且看，大家都有下場時。

以上數聯很是淺顯，不一定是有很高文化水準的人才看得懂。薛時雨是同治初年的大官兼名士，他有題某戲台一聯，頗有意思。聯云：

休羨他快意登場，也須夙世根基，纔博得屠狗封侯，爛羊作尉；
姑借爾寫言醒世，一任當前炫赫，總不過草頭富貴，花面逢迎。

甘肅省城某神廟的戲台一聯，相傳是左宗棠所作，其時左已拜相，寫戲台亦自寫也。聯云：

都想要拜相封侯，卻也不難，這裏有現成榜樣；

最好是忠臣孝子，看來容易，問他做幾許功夫。

梅蘭芳遊美戲台聯

一九二九年年底，梅蘭芳準備往美國演戲，關於戲台上佈置，曾請專家設計，就中齊如山則主張倣故宮戲台之式，於是依照故宮戲台的樣子畫了下來，製成紙版，帶到美國。故宮的戲台，類多有聯，梅蘭芳時代，與故宮有皇帝的時代不同，自不能依樣葫蘆把原有的聯也鈔了去的。於是梅蘭芳的「秘書」黃秋岳就替他撰了一聯，聯云：

四方王會夙具威儀，五千年文物雍容，茂啟元音輝此日；
三世伶官早揚俊采，九萬里船舟歷聘，全憑雅樂暢宗風。

這一聯寫得極好，不愧才人之筆，黃秋岳的「秘書」是盡了職的。（其實秋岳並非是梅蘭芳的秘書，不過他時時替梅蘭芳擬撰文字，謔者即以「秘書」稱之。）舊時的人瞧不起藝人，以「下流人」待之，「士大夫」如與之來往就有失體統。一九三五年溥心畬先生對我說：「秋岳人很好，可惜做了梅蘭芳的秘書！」（這可代表「士大夫」的見解。）

梅蘭芳的曲詞，多出文士之手，甚至有些劇本，也是詩人替他編的，例如《天女散花》一劇，就是福建名詩人李釋堪所作的。李先生已於一九六一年六月八日在上海逝世，年七十四歲，他晚年的生活，全靠梅氏支持。梅氏以同年八月八日逝世，恰恰後於老友兩個月，同為八日，亦巧合也。

會館對聯

舊日國內的通都大邑，多有各省的會館設立，一來便利照顧客居異地的同鄉，二來又可以和當地人士聯絡感情。會館的對聯，多着重地方色彩，要切合該會館的身份，才算是上乘之作。現在記得有幾聯很好的，寫出來給讀者欣賞。

江西省城有江南會館（即江蘇、安徽，清初清以此二省為江南省，到康熙年間才分開）。鮑源深題一聯云：

亭依孺子，閣傍滕王，構茲精舍數椽，且向客中聯雅集；

蒓采秋風，杏探春雨，話到故鄉一水，應從江上動歸思。

上聯用南昌故事，俱見滕王閣序，可不贅。下聯則寫江南景物。（鮑字遼川，號花潭，安徽和州人，道光廿七年翰林，官至山西巡撫。）源深又有題直隸保定的兩江會館聯云：

地接皇州，源知半畝芳園，亦分來太液秋光，上林春色；
人懷鄉國，且盡四時佳興，權當作蘇台問柳，皖水看花。

上聯切地。保定近北京，這個會館又在半畝園內，故生出第三四句。下聯切江蘇、安徽二省。倪文蔚，字豹岑，在光緒年間做過廣東巡撫，他本是曾國藩的門生，頗有點學問的。當他在湖北做荊州府知府時，自題官廳一聯云：

問誰為倚馬才，請試萬言，斷不吝階前尺地；
願相戒牧豬戲，習勤百甓，慎毋拋世上分陰。

這一聯全用與荊州有關的典。上聯用李太白上韓荊州書中語意，下聯則用陶侃對人說大禹聖人惜寸陰，吾輩當惜分陰。陶侃又習勤，早晚將一百塊磚頭搬來搬去。這兩個典故都是極通俗，為眾人所知者，難得用得如此渾化。

提到陶侃的陶字，又記得道光年間一個名臣陶澍的故事。陶是湖南安化人，字雲汀，官至兩江總督。（他是嘉慶七年壬戌科翰林，著有《印心石屋文集》、《陶桓公年譜》、《靖節年譜》、《淵明集輯注》等書。死後謚文毅）他是十月出生的，六十歲生日時，有人賀以聯云：

八州都督，五柳先生，經濟文章，歷代心傳家學遠，六秩初周，一陽來復，富貴壽考，百年身受國恩長。

上聯的八州都督用陶侃故事。陶侃封都督，曾鎮廣州、荊州，他在荊州時誡下屬不得作牧豬奴戲，誰敢賭博者，就將賭具拋入江中。下聯切他六十歲和十月的生日。陶澍是一個很能幹的大臣，對於水利鹽政都有很大的貢獻。

鮑源深又有貴州省會的江蘇會館一聯云：

秋來黃菊成村，對景忽生歸棹想；
雨後青山落郭，登樓常作故鄉看。

北京宣武門外的賈家胡同，有吳江會館，二十年前我每星期幾乎都去這個地方找一個朋友談天，會館的大堂上懸有一聯，作者陸耀，不知何許人也，我問那個朋友，他也不知。聯云：

來看上苑鶯花，今日幸同良會；
記省松陵文獻，他年得似何人。

上聯切北京，下聯的松陵是江蘇吳江縣的舊稱也。曾國藩是製聯名手，金陵的湖南會館有他所作的一聯對，真是大手筆，值得稱讚的。聯云：

地仍虎踞龍蟠，洗滌江山，重開賓館；
人似澧蘭沅芷，招邀賢俊，同話鄉關。

上比切金陵，而攻入金陵的又是曾家軍，故有「洗滌江山」的豪語。會館中例有戲台，國藩亦有聯云：

荊楚九歌，客中聊作枌榆社；
江山六代，劫後重聞雅頌聲。

李鴻章雖然也是翰林出身，但不善文辭，他題江西省城的安徽會館聯，比上述各聯皆不逮。聯云：

安得廣廈千萬間，庇天下寒士；
願與吾黨二三子，稱鄉里善人。

與王湘綺齊名的一個湖南名士李篁仙（榕）題漢口長沙會館聯云：

畫船煙雨下潭州，正此間檀板金尊，樂府翻成望湘曲；

瑤瑟清冷懷帝子，更隔岸梅花玉笛，天風吹送過江來。

此聯既切漢口，又切湖南，將題緊緊扣住，正是漢口長沙會館的戲台，他處不能移用。長沙古名潭州，隋朝首先將長沙改設為潭州郡，其後屢有改易，明朝又再稱潭州，後改府，清沿之，入民國改縣。

珠江風月

五十年前廣州珠江的花艇，其繁華奢侈，遠過南京秦淮河十倍。清光緒二十年（公元一八九四年）被火燒一次，死妓女數十人，花艇毀於火者百餘艘。經此一役後，重復創建，規模較前為大，高至三層的樓船，且增至二十餘艘，真有橫海之概。花艇之命名，有頗雅馴者，如：秀菊、翠月、問花、澄天等，一時名士騷人，也給花艇題了很多對聯。現在花事消歇了四十年，風流雲散，三十歲的廣州人已不知紫洞艇為何物了，但我還記得有幾對頗好的聯子，不妨寫出來給讀者欣賞。有姜自騶（字季良，號雲史，光緒十二年翰林，廣東陽江人。）一聯云：

明月不常圓，醒復醉，醉復醒，願為蝴蝶一生，思量都是夢；
好花難入眼，意中人，人中意，試把鴛鴦兩字，顛倒寫來看。

有筆名「天涯倦遊客」者，不知何人，也題有一聯云：

載酒來遊，助畫意詩情，歌聲笛韻；
引人入勝，在波光天色，鳥語花香。

又「澄天」花艇中，有妓女名雁菱，以善歌名一時，不知誰人贈以嵌字聯云：

雁影橫秋，助我高吟對江月；
菱歌唱晚，有人微醉倚斜陽。

劉學詢（字問芻、香山縣人，進士出身，西湖劉莊的主人）題某花艇聯云：

泛宅逍遙，願終老是鄉，座上美人燈下酒；
歸帆無恙，問尋幽何處，荔灣春漲柳波風。

光緒三十四年那一次大火，盡把花艇燒去，從此就一蹶不振，到民國二十年以後，已經不易見到花艇了。

舊日廣州的珠江花事，分布在大沙頭、西堤、東堤一帶，有一年，大沙頭大火，燒去花艇很多，當時有個名妓金嬌，因為救護一個恩客沈某（吳興人）出險，反而被火燒死了。那個客人念她救命之德，將金嬌葬在東郊沙河，在她的墓前還築有一亭，以備遊人憑弔時歇足之用。亭中有聯，傳誦至今不衰，聯是集唐人詩句而成，集者自署江東詞客。文云：

遙望白雲生翠巘；
獨留青塚向黃昏。

上句一時記不起是何人佳作，但極工切，因沙河遙望白雲山在眼前，切其景也。下句是杜工部詩。

王湘綺早歲時，出遊某處，戀一妓女，過了幾年，他重遊舊地，忽然想起舊歡，便去重溫舊夢，怎知佳人已死，無緣相見了。湘綺悵悵回到旅館，思念不已，又再到死者埋骨之處，憑弔一番。他感懷舊事，又念自己在旅途，因集唐詩為聯弔之云：

竟夕起相思，秋草獨尋人去後；
他鄉復行役，雲山況是客中過。

此聯寫景抒情，皆可稱上乘，而集句之工，更令人歎為觀止。第一句是張九齡，第二句劉長卿，第三句杜甫，第四句李頎。

廣東人江孔殷生平善製聯語，尤精輓聯，他所挽陳章甫的「十年虛口惠，九原負我是蠔油」等句，久已膾炙人口。霞公死於一九五二年二月廿六日，壽終正寢在他的廣州河南大屋裏面，年已八十餘，可謂福壽雙全了。昨日和友人劉筱雲先生閒談，他記起光緒三十二三年間，（公元一九〇六、〇七年）江霞公題廣州「瑞和」紫洞艇一聯，我連忙記起來，劉先生還談到此聯的故事。聯云：

怕聽曲板當筵，流水大江，別有閒情淘不盡；
況對離樽今夜，酒闌燈炧，可無細語慰相思。

「瑞和」是紫洞艇中的巨型者，在群艇中最有大名，劉先生和同寅七八人醵資每人五元，在「瑞和」設宴為一位朋友解憂。這位朋友名叫孫鳳翔，江蘇江都縣人，韓國鈞到廣東做廣東督練公所總辦，帶了孫鳳翔來做醫務科提調，劉先生做醫官（劉先生今年已七十九歲，在香港中環懸壺濟世，大國手也），孫的兒子幼山在步兵營任軍醫長。後來孫幼山因病逝世，孫只有此一子，很是悲傷，打算回故鄉了，劉先生便約了幾個好友邀孫鳳翔到珠江散散心，使他不致每想到死者就流淚。劉先生見艇中懸有江霞公為「瑞和」的老闆寫撰此聯，鑲在酸枝鏡框內。自一九二六年已後，紫洞艇漸漸淘汰，無人過問，「瑞和」也風流雲散，不知下落了。

廣州東園

偶翻舊報，見一九五八年八月十七日某報所刊茶友作的《酒家聯與筆墨官司》一文，據言三十年前廣州東園酒家請江孔殷撰寫一聯云：

立殘楊柳池塘，十里鞭絲，流水是車龍是馬；
望斷玻璃格子，三更燈火，美人如玉劍如虹。

說是蘇守潔在報上評江蝦那句「流水是車龍是馬」不通，雙方大起筆戰，歷時頗久云云。

我現在寫此短文，不欲談聯，也非評此聯的好壞，只是見了「流水是車龍是馬」這句有兩個「是」字的名句，想起了一首頗有趣的詩。茶友先生說「流水是車龍是馬」是引用金和的「秋蟪吟館」詩句，其實此詩本屬打油，未必是金和所作的。金和字弓叔，江蘇上元人，生嘉慶廿三年（公元一八一八年），死光緒十一年（一八八五年），年六十八歲。他的詩在文壇上頗有地位，梁啟超就拜服到五體投地，譽為清代第一（是否公允，另一件事）。

其實這一「不通」「名句」，是出自幽默家紀曉嵐之手的。紀死於嘉慶十年（一八〇五年），其時金和還未出生。這句詩本是紀曉嵐打油詩，作來打趣軍機章京的。軍機章京是軍機處的職員，有類秘書，職官雖小，但頗有點權力，人家稱他們為「小軍機」。小軍機有紅有黑，紀曉嵐此詩是誚紅小軍機的。詩云：

對表雙鬟報丑初，披衣懶起倩人扶。
圍爐侍妾翻貂袿；啟匣嬌童理數珠。
流水是車龍是馬；主人如虎僕如狐。
昂然直入軍機處，笑問中堂到也無。

詩是形容當權的小軍機的派頭聲勢。舊日帝皇視朝多在天亮時候，軍機大臣每早要入朝辦公，皇帝召見各大臣後才召見軍機大臣，面授「聖旨」，大臣回到軍機處，交給小軍機擬旨，所以小軍機也要很早上朝。詩的第一句說小軍機的婢女看着時錶報時，對主人報告已經早晨一點一刻了。「數珠」即是朝珠。「中堂」是大學士，有些軍機大臣是大學士兼任的。

紀曉嵐又有一首誚黑「小軍機」的打油詩（一說是套紀曉嵐的調），全詩我已忘記，只記得末四句是「篋簍作車驢作馬，主人如鼠僕如豬。悄然溜到軍機處，低問中堂到也無。」但這一首只易數字，恐非出紀氏之手，大概後人拿他所作來改易的。

江孔殷與蘇守潔怎樣筆戰，雙方又各有助陣大將，怎樣各張一軍，我沒機會親見，不知他們有甚麼說法，只是此「名句」本是打油，以對「美人如玉劍如虹」似乎不大妥恰耳。

春聯

陰曆新年雖然還是很熱鬧，但貼春聯的玩意已經不興了十多年，只有報紙上的副刊還偶然談談，聊以應個景兒罷了。民國成立，改用陽曆，但民間仍然用陰曆，不理政府的煌煌功令，於是政府與百姓分道揚鑣，各過各的年。到民國二年（公元一九一三年），北京有人撰一聯，於陰陽除夕懸於前門外土地廟云：

男女平權，公説公有理，婆説婆有理；
陰陽合曆，你過你的年，我過我的年。

直到今日，政府過的是陽曆年，人民過的還是陰曆年，即在香港也是如此。
中華民國元年，北京有人撰春聯云：

攝政王興，攝政王亡，一代興亡兩攝政；
中華國民，中華國土，千年民土本中華。

下聯不必説，上聯指滿清入關是多爾袞攝政，順治由此而興。到宣統元年，載灃以皇帝之父封攝政王，主持國政，而清朝從此亡了。

清朝末年，捐官之風大盛，因此搞到官多如狗，在省會候補的官兒大大小小者無非希望上司早日給他一個實缺，以便走馬上任。無如實缺有限，而候補人多，上司也無法應付。本來進士出身派到省裏「即用」的（所謂「即用」就是一到省就要有知縣給他做），得缺最快，但以粥少僧多，「即用」也變成不即用了。有一榜下知縣派到廣東，候補半年還未有實缺，除夕前一日自撰春聯貼大門外云：

即用終不用；
皇恩仗憲恩。

這一聯的上聯帶有些牢騷氣，言即用知縣也變為不用知縣了。但下聯立即施以補救，謂皇恩雖派我來此處做知縣，若非憲台大恩，我怎能做到，所以還要仗憲恩栽培。元旦那一天，藩司上巡撫衙門拜年，看見了這一春聯，就和巡撫説知，恰好南海縣丁憂開缺，巡撫就叫藩司將那個即用知縣派去署理。這個即用知縣雖然做了廣東一個最肥的縣份大老爺，到底他還是一個有學問的讀書人，居官清廉，蕭然四壁。做了三年大老爺，所得無幾，這一年的除夕，他又自撰書齋門聯云：

放千枚爆竹，把窮鬼轟開，數年來被這小奴才，擾累俺一雙空手；
燒三枝高香，將財神請進，從今後願你老夫子，保佑我十萬纏腰。

在春聯中趕窮鬼，接財神，以前也有過不少例，例如清初一個大名士歸玄恭，崑山人，他卜居杭州，家極貧，某年除夕自撰春聯云：

一槍戳出窮鬼去；
雙鈎搭進富神來。

又以春聯得官者尚有一故事。這也是清末的事情。江南某省有一個候補知縣候補了七八年，還沒有上任，除夕自署門聯云：

十年宦比梅花冷；
一夜春隨爆竹來。

過了幾天，巡撫出門拜客，見了這一聯，知道是寒士受到委屈，便叫藩司給他一個好缺，那個人立即在新春去赴任做其大老爺了。

詞人況周儀，字夔生（廣西臨桂人，一九二六年死於上海），一生窮困，晚年尤甚，因此他很看重錢，他常對人說無論誰人都逃不脫錢的五指山。他住上海時，家中書極多，而他的身體又極細小，某年自作春聯云：

錢眼裏坐；
屏風上行。

這兩句很少人懂得其意，他說，上聯用宋朝張循王愛錢，人家譏他坐在錢眼裏故事。下聯用唐朝李泌好藏書故事，李鄴侯身小，可以在屏風上行走。況氏用這兩句來打趣自己，亦寓諷世之意也。

一九五八年的陰曆元旦，我也學人貼春聯，用白宣紙寫了一聯貼在臥房兼書房中，聯云：

嚴霜烈日皆經過；
次第春風到草廬。

在聯的格式上來說，這不能算是聯，因為它沒有對仗。過了幾天，我又用宣紙再寫一對，聯云：

不敢妄為些子事；
只因曾讀數行書。

這一聯比較像聯了，但這是流水對，在對聯上而言，不能說是上乘，不過我很喜歡它，所以寫下來貼壁。這兩聯都是元朝文士呂思誠的詩，我只將它們分別摘取作聯。全詩云：

典卻青衫付早廚，山妻何事更踟躕。
瓶中有醋堪澆菜；囊底無錢莫買魚。
不敢妄為些子事；只因曾讀數行書。
嚴霜烈日皆經過，次第春風到草廬。
呂思誠字仲實，山西平定人，當他做寒士時，一日家中無米，他拿了藍袍去典當，妻有吝色，因作此詩解嘲。明年果中進士。元順帝至正初年，他已出來做官，數十年間，官至光祿大夫，大司農，居官廉正，死後諡忠肅。他的詩寫得很淺顯，極少用典實，正如古人所說老嫗皆解。我寫他的「嚴霜烈日」兩句為聯，是因為有同感之故。我少長華膴，中經變亂，迨入中年，六七年間遂困於衣食，到一九五八年才漸入佳境，此後兒女次第長大，負擔漸輕，真有「次第春風到草廬」之感。是年八月，我初為星洲《南洋商報》寫聯話，抬頭見此聯，因名之為《春風廬聯話》。

呂仲實的詩很少見，我想再錄二首給讀者欣賞。第一首大概是他到浙江任司法官時所作的寄內詩，詩云：

自從馬上苦思卿，一個寒家兩手擎。
無米少柴休懊惱；大兒小女好看承。
恩深夫婦情何極；道合君臣義更明。

他日太平歸計遂，聯杯共飲話離情。

這首詩句句都是真情話，好像用語言講出來一般，語極平淡而情深摯，故能感人，引起人的共鳴。

褚稼軒《堅瓠集》也載呂仲實一詩。文云：「閒居筆記載元中書左丞呂仲實思誠一詩云：『世態炎涼總莫論，雀羅曾設翟公門。慚無金玉疏親友；喜有詩書教子孫。桃李競華開又落；松篁含雪勁猶存。任他勢利多更變，自掩柴扉咬菜根。』」人如果能淡薄，不慕名利，自然到處都是春風了。

四十年前，趙鏡源任陝西定遠縣知事，那時候，駐在縣中的一個帶兵的人華管帶（按：管帶是清朝的官名，約等於營長或旅長，民初仍沿其稱），與趙很是相得。一九一五年趙為華管帶撰春聯，貼於營前，聯內嵌「管帶武衛右軍左路二營，定遠城大中華民國四年元旦」共二十二字。這許多字嵌在聯中，絕無半點斧鑿痕，頗有天衣無縫之妙。聯云：

左節鉞，右千旄，看戟衛森嚴，整軍則四座皆驚，列營則二矛有耀，輕裘緩帶，氣度雍容，記當時夾路旌旗，豔說封侯班定遠；

固國防，蘇民困，喜武功赫奕，平賊似雪中淮蔡，斬關似元夜崑崙，火樹銀花，年華絢爛，聽此旦滿城歌管，歡呼大將霍驃姚。

趙大老爺擅文事，喜歡撰聯，他自撰縣署聯，嵌「民國定遠」四字云：

定亂扶危，與民更始；
遠歌近舞，祝國長春。

又撰縣署大堂聯，中嵌「定遠民國四年」六字云：

定而靜，危而安，願吾民永奠鳩居，絃誦謳歌，達乎四境；
遠者來，近者悅，祝我國宏敷駿烈，生聚教訓，期以十年。

絕對記趣

對聯中有絕對，至今還未為人對出者。清初毛鶴舫少時，出一對云：

西子顛倒為子西，須辨吳頭楚尾。

西施是越人，入吳之後，算是吳人了。子西是楚國一個權臣。又西字一個在上，一個在下，所以有吳頭楚尾。廣州有個姓倪的少女，自負才色出眾，異想天開，出個上聯徵婿，能對者即嫁之。聯云：

妙人兒，倪家少女。

上比拆開有「人兒」「少女」等字，合之又有「倪」字「妙」字，又要綰合「妙」字，真是不容易找到下對。此聯是廣西人倪鴻所記的，刊於《桐陰清話》，據說是一百年前的事，至今還未有對。

明嘉靖八年（公元一五二九年）己丑科狀元羅洪先，是江西吉水縣人，向有才子之稱，朋友中個個都佩服他，尊他為才高八斗的曹子建。但他中了狀元後，卻給一個船夫難倒了，所以就是有才的人也不可目高一切，強中還有強中手呢。

一日，羅狀元和一班朋友僱船遊九江。船行極速，快將到九江了。就在此時，有一個船夫忽然走進艙裏。這還了得，士大夫在此會文，怎容「野人」鑽入。羅問何事，這般沒規矩。船夫卻陪笑道：「小人久慕羅狀元才情，今有上聯，請求一對。」羅說：「寫出來！」船夫寫道：

一孤舟，二客商，三四五六水手，扯起七八頁風帆，下九江還有十里。

羅狀元見聯大驚，搜索枯腸對不出。這回又難倒曹子建了。羅不得已，也請同行諸君試對一下，但個個都敬謝不敏。直到四百年後的今日，還沒有人能對此聯。

現在我又記起賴建平所出的一個上聯，懸重金徵對，始終也沒有人對出。他的上對是：

賴觀察，南無得道。

建平是陝西人，甚麼出身早已忘記了，光緒初年，他在安徽做候補知縣。一省的候補知縣多如過江之鯽，幾時才輪到署缺，正是天曉得。有手段的就去找些差事來幹，雖不是正印官，也可以過活了（例如釐金局之類，這些機關不是正式官廳，在此辦事的人，當的是差，不是缺）。幸喜賴建平為人圓融，官運也亨通，一連代理過好幾個缺，賺了不少錢。他最先代理南陵縣知縣（代理者，是該縣出缺，應署理之人未到，或該知縣因公晉省、入京，暫時要有人代理。代理與署理是有分別的），後來又代理無為州知州（民國後改縣）。這兩處都是著名肥缺。他賺到了錢，就捐了一個道員，加二品頂戴，指省江蘇，賴觀察興高滿采烈去候補了，臨行前，出了這個上聯徵對。（道台的正式官名叫「道員」，別稱「觀察」，官階四品，再加捐二品頂戴，就是二品大員，可以紅其頂珠了。）

賴觀察上聯的「南」，指南陵，「無」指無為，自言其在此二處賺了錢而捐得「道」員，得其所哉也。聯的正面意義如此。但反面亦可以說一個信道的人，日念南無而得道（南無是梵語）。這個「道」是宗教上的道，非官制上的甚麼「河北道」、「開歸道」。（一省之中有幾個道，道設道員。）

張之洞署理兩江總督時，見賴建平的履歷，原來是連署過好幾個優缺而捐升道員的，又聽到他有那一個上聯，便對人說：「賴道多財，還要出來做官謀生嗎？」後來有人對賴觀察說了，他知道補缺無望，鬱鬱不樂，過了一年便病死在南京了。這一聯很不易對，要顧到道與觀察的。

趙光父女一妙對

小說家李寶嘉（字伯元，以著《官場現形記》著名）著有《南亭四話》，其中《莊諧聯話》一種，有絕對一則云：「趙蓉舫尚書無子，祇一女，蓋曙後孤星也，嫁於光氏，都人士戲為聯曰：『趙光之女光趙氏。』趙同族有為侍郎者，名定安，寓安定門，故下句曰：『定安家居安定門。』巧不可階。」趙光字退菴，號蓉舫，是雲南昆明人，嘉慶廿五年庚辰（公元一八二〇年）科翰林，咸豐年間官至刑部尚書，肅順擅權時，因協辦大學士柏葰主順天鄉試作弊，肅順力主殺之以肅綱常。當時咸豐帝就是派趙光監斬，幾年後，西太后垂簾，排斥異己，殺肅順時也是派趙光監斬，經他的手就殺過兩個宰相了。咸豐九年己未（公元一八五九年）科會試，派趙光為主考，光熙中式，殿試成進士。趙光見這個新門生人品學問都很好，因為他喪妻不久，就把自己的二小姐許配給光熙為填房夫人，李伯元說是「祇一女」，那是錯誤的。（光熙字緝甫，安徽桐城人。）

趙二小姐過門後五年，到同治三年春天病死了，第二年，趙光也以六十九高齡逝世，謚文恪（他生前自寫有年譜，死後，編為《趙文恪公自訂年譜》）。北京的好事者認為這是一件有趣的新聞，因戲作一聯徵對云：

趙光之女光趙氏，光趙氏死，趙光亦死。

上聯十五個字，「趙」字四個，「光」字亦四個，「氏」字、「死」字各二個，「之」、「女」、「亦」各一個。這樣古怪的聯，頗不易對。而且趙光是人名，他的女兒嫁給姓光的人，變為光趙氏，而第二個「光」字，是趙二小姐的夫姓，同時也可作動辭解，說趙氏之女光趙氏的門楣。下聯要對時，最好也能用一個字對上聯那個兩用的「光」字，才見出色。相傳此聯久無人對。到趙光開弔之日，弔客雲集，趙光的一個門生也在禮堂知客。弔客中有滿洲官員名琦成額者，來弔後即去，琦成額剛走，而琦的一個鄰居滿洲籍工部侍郎成琦（字魏卿，號小韓，道光三十年庚戌科進士，欽賜翰林，官至倉場侍郎。他的父親廉善，字淑之，嘉慶己未科進士，後來也欽賜翰林，官至刑部左侍郎。父子同為欽賜翰林，又同官至侍郎，亦一奇也）派家人送奠儀到來，對主事人說他的主人因為有事不能親自來弔祭。

趙光那個門生聽到成琦不能來，又想起琦成額剛弔了出門而去，因拍掌笑道：「我的妙對來了！」即誦其對云：

成琦有鄰琦成額，琦成額來，成琦不來。

雖然對得很工整，但遠不如上比之好，因為下聯的第二個「琦」字沒有作兩用，所以還遜一籌，不過總比李伯元所傳的那一對好得多了。（趙光工書法，精刑律，他在道光咸豐間，以書法名天下，與許乃普、祁巂藻、陳孚恩為四大書家。）

包朗生妙對

近人柴小梵的《梵天廬叢錄》說：「昔有一對云：

崑山縣、山陽縣、陽湖縣、湖南從九，做過四五年知縣。

蓋指翁笠漁延年在蘇之宦跡而言也。久未有對者，清宣統間，吳門包朗生公毅對之云：

鐵寶臣，寶瑞臣，瑞鼎臣，鼎足而三，都是一二品大臣。

是真天造地設，巧不可階。」（案：柴君此書是一九二六年中華書局出版的，所鈔錄各書，都沒有注明原名。）此聯之佳處，上比有「四五」二字，合而為「九」。下比「一二」二字，合而為「三」。而又有許多「山」、「陽」、「縣」、「寶」、「瑞」、「臣」等字也。鐵良字寶臣，寶熙字瑞臣，瑞良字鼎臣。我曾問過包天笑先生，此聯是否他所對的。包先生說事隔五十多年，已忘記了。

詩人陳銳（字伯弢，長沙人）所作的《抱碧齋聯話》就說：「長沙翁笠漁，初以從九需次江南，後歷任銅山，陽湖諸劇縣，以吏材見稱，有人撰上聯……（已上見所引）數字蟬聯，又以四五合九，頗具匠心。一客屬對云云。（已引）」此聯的對仗雖工，但翁延年在江蘇並未做過山陽縣。蔣芷儕在宣統二年所作的《都門識小錄》有一則說：「聞端溏陽（按：端方也，曾任兩江總督）為人言，余昔督兩江時，恨未使翁延年令山陽縣數日。叩其故，則言『余頃聞一聯（即上所引）……上聯即指令也，下聯字字的對，以鐵對銅，尤為巧合，惟翁實未令山陽，故余引以為恨耳。』」此可參考。這一對雖工，但以翁未官山陽，強拉下水，因此這一聯的藝術價值就大減損了。

宀字頭

明朝有個神童姓李名元峰，五六歲就會對對子，他的父執何子楷出一對叫他對，對得好，要賞他筆墨。聯云：

宦官寄宿窮家，寒窗寂寞；

這十個字，都是「宀」字頭（這個字音「棉」，是交覆深屋之意。說文段注，東南西北為「交覆」，有堂有室為「深屋」），頗不易對。元峰云：「如果讓我借多一點，就有一很好的對子了。」父執許之。即對云：

冢宰安寧富宅，宇宙寬宏。

冢字上頭本無一點的，所以元峰說要借也。這一聯對得頗工，可惜就是借用一點，還嫌美中不足。

偽府對聯

汪精衛在南京組織偽政府時，偶然也到上海，匿居滬西，不敢時常出門。他一生最崇拜袁世凱，每談政治，對老袁都有贊美之辭。上海人士厭之，製聯誚之云：

國祚不長，八十幾日袁皇帝；
封疆何仄，三兩條街汪政權。

梁鴻志字眾異，福州人，民國初年便以詩名於時，日本人攻陷南京後不久，就捧他出來組織「維新政府」，梁又拉一個詩人吳用威（杭縣人，字董卿，一字展齋）做「行政院秘書長」，梁自居院長。上海人用他們的名字製聯譏之云：

孟光軋姘頭，梁鴻志短；
宋江吃敗仗，吳用威消。

孟光、梁鴻是漢朝人，宋江吳用是宋朝人，以古人之名來綰合梁鴻志、吳用威，極見巧思，雖唐突昔賢，也不管許多了。

汪偽府的江蘇「省長」李士群，以辦特務起家，後來日本人將他毒死，汪又派陳群為「省長」繼其任，當時蘇州人曾出一對徵對，至今還沒有人對出下比。上聯云：

陳群，李士群，來一群，去一群，一群不如一群。

又偽淮海省省長郝鵬因事去職，汪精衛派郝鵬舉繼任，江蘇人又擬一上對云：

郝鵬，郝鵬舉，何必多此一舉？

也沒有人能對。

一九六一年七月三十日，我用湘君筆名在香港某報刊「偽府對聯」一則，八月四日，有署名盧江三郎者，在該報刊出《試對〈偽府對聯〉》一文，今徵得作者同意，摭入我聯話。今將盧江三郎之文，摘一些在此。

七月三十日，本欄有湘君先生所記的《偽府對聯》一文，試對之如下：

孔子、孟夫子，統諸子，率諸子，諸子再傳諸子。

按照已往的習慣，孔、孟被尊為儒教的始祖，後來的所謂諸子百家也都以他為依歸的。此聯雖屬對得牽強一點，但就字面來說，用子對群、用諸對一，用統、率來對來、去，似乎還沒有超出對類範圍之外，這是值得自慰的了。讀者亦以為然否？文章又說：「郝鵬因事去職，汪精衛派郝鵬舉繼任，江蘇人又擬一上對云：郝鵬、郝鵬舉，何必多此一舉？也沒有人能對。」讀後也覺得此事何其巧合乃爾？為增加有趣起見，也勉強以下比對之，但出比是兩個人名，我的對比卻用一個人的名字，本應不合規格，但念本版就有一個「怪聯擂台」之設，那麼就當它作為怪聯之類好了。不知文妙公先生亦「見怪」我否？聯如下：

郝鵬、郝鵬舉，何必多此一舉？
胡適、胡適之，怎麼不知所之？

姓名諧謔

拿朋友的名字來用聯語誚謔，古已有之。宋人筆記記蔡襄和陳亞開玩笑，將他的名出聯云：

陳亞有心皆是惡。

因亞字下加一心字，便成惡字也。陳亞不甘被罵為惡，立即回敬一拳，隨口曰：

蔡襄無口便成衰。

這一聯是很著名於世的。（蔡是福建人，以書法著名，所謂「蘇黃米蔡」也。）

明朝蘇州有一個讀書人金用元，生性詼諧幽默，又喜歡以詩詞捉弄人，出口成章，皆成諧趣。一日，金用元在文徵明書齋飲讌，語侵一位教書先生潘某。潘老師有點怒意，曰：「我出一對，如果你能對得通，我甘受侮！」金曰：「說來。」潘出對云：

王大夫昆季築牆，一土蔽三人之體。

用元笑曰：「這有何難！」立即對云：

潘先生父子沐髮，番水灌兩牛之頭。

一座大笑。（案：「番」與「翻」同音，可借用。）

故友楊千里，名天驥，吳江人，早歲在上海詩酒風流，有名士之目，曾任《新聞報》總編輯。他和濮伯欣（字一乘，上海《時報》編輯，又助狄平子編佛學叢書，今尚健存。）是好友。一日，濮出聯誚楊云：

楊花水性楊千里；

千里才情敏捷，即應聲曰：

濮上桑間濮一乘。

相與拍掌大笑。（千里於一九五八年死於上海，年七十七歲。）

科舉時代，應試士子總是喜歡將主考的姓名作對聯取笑一番，有時未必確有其事，但為了成全一副好對聯，也管不得許多了。光緒年間，李文田（廣東順德人，字仲約）、陳鼎（湖南衡山人，字伯商，光緒六年翰林）任浙省鄉試正副考官，浙江士人作聯嘲之云：

舊有文名，李仲約，無非約略；
新聞鼎記，陳伯商，大可商量。

又光緒年間，烏拉布（字紹雲，滿洲人，同治十三年翰林，官至工部侍郎）、惲彥彬（字質夫，江蘇陽湖人，同治十年傳臚，官至工部侍郎）兩人都是翰林中胸無點墨之輩，偏偏他們同在某年放浙江鄉試正副主考，士人又有一聯嘲之云：

烏不如人，只少胸中一點墨；
軍無鬥志，都因偏了半邊心。

舊日杭州府屬有仁和、錢塘兩縣，今已併入杭縣。此兩縣皆繁缺，光緒末年，錢塘縣令熊某，仁和縣令卞某，熊善奔競，為上司所喜，卞貪墨，且有帷薄不修事，杭人為聯嘲之云：

能者多勞，恐斷四條腿骨；
下流無恥，難保一個頭顱。

此聯從熊卞兩姓下功夫，頗見工巧。見到卞熊二姓，忽又記起另有兩聯也很有趣，一併談談。浙江吳興人卞雅堂太守，被劾去官後，回鄉閒居，日以詩酒自娛。一日有二客雨中過訪，老友相見，無所不談。一客姓沈，行二，一客出聯徵對云：

大雨沉沉，沈二縮頭不出。

姓沈的客人大窘，因為有罵他是烏龜之意也。客既不能對，卞乃為之對曰：

居官下下，卞三革頂而回。

這也是拿姓來開玩笑的聯子。卞雅堂行三，知府四品，去官之後頂戴沒有了。對得雖然工整，不過上聯還可以吹求的，原來沉字是俗寫，字書沒有這個字的，沈字就是沉字（現在的教科書，沉字仍作沈），所以還值得一彈；這是美中不足也。

陳寶箴做湖南巡撫時，厲行新政，重用熊希齡（後來二人皆因戊戌政變革職，永不敘用），妒之者撰聯譏之云：

四足不行，問他有何能幹；

一耳偏聽，是個甚麼東西？

此聯綰合熊陳二姓，頗見巧思。

民國二年（公元一九一三年），袁世凱派湖南鳳凰人熊希齡組閣，熊是內閣總理了。他自吹要組織一個「第一流」內閣，無非拉張季直、梁任公之流入閣，所以叫作「第一流」。閣組成，張季直做了工商總長，梁任公做了司法總長，熊希齡自兼財政總長（熊閣的閣員，現在只存內務總長朱啟鈐一人還健存，朱君今為北京市文史館館員，九十歲了）。有人撰聯嘲熊閣云：

烏龜忘八旦；
鳳凰第一流。

這一聯與生輓康有為之「國之將亡必有，老而不死是為。」有異曲同工之妙，可以流傳千古。

蒙古正黃旗人榮慶，字華卿，是光緒末年的協辦大學士、軍機大臣，光緒三十一年（公元一九〇五年）學部成立，就由他做尚書，一直做到宣統二年（一九一〇年）才下台。當他掌學部時，左丞是四川華陽人喬樹柟（舉人出身），綽號「喬殼子」。右丞是孟慶榮（字覹臣，直隸永年縣人，光緒十六年進士，入翰林，散館授編修）。左右丞是正三品官，在部中僅次於侍郎。有人以其名撰聯云：

殼子併吞雙御史；
覹翁倒掛一中堂。

上聯的「殼子」指喬樹枏，「雙御史」是指四川人高樹、高枏兄弟，他倆是御史，喬樹枏之名，佔有高氏兄弟之名，故謂之「併吞」。下聯之「獻翁」，指孟慶榮，「中堂」是宰相之稱，榮慶是協辦大學士，有類副宰相。孟慶榮之名倒過來是榮慶，故曰倒掛。這一聯穿插之妙，久已膾炙人口，在諧對中為上乘。又光緒初年大學士、軍機大臣寶鋆，是滿洲人，其時內閣中書有名吳鋆者，見自己的頂頭上司名寶鋆，因改名均金來巴結他。過了十年，吳均金的女婿某也做內閣中書，有人撰聯謔之云：

女婿頭銜新內閣；
丈人腰斬老中堂。

內閣的主管長官是大學士，所以拜相也叫「入閣」，即入閣辦事之意。

宣統三年（一九一一年），清廷設資政院，作立憲準備，以大學士世續為總裁，李家駒為副總裁。（世續字伯軒，滿洲正黃旗人。李家駒字柳溪，駐防廣州漢軍正黃旗人，與梁啟超同中光緒十五年己丑舉人，到光緒二十年中了進士。）家駒以學部右侍郎和世續同在一衙門辦事，北京人士作一聯題酒家壁謔之云：

「世」僕不為「家」所齒；
「續」貂真與「狗」謀皮。

將兩人之名全嵌入聯中，而「狗」字又下得非常有趣。這個「狗」字是有一故事的。文廷式生性幽默，見李家駒之名，故意叫他做「家狗」，因狗字之形，與駒字相似。聯中之「狗」字，有此典實，又與「貂不足，狗尾續」成語綰合。

世續久任內務府大臣，以富稱，一九一三年，隆裕太后逝世，將溥儀託孤於世續。北洋政府一向就沒有給溥儀每年四百萬的優待費，世續歷年墊支極多，到一九二一逝世時，已耗去其家產近百萬。溥儀諡他為「文端」。

前記北京酒樓有人題壁以狗尾續貂一聯譏世續及李家駒，現在想起較此事早數十年，湖南也有續貂一趣聯，寫《楹聯叢話》的梁章鉅在其《歸田瑣記》記述之，現在錄之於此，然後加以說明。

憶得湖南撫部某到任，初入本境，有某來迎，談次，問：「湖南有新聞乎？」某猝不及對，久之乃曰：「無新聞，近時有一對甚工。有某縣令姓續，名立人者，一人戲以其姓名演成一對云：

尊姓原來貂不足；
大名倒轉豕而啼。

此語頗膾炙人口。」撫部笑而罷。及到任，竟摭以他事劾去之。撫部不知何所見，實則令乃一好官也。此道光近年事。

「狗尾續貂」成語，出於《晉書》趙王倫傳，有「貂不足，狗尾續」一語，言封爵太濫，後來也借用為不相稱之辭。這一成語，一般人都懂得用。「豕而啼」與續立人的大名有關，這一典故在今日已成僻典了，因為近三十年的讀書人不必讀《左傳》，所以少人知。據說齊國國君襄公在貝丘（今山東博興縣）行獵，見一大豕，從者曰：「公子彭生也！」（公子彭生奉齊侯命殺死魯桓公，齊侯又假事殺之）齊侯怒，教從者放箭射牠。豕人立而啼。續立人的大名倒轉過來，就是「人立」。聯中包有兩個典故，而運用得很有趣。（小說《東周列國》也有描寫豕人立而啼一事，不讀《左傳》，但小說總可以讀的。）

白話聯

有人以為用白話做對聯，是白話文興起以後的事，其實也不盡然。清康熙年間，有個蘇州長洲縣人顧嗣協，是當日大名士顧俠君（嗣立）的哥哥，他在某年來廣東做新會知縣，書一聯掛在衙門云：

留一個不要錢的新會縣；
成一個不昧心的蘇州人。

對仗雖然不算工整，但也可說是最先用白話文入聯，而且不受格律拘束的了。

同治十二年癸酉（公元一八七三年），距今已八十八年，這一年同治帝的師傅翁同龢因丁憂在鄉居住，有個張揖泉，喜歡作詩，將他的詩稿《簏牘》請翁同龢指教，老翁因為他的詩鄙俚可笑，又愛用俗語、宗教語入詩，故作一白話聯題其詩集云：

你看古今大儒，若邵子，若晦翁，皆能以俗語入文，最妙的鄭所南詩，句句率真，是漁唱山歌道情，偶然出口；

我贈先生一語，曰慎獨，曰改過，這都要苦功着力，不如那頭陀洹果，空空無礙，從色聲香味觸法，打個轉身。

就是因為是遊戲之作，所以此聯才寫得這樣好，如果教老翁正正經經撰聯語，他就不肯用白話文，必定用起正宗的文言了。

周聽松（濤）在道光年間做揚州知府，當時中國承平日久，有一百六十年未見過戰爭，江南人民安居樂業慣了。周濤到任後，自撰衙門大堂聯云：

統一年三百六旬，仔細思量，那件事利民為國？

闔八屬億萬千户，通盤打算，有幾家足食豐衣。

過了十年，太平天國戰爭，揚州曾受到軍事影響，到同治十二年重修知府衙門，吳式梁時為太守。重書此聯，以自警惕。

光緒廿七年（公元一九〇一年）的福建學政檀璣，號斗生，他做了欽差，沿途勒索，地方官供應稍不如意就百般挑剔，有人贈以嵌字聯云：

作福作威，怕你不栽大觔斗；
做腔做勢，要人都叫老先生。

一直到他被革去學政之職後，福建人還是傳誦此聯不已。（檀是安徽望江人，字汝衡，同治十三年翰林，他在福建作威作福，被御史高枏、黃曾源所劾。）

一九二六年三月十八日，北京各大學學生巡行，要求執政段祺瑞對日本不得屈服，學生到吉兆胡同段宅請願，老段初時大喫一驚，以為北京駐軍支持學生，後來打聽沒有這回事，便下令衛隊開槍，造成三一八慘案，北大有劉楊二女生也殉難。事後，北洋政府一口咬定說是共產黨在幕後煽動的，下令通緝徐謙、李石曾等人。北京各界開會追悼死難學生，周作人先生時任北大教授，送去大會輓聯二對，以白話寫成，一輓死難各學生云：

赤化赤化，有些學界名流和新聞記者，還在那裏誣陷；
白死白死，所謂帝國主義與萬惡政府，原是一樣東西！

又輓劉、楊兩女生聯云：

死了倒也罷了，若不想起二位有老母倚閭，親朋盼信；

活着又怎麼着？無非多經幾番的槍聲驚耳，彈雨淋頭。

袁世凱暗殺宋教仁後，黃克強（興）輓以聯云：

前年殺吳祿貞，去年殺張振武，今年又殺宋教仁；

他說是洪述祖，你說是應桂馨，我說又是袁世凱。

此聯說得痛快。袁於辛亥起義時將吳祿貞暗殺了，民國元年（一九一二年）又在北京將張振武綁架失蹤，民二，在上海將宋教仁殺死，經手人乃洪述祖，買兇的人是應桂馨。

一九四五年陰曆元旦，昆明有一文士無錢過年，因為在抗戰期間通貨追不上物價，文人無以為生，自然要發牢騷，於是製白話春聯云：

租半間茅屋棲身，站也由我，坐也由我；

買兩根蘿蔔過年，菜亦是它，飯亦是它。

抗日戰爭之時，重慶的大官僚，幾乎個個都發大財，過着豪華糜爛的生活，但小職員則因生活難過，無不叫苦連天，某機關的一個川籍小官，用四川土語寫一對聯，貼在官廳上，用意在罵那班「偉人」。聯云：

投筆從戎，上前線殺敵滅寇，轟轟烈烈。硬是要得；
貪生怕死，在後方紙醉金迷，糊糊塗塗，做些啥子？

聯雖做得不很好，但也可以反映當時的一般人不滿意的情形。

有人寄示十多年前廣州某教員輓妻聯云：

穿也愁，吃也愁，我把你苦死了；
兒不顧，女不顧，你比我快活些。

這是說日閥投降後，勝利分子從重慶飛出來，不久後，法幣大跌價，接着又弄出金圓券把戲，民生凋弊，哀鴻遍野，而教書先生只憑微薄薪水，不能過活，故有「穿也愁，吃也愁」之語。這兩句最悲痛。人活在世上，最起碼的生活條件就是衣食，衣食不必一定精美，但至少要能夠穿得暖，食得飽。如果不能，這就叫做民生凋敝，又要再度改革的。

在那個時期，各地都有警察在統治，一個小小的村落都有一個公安分局，老百姓對這些分局已恨入骨髓。一九四八年陰曆除夕，南海縣某村村民寫好了一對春聯，半夜三更偷偷地貼在公安分局門外。聯云：

公安怎樣公，豬公狗公烏龜公，公心何在，公理何存，每事假公圖利祿；
分局甚麼局，酒局肉局洋煙局，局內者歡，局外者苦，幾時結局得安寧。

此聯也是近日友人抄寄給我的。是否真的當日有人膽敢在除夕偷貼此聯，今不可考，但此聯分嵌「公安分局」四字，而能罵得這樣痛快，真是上上佳構，今日沒有人寫得出的。讀者細嚼之便見其妙。

一九四八年八月十九日「金圓券」出籠，當局將民間的黃金外幣，完全收買了，付以不兌現的金圓券。在未發這種紙幣前一個月，一千元面額的「法幣」，就是給叫化子也不要，物價日益高漲，小民無以為生。南昌有個小學教師鄧方遂因生活困苦，於七月五日投江自殺，省會的各小學教師兔死狐悲，開追悼會紀念鄧君，有退役中校陳國琇送一輓聯，聯的周圍貼滿五百元，一千元的小鈔，用紅筆改為五百萬，一千萬。聯句云：

生活萬分艱難，物價高，報酬薄，辛酸莫訴，無米為炊，弱者最可憐，誰實致君投澤國？
社會一片黑暗，分派系，重私情，勢利當先，雖才不用，好人將何往，直欲迫我上梁山！

同時某國戚方主政廣東，事事效法西洋「祖家」，又盡力搜刮，粵人惡之，有人撰聯贈之云：

人人恨入骨髓；
事事得其皮毛。

未幾，國戚辭官而去，粵人贈聯云：

早去一天天有眼；
再留此地地無皮。

此皆可與上述輓聯合看。

衙門聯

舊日的官場，衙門中往往裝點一些對聯，有很多寫得極切，不能移往別處的。清朝的鹽茶道，是管理鹽茶二政的機關，四川鹽茶道衙門的客廳，有一聯云：

鎮日得長閒，最有味時如水淡；
此官無別趣，卻宜多處比詩清。

上聯切鹽，下聯切茶，看來頗像詩鐘的分詠格。張之洞做湖廣總督時，撰總督衙門大堂一聯云：

西通巴蜀，南控荊襄，中有九江合流，形勝無雙，楚尾吳頭一都會；
內修政治，外詰兵戎，兼司四裔交涉，師資不遠，林前胡後兩文忠。

上聯寫湖北湖南的形勢，下聯寫總督的職掌，兩文忠，一個是林則徐，一個是胡林翼，他們都嘗在湖北做過官的。

廣東雷瓊道衙門一聯，暗藏瓊州全府州縣名色，甚見匠心。雷瓊道駐紮在瓊山縣的，它的大堂就懸有此聯云：

定（安全）之策，坐鎮（瓊山），開（樂會）以（會同）官，統府州縣群僚，獨（臨高）位；
（澄邁）往之懷，清揚（陵水），佐（文昌）而（昌化）理，合（萬）（儋）（崖）諸牧，共（感恩）波。

聯中有括號的是清朝的州縣名。瓊山縣是瓊州府所在地，雷瓊道是管轄一府二州十一縣的。上聯的「會同」縣，入民國後已改為瓊東縣，下聯的昌化縣已改為昌江縣了。「萬」是舊日的「萬縣」，今改為萬寧縣（因四川也有萬縣），「儋」是儋州，今改儋縣，「崖」是崖州，今改崖縣。臨高是縣名，上聯說「獨臨高位」正合道台身份，因道員在知府州縣之上也。此聯不知誰人所作，梁晉竹的《兩般秋雨盦隨筆》載之，但沒有說明。與梁同時的一個江蘇江陰人金武祥，也是久居廣東的，他在光緒初年回鄉後，鄉人創建一所書院，請他題聯。他就倣雷瓊道一聯之意為之，後來記入他的《粟香隨筆》卷二，現在錄左：

吾鄉亂後，創建西郊書院，蓋合江陰之西虞門、夏港、申港、前周、利城、丁墅、桃花、後梅、觀山、葫橋十鄉鎮而課之也。余倣作一聯，暗藏十鎮名色，不一字遺漏，不兩字囫圇，並不一句落空。聯云：

闢門幸遇熙朝，教同夏校，養比虞庠，我國家利溥斯民，申命尤隆選舉，願今日陶成後進，趨步前賢，會見春城盛桃李；

築墅宏開廣廈，橋接青山，浦連黃港，諸弟子周旋此地，丁年共勵觀摩，待他時花宴瓊林，梅調金鼎，休嗤學士畫葫蘆。

全聯組織甚見自然，真佳作也。不過此聯雖佳，只是嵌十鎮之單名，未見相連在一起，似較上聯稍遜耳。

縣令因聯惹禍

這兒有兩對對聯貽禍知縣大老爺的，一件發生於清光緒廿七年（公元一九〇一年），一件發生於民國八年（一九一九年）。這兩個大老爺都是文士出身，喜歡耍耍筆桿，雖不致因風雅喪命，但也丟了官。

湖北人密昌墀於光緒廿六年在山西做某縣知縣，西太后逃往陝西，岑春煊護駕，因供應不週，岑與密知縣發生爭執。下一年，春煊已是山西巡撫，密也升平定州知州，西太后回京，巡撫去接駕，路出平定州，現在岑是密的頂頭上司，照例要辦差了，密知縣很是賣力，一切供張甚盛。巡撫行台署一聯云：

此去朝天，願執疏陳言，毋忘在莒；
這回過境，論下官不職，合便烹阿！

這是密知縣的大手筆。春煊見了大怒，回到省城後，立即下令將密知縣撤換，密也不聲辯，辦交代後走了。

張敬堯在民國八年就湖南督軍之職，長沙縣知事姜詠洪深知張殘暴不講理，向他堅辭不幹，張也堅留，姜以為督軍瞧得起自己了。除夕那一晚，姜照例自撰春聯，貼衙門外，這一次他的聯是：

愛民如赤子；
頭上有青天。

立即有人向張敬堯說：「姜知事是大帥栽培的，他的春聯不說頭上有大帥，而說有青天，忘恩負義之尤也！」張本是老粗，聞言大怒，馬上派人去將春聯撕了，還以為未足，下手令將姜知事撤職。

盲考官

老輩相傳清朝道光年間，有個旗人放廣東鄉試正主考，這個人本是倒弔滴不出墨水的，做了主考，無從定文章的好壞，虧他老先生足智多謀，到評定甲乙時，派人到城隍廟迎接幾個神像入貢院，將各房考官薦上來的卷子號碼寫在籤上，向神禱告一番，各安天命，他就伸手進去籤筒抽出號碼，到額滿為止，好像今日跑馬攪珠一般，不過攪珠還要候跑之後才分出三鼎甲，他所抽的第一個就是解元了，直捷痛快之至。事後，有人作聯嘲之云：

爾小生，論命莫論文，碰；
咱老子，用手不用眼，抽！

下聯那個「抽」字真是神來之筆，佳作也。

試場佳聯

清朝最後一科的鄉試，是光緒廿九年（公元一九〇三年）癸卯科，所以這一科中的也叫末科舉人，自此之後，科舉廢止，就沒有舉人這名辭了（不過東西洋留學生回國考試，仍賞以舉人進士）。

先伯兄繩之就是末科舉人，他從廣東和一班親友到順天府應順天鄉試，因為北方於庚子年發生義和團運動，辛丑和約規定肇事地方停止鄉試，清廷為了避免和外國人交涉的麻煩，將順天鄉試搬到河南開封借其試場舉行。陳夔龍時為河南巡撫，凡舉行鄉試，本省的巡撫照例入場監督，名叫「監臨」，中了舉人的士子，也稱這個監臨為老師，與正副主考房師同。

陳夔龍是貴州貴陽人，光緒十二年丙戌科進士，因為不是翰林出身，從未做過主考，今以巡撫監臨末科順天鄉試（頭場文照例由皇帝出的），也是士人一樂事。他入闈後見大廳上懸有一匾額，大書「月華紀瑞」四字，是雍正十年（一七三二年）壬子科河南鄉試，河東總督兼巡撫王士俊入闈監臨，八月十五夜，見月光清暉，士俊作詩記盛，各主考房考皆有和章，士俊復書此四字，懸大廳上以留鴻爪。士俊字灼三，號犀小，貴州平越人，康熙六十年辛丑科庶吉士，未散館，是陳夔龍的鄉先輩。一百年後，陳以鄉後輩也入闈監臨，自是一段因緣，遂撰聯懸於楹間云：

後百十三年雪苑衡才，公賦月華，我書雲物；
合萬一千人風檐奏藝，昔吟桂子，今占梅魁。

王士俊入闈時是秋八月，正桂子飄香時節。本來鄉試以八月舉行，但順天鄉試這一次是借河南的試場，要等本省鄉試後，才能借給順天，所以慢了兩個月，故下聯有「梅魁」之語。鄉試改期的事，常有發生，一改期，就增加了考官、士子作聯語的材料了。

道光十一年辛卯（公元一八三一年），江蘇因水災，鄉試改於九月舉行。時江蘇巡撫為程祖洛，照例入闈為監臨官。祖洛字問源，號梓庭，安徽歙縣人，安徽鄉試，與江蘇合闈，謂之江南鄉試。祖洛於嘉慶三年（一七九八年）戊午，江南鄉試中式，下一年己未中進士，春秋連捷。（後官至閩督，道光廿八年死，謚簡敬）三十年前，他是應試之人，在闈內矮屋中歷盡辛苦，現在竟然亦在此闈為監臨，苦樂有天淵之別。因於首場撰一聯題至公堂上云：

矮屋策高文，九天升，九淵沈，九轉丹凝，多士出身，在此九月九日；
秋闈醒春夢，三藝競，三場竟，三條燭爐，一官回首，於今三十三年。

上聯之「九月九日」，切時。下聯之「三場」，指鄉試共試三場，「三藝」是指每一場所考的一藝。祖洛由一七九八年在此競藝後，至一八三一年，正三十三年也。

嘉慶年間，周系英（字石芳，號孟晉，湘潭人，乾隆五十八年進士，以編修官至户部左侍郎）做江南學政，自題聯於堂上云：

縣考難，府考難，院考尤難，四十八年纔入泮；
鄉試易，會試易，殿試更易，二十五月已登瀛。

此聯自道其由入學以至中進士，入翰林，才二十五個月耳。但陳寶琛（溥儀之師傅，名詩人）之祖若霖，以七月入泮，八月中舉，明年四月成進士，入翰林，前後只十個月而已。

劉秉璋是咸豐十年庚申科翰林，由編修官道府、巡撫，而最後做到四川總督，因教案罷免，他雖是一個大官，但不脱書生本色，生平最擅聯語。他在江西做巡撫時，光緒二年丙子鄉試，巡撫照例入闈監臨，他是科舉出身的，二十年後，身為大官，又入闈見莘莘學子考試了，因撰至公堂聯云：

堂中都是個中人，十數年辛苦風檐，敢忘疇昔；
階下豈無天下士，諸君子飛騰雲路，莫負科名。

貢院中的至公堂是考官看卷取才的地方，考官之選，必定是科舉出身的。（秉璋安徽瀘江人，溥儀謚為「文莊」，其子聲木，今年八十六歲，現任上海文史館館員。）

三元

科舉時代，以連中三元為最難得，明朝只得商輅一人，清朝得二人，一為錢棨，一為陳繼昌。錢棨是乾隆四十六年辛丑（公元一七八一年）三元，陳繼昌是嘉慶二十五年庚辰（一八二〇年）三元。以後中國便沒有三元出現了，雖然科舉還繼續了八十多年，所以說陳繼昌是結三元之局的人，也無不可。

繼昌是廣西臨桂縣人，陳宏謀相國的玄孫。他中三元時，廣西的布政使是滿洲正白旗人繼昌。（姓拜都氏，字蓮龕，嘉慶舉人，官至江西布政使，著有《定軒譚萃》。光緒年間又有一個漢軍正黃旗人繼昌，字蓮溪，進士出身，官至甘肅布政使，署安徽巡撫，著有《行素齋雜記》、《忍齋叢說》、《左庵瑣語》、《左庵詞話》等書，工於鑑別書畫。後人常誤會他們為一人。）繼昌贈陳三元繼昌一聯云：

高祖當朝一品；
文孫及第三元。

聯雖恰切渾成，但終覺太過乏味。所謂高祖。指陳宏謀也。宏謀字汝咨，號榕門，雍正元年癸卯（一七二三年）恩科進士，入翰林，授職檢討，官至東閣大學士，謚文恭。所以聯中稱其當朝一品。陳繼昌累官至直隸布政使，以後即沒有升官。他也和錢三元一樣沒有文名。當他在直隸任布政使時，潘世恩（乾隆五十八年癸丑狀元，武英殿大學士，軍機大臣，謚文恭）贈以聯云：

畿輔為屏，越五百里；

科名蓋代，第十三人。

上聯說陳繼昌在直隸的官，下聯說他是三元中的第十三人。其實十三之數還不甚確。陳繼昌有一私印曰「古今第十七人」，李慈銘《越縵堂日記》替他考證一番，說三元故事頗可參考，今錄之於左。

趙雲松《陔餘叢考》，言三元自唐至明十一人：唐，張又新、崔元翰；宋，孫何、王曾、宋庠、楊寘、馮京、王巖叟；金，孟宗獻；元，王宗哲；明，商輅。翟晴江《通俗編》引《文海披鈔》（案：「鈔」應作「沙」，李慈銘筆誤）言明人三元尚有黃觀。楊用修謂蜀在宋時三元三人，陳堯叟、楊寘、何涣。翟氏謂宋末當有三元之號，明人追稱之耳。唐崔元翰京兆解頭，禮部狀頭，宏辭及制科三等敕頭。武翊黃府選為解頭，及第為狀頭，宏辭為敕頭，時謂武氏三頭，章孝標贈詩「花錦文章開四面，天人科第占三頭。」又，張又新時亦號為三頭。陸定圃《冷廬雜識》言《遼史》王棠傳，鄉貢、禮部、廷試皆第一，是亦三元也。據此，則唐至明三元共十六人，國朝二人，錢閣學棨，陳布政繼昌，故布政私印有「古今第十七人」，蓋尚考之未審也。（同治十三年正月初二日）

照李慈銘所說，陳繼昌應該是古今第十八個三元才對。不過明朝初年的黃觀，只是解元、會元，殿試時並未得第一，似乎陳繼昌自稱第十七人尚不大誤。

唐景崧與張佩綸

唐景崧是廣西灌陽人，字薇卿，同治四年乙丑（一八六五年）科進士，選庶吉士，改吏部主事。中法戰爭時，兩廣總督張之洞派他募兵與法人作戰，號稱「景字軍」，以功累升至台灣布政使，光緒二十年升任巡撫。甲午年中日戰爭，清廷割地求和，以台灣屬之日本，景崧上書清廷，表示抗議。後來日軍來接收台灣，景崧和劉永福的軍隊都打敗仗，退回福建。他做了七日台灣國總統便失敗了。光緒廿八年（一九〇二年）病死。

有福建舉人鄭辛樊者，曾應景崧之聘，任台灣通志局纂修，聞景崧七次電爭割地，便寫信勉勵他努力，並說到守土有責，如果敵人來犯，寸土必爭，事敗則一死以謝國家。這封信未到達台灣，景崧已微服乘英輪內渡了。景崧死後，鄭辛樊寄四聯輓之，今盡錄於此。

死惜九年遲，回首總統虛名，中史頓開民主局；
論難千載定，放眼台灣義舉，後人誰繼我公賢。

此聯含有褒貶之意，惜他不在光緒廿一年死節也。

保越大名垂，日記一篇，戰績早教敵落膽；
割台遺恨在，諫書七上，孤忠惟有帝心知。

景崧以保護越南一役著名於世，「日記」指他所作的《請纓日記》八卷（刊於光緒十九年，公元一八九三年）。

是二千年亞洲英雄，未許後人論成敗；
為四百兆國民慟哭，豈徒知己感生平。

最後一聯寫得也很好。聯云：

撫全台肇績三宣，戎馬書生，早歲威名馳絕域；
處江湖不忘魏闕，攀鱗行在，千秋魂夢泣靈均。

上聯說他早歲出關，說劉永福和治台灣的政績。下聯說他內渡後被革職，隱居故鄉，不忘君國，「攀鱗行在」，似是說光緒帝逃至西安後，他沒份兒隨同而往，遺恨無窮。

以保護越南而顯名的是唐景崧，以保護越南而丟功名的是張佩綸。這兩人都是翰林出身。佩綸字幼樵，直隸豐潤人，同治十年辛未科進士，授職編修。他看見當時的「列強」欺侮中國，非常憤恨。光緒九年（一八八三年），法人圖併吞越南，佩綸上書清廷，請派兵入越保護藩屬。隔一年後，法國居然派兵來侵略福建台灣，清廷才下令決戰，授佩綸三品卿銜，會辦福建海疆事務。佩綸本是書生，熱血是有的，但對於打仗的事，他完全外行，因此在馬尾與敵艦接仗，立即潰敗，清廷乃下令革去他的三品卿銜。當時有人撰聯誚之云：

三品功名丟馬尾，
一生事業仗蛾眉。

上聯說他在福建丟去三品功名，下聯是說他憑婦人之力而享下半世功名富貴。不過下聯所指的全不是事實，作此聯者不知誰人，只是造謠而已。佩綸充軍後釋還，李鴻章愛其才，聘入幕府，後來又以季女妻之。光緒廿六年庚子，鴻章入京辦理議和事情，薦佩綸懂得外交，清廷就賞他編修之職，佐辦和約。辛丑和約完成，佩綸擢四五品京堂。但他也沒有出來做實缺的官，隱居南京，光緒三十四年（一九〇八年）逝世。

佩綸在福州僨事時，北京人集成語為聯譏之云：

堂堂乎張也，是亦走也；
悵悵其何之，我將去之。

上聯指佩綸，下聯指福建船政大臣何如璋。如璋字子莪，廣東大埔人，同治七年戊辰科進士，授職編修，曾任駐日本公使。法艦攻福州，如璋秉承李鴻章之命不戰，敵艦開火，他立即逃去了。後來也得到充軍的處分。此聯言張何二人一走了之也。他們都是書生，清廷派他們主持軍務，與敵人對壘，這是清廷不會用人之過。

光緒十年中法之戰，張之洞正做着兩廣總督，調兵出鎮南關進攻敵人，劉永福、馮子材各軍都曾打過勝仗，法國人因在陸上吃過大虧，於是派兵船分擾福建台灣，遂有張佩綸，何如璋出走的滑稽一幕。是年年底北京人作有一聯以誚國事云：

八表經營，也不過山西禁煙，廣東開賭；
三邊會辦，請先看侯官降級，豐潤充軍。

上聯指張之洞。之洞於光緒七年簡放山西巡撫，因事上疏謝恩，其中有句云：「身為疆吏，猶是依戀九重之心；職限方隅，敢忘經營八表之略。」因此被人傳為笑柄，說他只是一省的巡撫，有甚麼「經營八表」的責任，未免太過吹牛。聯中說他「經營」的偉略，無非是在山西禁煙，在廣東開闈姓賭而已。下聯的「豐潤」指張佩綸（他是直隸豐潤人），「侯官」指陳寶琛。

但寶琛是閩縣人，不是侯官人，他是同治七年戊辰科進士，中法戰爭時，他是南洋會辦大臣，協助南洋大臣、兩江總督曾國荃，但因為和國荃議論相左，各持意見，被言官所劾，恰巧因別的案件牽連，得降職調用處分。從此他就回故鄉福州閒居，一直空閒了二十四年，到張之洞入軍機後才薦他可用。此聯下比，亦言書生只會作詩文，對軍國大事非其所長也。

章太炎幽默聯

民國二年（一九一三年），革命黨人在南京開會追悼辛亥起義同志，章太炎以一丈長的白洋布，大書一聯云：

群盜鼠竊狗偷，死者不瞑目；
此地龍蟠虎踞，古人之欺言！

這一聯情韻極佳，把一班民國「偉人」罵個狗血噴頭。

十年前，香港某報的副刊有署名青窮道人者（蘇逸雲），寫有一段連載的隨筆，他說許曉山新近在福建逝世，曉山陪章太炎遊三寶壠，謁三保公廟，太炎題聯，請曉山找人刻了送去，聯云：

尋君千載後；
而我一能無。

許曉山見聯，對太炎曰：「這個聯子不切，任何祠廟都可應用的呀！」太炎不悅，拂衣而去。

此聯實在不好，不很切題。青窮道人文中沒有說是哪一年的事，也沒有說許曉山後來是否找人刻了送去。於是讀者只知道太炎撰有此聯，到底三寶壠的三保公廟有沒有此一聯，作者沒有交代。鄭子健的《南洋三月遊記》，記遊爪哇三保洞有云：「有章太炎篆書一聯，文曰：『尋君千載後；而我一能無。』聯上款『民國五年十月過三保洞書此，神若有知，應其昭鑒』。下款『勳二位前東三省籌邊使章炳麟』。」

那麼，這一聯是高懸三保洞為人欣賞的了。民國五年十月，是袁世凱死後四個月，太炎恢復自由後才去南洋遊歷的。（《南洋三月遊記》係二十年前中華書局出版，鄭君前為中華書局南方監督，兼香港經理，今日隱居香港。）

太炎自言精醫學，平生也以此自負，但據馬敘倫先生說，他的醫學並不精。他喜歡和西醫交遊，西醫中也有拜他為師的。上海名西醫江逢治，德國醫學博士也，因夾陰傷寒逝世，太炎輓以聯云：

醫師著錄幾千人，海上求方，惟夫子初臨獨逸；
湯劑遠西無四逆，少陰不治，願諸公還讀傷寒。

黃侃詩聯之讖

章太炎的大弟子黃季剛（侃），是一位大學者，他雖然學問湛精，但極迷信，甚麼事都喜歡講兆頭，大概讀古書讀得太多之故。一九二九年他從北京大學轉任南京中央大學教授，某年中了彩票，在藍莊舊址築一所房子，叫做量守廬，取陶淵明詩「量力守故轍，豈不寒與饑」之意。一九三四年落成，他寫信給硯兄汪東（字旭初，蘇州人，太炎大弟子之一也，今尚健存），請他撰聯為贈，又請他順便帶一信給乃師章太炎，請撰《量守廬記》。太炎一記，於是年九月一日寫成，二日即由蘇州封寄給他（文存太炎文集）。汪東的聯是集宋人詞句的，文云：

此地宜有詞仙，山鳥山花皆上客；
何人重賦清景，一丘一壑也風流。

季剛讀後大喜，即懸書室中。數日後，忽然將聯取下不掛，他認為聯的冠首有「此地何人」四字，不是好兆頭。

下一年為一九三五年乙亥，十月八日，季剛忽中酒嘔血逝世。據説在死前數天，他又找出汪東此聯，在聯旁題一詩云：

此地何人更不疑，藍莊蔣巘總迷離。
先生一醉渾無事，上客為誰也不知。

寫後又掛在牆上，他好像是知道自己快要死一般。他死前二日，是陰曆重九，陽曆十月六日，這一天他帶了長子念田，姪子黃焯，門生林尹（字景伊，浙江瑞安人，北大教授林損之姪，今在台灣）同往雞鳴寺登高，剛季賦詩飲酒。是日夜間，林尹去問候他的老師，並以紙請書日間所詠的詩。季剛欣然命筆，詩云：

秋氣侵懷正鬱陶，茲辰倍欲卻登高。
應將叢菊霑雙淚；漫藉清尊慰二毛。
青塚霜寒驅旅雁；蓬山風急抃靈鼇。
神方不救群生厄，獨佩茰囊未足豪。

款署「乙亥九日獨吟甫成，適景伊以佳紙至，遂為錄之。量守居士黃侃。」後來章太炎跋此紙有「此季剛絕筆也，意氣未衰而詩句已成豫讖，真不知所以致此」等語，與上述題詩聯側，殆有豫知將謝世之感耶？

季剛死年正五十歲，是年生日，章太炎賀以聯云：

韋編三絕今知命；
黃絹初裁好著書。

季剛見聯大喜，過了一會後，忽然大呼：「此老糊塗！」立即命人卸下。原來他見上聯有個「絕」字，下聯也暗中含有一個「絕」字，最為不吉利，壽聯而有絕字，無異絕命書也。（黃絹色絲也，色絲為絕，見蔡邕所題之隱語。）

太炎常勸季剛著書，季剛答以五十歲即開始著述。太炎為季剛所作的墓志銘有云：「……然不肯輕著書，余數趣之曰，人輕著書妄也，子重著書吝也，妄不智，吝不仁。答曰：年五十當著筆紙矣。今正五十，而遽以中酒死。」季剛少年溺於女色，晚歲尤甚，又好飲酒，因此酒色過度，嘔黑血而死。

陸丹林、鄭逸梅

老友陸丹林是廣東三水人，久居上海，今年已六十多歲了，現在上海幹文史的工作。他的書齋叫「紅樹室」，三十年前葉恭綽先生為製聯云：

入洛聲華明似錦；

經秋霜葉燦於花。

上聯用晉朝陸機入洛陽典實，切陸姓。下聯運用杜牧的「霜葉紅於二月花」詩句，切丹林二字。全聯既切姓，又切名，別人不能移用，也可說是佳構了。

丹林與當代詩人詞客。多有往還，又喜歡玩賞書畫，時人作品，收藏極富。他四十歲生日，潘蘭史集宋詞為聯贈之云：

自從秋雁南來，幾番吟嘯，幾曲笙歌，知多少時流，與君遊戲；
未許英雄老去，滿目風塵，滿身花影，有丹青相伴，不負辛勤。

上聯是姜白石《清波引》，吳夢窗《玉漏遲》，黃山谷《下水船》，徐一初《摸魚兒》，姜白石《翠樓吟》。下聯是史雋之《望海潮》，德祐太學生《祝英台近》，張玉田《梅子黃雨時》，周美成《丁香結》，晏同叔《山亭柳》。頗能切合丹林身份。

二十年前在上海香港享盛名的女書畫家馮文鳳（其父師韓，是香港政府公務員，善書，能篆刻。馮女士已於一九六一年死於美國），與丹林交厚，也集宋詞為壽聯云：

重陽過後，好個霜天，知多少詞流，願公更健；
湖海平生，一宵歌酒，有丹青相伴，勝友俱來。

上聯為晏同叔《少年遊》，汪彥章《點絳唇》，徐一初《摸魚兒》，姜白石《玉梅令》。下聯辛稼軒《滿江紅》，吳夢窗《瑞龍吟》，周美成《丁香結》，曾純甫《減字木蘭花》。此聯集句上下比各有一句與潘聯相同，但含義各別。

鄭逸梅是蘇州人，久居上海，三十年來大都是教書造就英才，近年任某中學副校長。雖然很忙，但時時還寫文章。他本姓鞠（即菊之本字），過繼外家，襲鄭姓。高吹萬贈以聯云：

人澹如菊；
品逸於梅。

將他的姓名嵌入。戴禹修工聯語，贈逸梅嵌字聯云：

逸少無雙傳晉帖；
梅溪第一注蘇詩。

下聯之梅溪，乃南宋狀元王十朋之號，著有《東坡詩注》。

梁啟超集宋詞聯

北京晨報五周年紀念專號登有梁啟超一九二四年冬天在醫院養病時，集宋詞二百餘對，這篇文章就叫做「痛苦中的小玩意兒」。他說：「駢驪對偶之文，以我國的文字構造，結果當然會產生這種文學，而這種文學，固自有其特殊之美，不可磨滅。楹聯起自宋後，原不過附庸之附庸，然其佳者，也能令人起無限美感。」

任公先介紹陳師曾所集的一副姜白石詞句聯，歎其工麗，句云：

歌扇輕約飛花，高柳垂陰，春漸遠汀洲自綠；
畫橈不點明鏡，芳蓮墜粉，波心蕩冷月無聲。

任公說他的集聯，還是這麼引起來的。他自許最為得意的，乃是贈徐志摩一聯：

臨流可奈清癯，第四橋邊，呼棹過環碧；
此意平生飛動，海棠花下，吹笛到天明。

此聯極能表出志摩的性格，還帶着記他的故事。志摩曾陪同太戈爾遊西湖，別有會心；又嘗在海棠花下做詩做個通宵。梁氏又有一聯贈蹇季常的，也自以為很得意。聯云：

最有味，是無能，但醉來還醒，醒來還醉；
本不住，怎生去？笑歸處如客，客處如歸。

梁氏說：「若是季常的朋友看見，我想無論何人，都要拍案叫絕，說能把他的情緒全盤描出來了。」（案：季常名念益，貴州遵義人，為梁任公進步黨的智囊團重要人物，任公死後第二年，季常痛失知己，又感到國事不可為，於一九三〇年九月八日，服大量安眠藥自殺，享年五十四歲。死前數年，溺於酒，故任公集聯上比云云也。）

梁氏友生，也各人挑選各人所喜歡的，如劉崧生，挑了：

忽相思，更添了幾聲啼鴂；
數回顧，最可歎一片江山。

丁文江挑的是：

春欲暮，思無窮，應笑我早生華髮；
語已多，情未了，問何人會解連環。

若說貼切當時的國情時勢，倒有如次的兩聯：

燕子來時，更能消幾番風雨；
夕陽無語，最可惜一片江山。

泣殘紅，誰分掃地春空，十日九風雨；
舉大白，為問舊時月色，今夕是何年？

集詞輓朱祖謀

朱大可現居上海，他也喜歡集詞為聯。朱祖謀逝世後，大可盡一夜之力集彊村詞為聯以輓之，集死者之詞輓死者，倒別開生面。

繁憂沈陸，孤夢攀天（《木蘭花慢》），白髮重來（《洞仙歌》），傍滄江經年堅臥（《金樓曲》），山河異，風景是（《祭天神》），愁着倚闌時（《卜算子》），千首填詞（《念奴嬌》），誰家噴起中原笛（《六醜》）。

故國驂鸞，飛仙控鶴（《齊天樂》），紫雲一去（《水龍吟》），莽亂雲殘照無情（《霜花腴》），塵世事，水雲鄉（《鷓鴣天》），怕說蒐裘計（《驀山溪》），百身何贖（《減蘭》），瞥眼驚藏巨壑舟（《減蘭》）。

廣東鶴山人易孺，號大厂（音岸），他六十歲生日，集宋詞為聯自壽云：

此心到處悠然，搜攬胸中萬卷；
居士先生老矣，願教人壽百年。

此聯是集張于湖的《西江月》，秦少游的《滿庭芳》，蘇東坡的《滿庭芳》，及楊補之的《惜黃花慢》的詞句。大厂給人家寫書畫，或篆刻，署款多作「大厂居士」，所以下聯有「居士先生」句。

王湘綺的霸才

湖南湘潭人王闓運，字壬秋，號湘綺，海內學者稱他為湘綺先生。他是咸豐二年（公元一八五二年）舉人，考了幾次進士，沒有取中，一直到光緒三十四年，清廷才因為他是碩學鴻儒，欽賜他一個翰林院檢討。自光緒三十年（一九〇四年）後已廢科舉，真正由科舉出身而得在此時撈到個欽賜翰林的，只有他一人（洋翰林一直到宣統三年都有，但人們視之為野狐禪，不很矜貴），可說是殿翰林之尾。同時又有吳縣人曹元弼，亦以郎中欽賜翰林院編修。曹是光緒二十年進士，亦以經學著名。王湘綺作聯自誚云：

愧無齒錄稱前輩；
喜有牙科步後塵。

「齒錄」是科舉時代的一種書，名叫某某科年齒錄，記這科新中的舉人、進士的姓名，及其三代姓名履歷。科舉已廢，自然沒有「齒錄」出版了，以後也沒有人稱他為翰林前輩了。（後入翰林的進士，稱已入者為前輩，前輩則稱後入者為「館丈」。）但尚有洋翰林在後，東西洋留學生回國考試後，分別給以編修、檢討頭銜，那時候有牙科進士，醫科進士各種名目。有「牙科」來步後塵，也聊以自娛了。此聯對仗極工，「齒錄」是科舉之物，以「牙科」對之，尤見有趣。「科」這個字，在科舉中常見的，漢朝已在科舉中分四科，後來唐朝的科更多了。

湘綺年少時有大志，初時做過曾國藩的幕客，嘗示意國藩勿助滿清征討太平天國，乘此機會三分天下，然後將滿清擠倒。曾國藩當然不聽他的話，於是他就離開曾幕，賦詩有「自慚攜短劍，端為看山來」之句。他的計謀不行，便北上京師，做咸豐的權臣協辦大學士、戶部尚書肅順的幕客。肅順失敗後，他回到故鄉閉門讀書。這一讀書，足足有十年，學問大進，光緒初年，丁寶楨做四川總督，聘他為尊經書院山長。但仍然不忘他的大事業，他勸丁寶楨經營西藏，以固中國邊境，可惜未即實行，丁巳逝世，從此他失一知己。嘗自作輓聯云：

春秋表僅傳，正有佳兒學詩禮；
縱橫志不就，空留高詠滿江山。

前一聯雖好，還帶點玩笑的態度，這一聯就正正經經了，它能道出未死者的一生。湘綺喜言霸，霸即「縱橫」之術。上聯的「佳兒」，指他的第二子代豐。他的兒女多通經學，女王滋善楷書，王璫善篆書，而代豐的學問尤佳，十九歲入學，補廩生，跟着老子在尊經書院當助教，著有《春秋經傳例表》、《喪服經傳學》，故上聯云云。但好景不常，到光緒七年，代豐因事由成都還故鄉一轉，七月的天氣極熱，他到了夔門江驛，感暑得病，在客舍中死了，只得二十三歲。

下聯自言他的大志不能實現，只留下高詠滿江山而已。全聯的對仗與音節，皆臻上乘，非有大學問的人寫不出，自是佳構。我現在鈔湘綺寫給李漢春提督的一封信來說明一下他這一聯之意罷。函云：

陳伯巖（案：陳三立字伯巖，已於一九三七年逝世）來述尊論，許為霸才，不勝感激。自來曾胡左丁肅潘閻李諸公（案：曾國藩、胡林翼、左宗棠、丁寶楨、肅順、潘祖蔭、閻敬銘、李鴻章），相知者多，其或有許其經濟，從無賞其縱橫。嘗有自輓聯云……（案：聯語已見上，不再錄）蓋其自負別有在也。而麾下一見便能道其衷曲，曷名欽佩，來贐百元，便不復辭，以相知有深於此也。雖然，空名無益，現銀極難，麾下一言而送去百金，萬言則傾家矣，此又務虛名之過。其實投契結分，不在此等。

他的「自負別有在」，就是他的革命大志，也可說是他的縱橫霸才。自丁寶楨死後，他晚年遊說地方大吏，那班大官皆敬而遠之，把他當作狂生看待，所以他才有滿肚皮不合時宜之意。此聯是他中年時候所作的，早已料到自己不得意了。

輓王湘綺

民國五年（公元一九一六年）王湘綺逝世，他死的時候是過了七夕，此袁世凱後死兩個月。當袁世凱搞帝制時，楊度利用老師的大名，擅自替他簽名勸進，因此詩人有「湘水詞人老失身」之誚。其實湘綺玩世不恭，何嘗有勸進之意。他死後，有某甲戲輓一聯云：

先生本自有千古；

後死惟嫌遲五年。

此聯不足為訓，蓋謂湘綺應該在清亡時死去，不該做民國的國史館館長，又擁護袁世凱稱帝也。湘綺的鄉後輩吳熙（字劭芝，湘潭人）工為聯語，有輓湘綺聯云：

文章不能與氣數相爭，時際末流，大名高壽皆為累；
人物總看輕宋唐以下，學成別派，霸才雄筆固無論。

湘綺生平自詡霸才，他聽見人家稱他有霸才，就高興非常。他論詩取法漢魏，唐以下不足觀，論人也是如此。這一聯寫得真好。湘綺死時，他的門人楊度正在被通緝中，有一聯輓老師云：

絕代聖人才，能以逍遙通世法；
平生帝王學，祇今顛沛愧師承。

羅正鈞是王湘綺鄉後輩，有聯輓之云：

中原禮樂云亡，天喪斯文，不為湖湘留此老；
一代才華有幾？神遊方外，應無封禪見遺書。

佳作也。湘綺死於洪憲帝制失敗之後，當籌安會活動時，他的弟子中有假其名義勸進者，其實湘綺何曾擁護袁皇帝？下聯說得極對。

易哭菴（順鼎）也是湘綺的學生，湘綺在日記中稱他為「易仙童」來打趣他的。湘綺死後，哭菴有一聯輓之，雖不能算是上乘之作，但也頗有趣。聯云：

仲尼死為儒童菩薩；
伯陽古之博大真人。

湘綺生前最寵眷女僕周媽，在日記中也稱她為「周婆」。她嘗在湘綺樓上放一部《周禮》，夏午詒登樓見了，訝問曰：「老師近日也常讀《周禮》麼？」湘綺笑曰：「那是周婆讀的。」（相傳周禮乃周公所作）

周婆故鄉在湘潭七里鋪，湘綺死後，周婆自然要回老家去。有輕薄子作聯輓湘綺云：

講船山學，讀聖賢書，名士自風流，祇怕周公來問禮；
登湘綺樓，望七里鋪，美人今宛在，不隨王子去求仙。

聯的上下比最後一語，詼諧入妙，作者亦滑稽之雄也。

王湘綺與陳八

世人皆知湘綺老人有周媽，而不知他還有一個男「僕」人陳八。不過這個陳八卻不能說是正式僕人，他只是為湘綺服役而已，若以英文例之，僕字實含有服務之義，所以摩登官叫做「公務員」。陳八是船山書院專為湘綺僱定的船夫。湘綺做船山書院院長時，三五天總得入城應酬一次，書院在東洲，入城必藉渡船，遇到逆風時，湘綺就要在渡船上坐個把鐘頭的。這個把鐘頭，陳八就得其所哉了。

原來湘綺的文名極大，名公鉅卿都是他的朋友，而名公鉅卿逝世做壽，也請他寫墓志銘、墓碑、壽文、壽詩。他所定的潤筆極高，有人託他寫封信給達富貴人，有所請託，據湘綺自言，非百金不辦，靈不靈，他可不管。他雖然把潤筆討得這麼高，但也有人想揩油，或減價，或免費，如此可以省回慳囊，於是就走周媽的門路。周媽日夜和湘綺在一起，可以不斷地催促他快些動筆，又可以作主勉強他減價或免費，因此受賄大有所獲。陳八既有「渡船一小時」的機會，當然也就「當仁不讓」，時時有人託他向湘綺進言。他的價錢少不得要比周媽低好些，但一年之中，也有所獲，算是「外快」了。

湘綺死後，陳八仍服務於船山中學（由書院改稱，在湘綺死前已有的了），每於夕陽西下時，艤舟江邊，等待船山中學的教職員回東洲，倘遇下雨，陳八就穿起簑衣葦褲，立舟中，鼓雙槳。

一九三三年，陳八以八十許高齡逝世，後湘綺之死十七年，船山中學為他開了一個追悼會，他生前所用的雙槳也留在校中為紀念品。開會前，請湘綺先生的門生祝炳熊寫輓聯，聯云：

扁舟白髮話興亡，傷心湘綺樓空，贏得東洲雙槳在；
鄰舍青燈驚黯淡，悵望夕陽渡杳，恍疑夜雨一簑歸。

陳八周媽，一字不識，只因為是湘綺的僕人，其軼事至今還流傳人口，湘綺之流風遠矣！陳八之槳，日寇陷郡時已失去，湘綺樓則遠在廿五年前破碎不堪了，不知近年地方政府有重修否。

徐志摩夫婦

徐志摩是一九三一年十一月十九日由上海飛北平慘死的，那時候他只有三十六歲。郁達夫是浙江富陽人，徐志摩是浙江海寧人，他們小時候，曾在杭州一家中學念書，兩人交情甚好。志摩橫死後十五年，郁達夫也在海外橫死，新詩人與舊詩人的下場頗有相同之處。志摩死後，達夫有兩聯輓之，我還記得。第一聯云：

新詩傳宇宙，竟爾乘風歸去，同學同庚，老友如君先宿草；
華表託精靈，何當化鶴重來，一生一死，深閨有婦賦招魂。

下聯的「有婦」，指陸小曼也。志摩死到今天（一九六一年十一月），已是三十周年了，如他不死，今年是六十六歲，小曼則五十九歲。她住在上海，任文史館館員，晚年頗安樂。第二聯云：

兩卷新詩，廿年舊友，相逢同在天涯，只為佳人難再得；
一聲河滿，九點齊煙，化鶴重歸華表，應愁高處不勝寒。

上聯「佳人難再得」指陸小曼，同時似乎也指自己有王映霞。她們都是一代佳人，王映霞風致依然，現在上海教書，陸小曼則老太婆一個了。郁達夫在印尼的太太，一九六〇年在撤僑時歸國。下聯的「九點齊煙」，用唐詩人李賀「遙望齊州九點煙，一泓海水杯中瀉」之句。濟南城外党家莊某山，山上有「齊煙九點」匾額，志摩飛機撞正此山云。

徐志摩是新詩人，與梅蘭芳交情極好，志摩死後，梅氏有一聯輓之，聞係出李釋堪之手，今錄左：

歸神於九霄之間，直看噫籟成詩，更憶拈花微笑貌；
北來無三日不見，已諾為余編劇，誰憐推枕失聲時。

陸小曼精皮黃，善演玉堂春，又能作山水畫，志摩死後，她有一聯輓之云：

多少前塵成噩夢，五載哀歡，匆匆永訣，天道復奚論，欲死未能因母老；
萬千別恨向誰言，一身愁病，渺渺離魂，人間應不久，遺文編就答君心。

徐陸二人皆經過離婚手續後，於一九二六年十月三日在北京結婚的，到志摩一九三一年十一月逝世，已足五年。下聯說她多病，應不久人世，怎知她戒除嗜好後，到志摩死後三十年的今日，她還健在。（她的父親陸定，字健三，日本明治大學法科畢業，久任財政部官員，在北京頗有時譽。）

張嘉玢是志摩的離婚妻，他們雖離異，但感情未破裂，一直通信不停。她也有一聯輓前夫云：

萬里快鵬飛，獨憾翳雲遂失路；
一朝驚鶴化，我憐弱息去招魂。

嘉玢是張嘉璈的妹子，留學德國，一九三一年在上海創辦女子商業儲蓄銀行。下聯的弱息，指她與志摩所生之子，今在美國做事。張女士獨居三十年，到一九五三年五十三歲時，在香港和一位在日本學醫的醫生蘇季子結婚，她的兒子在美國來信竭力贊成，嘉森嘉璈也說這是好事。她們婚後，聞已移居日本。

畢倚虹

三十年前，上海有個著名的小說家畢倚虹，當一九二三年至一九二六年這數年間，是他紅到發紫的時候，他替《申報》副刊「自由談」寫長篇小說，一連登載五年，到一九二六年五月他逝世時還未寫完。這一部小說是寫上海一班人吃花酒和社會百態的，當日頗為某些讀者所歡迎。（畢江蘇儀徵人，名振達，上海中國公學卒業，一九二三年主編《時報》副刊「小時報」，亦工吟詠。）

畢倚虹和袁世凱第二子克文（字豹岑，號抱存，又號寒雲）很要好，而他們又同是《晶報》三日刊的台柱。他逝世時，袁克文正從北京移居天津未久，夏曆四月十三日，克文有聯寄輓云：

地獄人間，孰能賡述，論當世才名，自有文章不朽；
桃花潭水，君獨深情，念西風夜驛，空教涕淚長揮。

上聯指畢氏的《人間地獄》中斷之後，無人可續（一年後似乎有人狗尾續貂，但寫得不好）。下聯說的是一九二四年袁克文遷居北京，倚虹送火車，一定要送他到浦口，克文再三辭謝，他才打消此意。倚虹逝世，袁克文是非常悲痛的，除一輓聯之外，又替他寫《婆娑生傳》（他寫《人間地獄》即以婆娑生為筆名），此外還先後寫了四首詩悼惜他。中二首云：

江南此日腸真斷，湖上當年夢有詞。
絕代文章傳小說，彌天哭語幾人知。
小別三年一彈指，人天終古念音容。
低徊一卷銷魂語，忍檢遺書愴篋中。

一九六一年六月二十日我去拜候包天笑先生，請他替我的聯話作序文，他欣然答應了。我問及他還記得他輓畢倚虹的聯否，他說年久已忘記了。（包先生今年已八十六歲，民國初年，與畢倚虹在上海的《時報》同事，倚虹之父畏三，包先生之朋友也。）

我回家後，試從舊日翦存的上海報紙找找，看有沒有一九二六年上海文人輓畢倚虹之聯，但找不到。包先生說，當日倚虹逝世時，殮後即埋，送者寥寥，不若他的夫人汪琫琤女士死後素車白馬之盛了。

倚虹初娶詩人楊雲史之女芬若，楊女史工詞翰，著有《綰春詞》及《綰春樓詩詞話》，亦江南才女也。她的母親李道清是李鴻章孫女（經方之第九女），工詞，著有《飲露詞》。她和倚虹結婚後，已有七子女，他們卜居杭州時，楊芬若為天津人李鳳來引誘，與畢離異（鳳來在杭州開聚豐園菜館）。倚虹輯有《銷魂詞》一卷，故袁詩及之。

蘇州名宿汪晴初，有一女名琫琤，從小寄養於杭州高氏，倚虹在杭時，即分租高氏之屋，故與汪小姐相識。汪女史亦能文辭，有才女之稱。他們戀愛成熟，於一九二四年元旦舉行婚禮，當時上海的三日刊《晶報》刊載的賀聯極多，我只記得《晶報》主筆張丹斧一嵌字聯云：

玉琫在懷，相倚為樂；
長虹飲澗，琤瑽有聲。

據說此聯撰成後，丹斧以怪字寫成，擬即送去，後來因太過開玩笑，沒有送，只在《晶報》刊出。（張是揚州人，單名一個扆字，工金石文字，擅作怪論，上海報界一怪傑也。《晶報》出版於一九二〇年，為國中負盛名之小報，戈公振《中國報學史》，於小報中，只錄北京之《生春紅》三日刊及《晶報》而已，一九三七年，余大雄投入日本人的偽組織，即停刊。）

畢汪婚後，是年十月，汪女士以產後失調逝世，年二十二歲。她死的正確日期我記不清了，當時畢倚虹寄給我一冊《畢汪琫琤紀念集》，此書失去已三十年，無從參考，只記得倚虹作有《十月姻緣記》一文而已。汪女士死後，在上海壽聖菴設奠，輓聯頗多，我現在還記得包天笑先生及王西神兩聯，今分錄於後。包先生聯云：

萬轉千迴，寧為才子婦；
廿年一夢，蛻此女兒身。

上聯似乎說他們的婚事經過許多波折才告如願。王西神聯云：

綺夢圓鷗波，搖落驚秋，紅葉新題添恨草；
玉塵霏鳳紙，自然好學，碧城仙眷認簪花。

李涵秋

四十年前以小說《廣陵潮》馳名國中的李涵秋，也是報界老輩，死於一九二三年五月十三日，死時還是上海《時報》副刊「小時報」的編輯。（一九二一年狄平子禮聘他到上海主編，但住了幾個月，不慣上海繁華生活，即回揚州故鄉，遙領編輯之名而已。死後即由畢倚虹繼任，亦揚州人也。）我記得當日致輓涵秋的聯頗多，有很好的，但事隔近四十年，也忘記了。只記得周瘦鵑的《半月》雜誌出有李涵秋紀念專號，首頁載死者一像，袁寒雲手書所致輓聯，聯云：

嘔出心肝長吉死；
別成檮杌耐菴傳。

此聯平平，非寒雲上乘之作。一九六一年七月九日，我致函鄭逸梅先生，問他還記得輓涵秋的佳聯否。十六日即復我一信，並惠聯語數則，至可感。他說龔蘷石輓涵秋聯云：

習之文，陽冰書，思訓畫，太白詩，千古奇才，獨鍾李氏；
永叔像，道陵墓，昭明樓，沁香閣，名人勝蹟，多在揚州。

下聯的沁香閣，依稀記得亦係李涵秋的齋名。

龔夔石又有一聯嵌涵秋所作的小說名致輓，頗見心思，聯云：

《琵琶別》怨，《俠鳳奇緣》，不謂《快活老人》，竟作《鏡中人影》；
《雌蝶影》孤，《雙鵑血》盡，從此《廣陵潮》水，何來《愛克司光》。

涵秋小說有《愛克斯光錄》。「雙鵑」指他有二子。（涵秋死時，又為上海世界書局的《快活》旬刊主編，亦掛名也。）

名女伶金玉蘭

民國二三年之間，北京有一位著名的女藝人金玉蘭，以演《玉堂春》成名，她的藝術曾風魔一時。一九一三年謠傳她因謀殺袁世凱未成被殺，北京人士為之大傷悼，詩人易哭菴更大作輓詩，後來金玉蘭從天津演戲回來，證明不確。（名記者黃遠庸還特為此事寫通訊寄上海《申報》）到一九一六年三月，金玉蘭演玉堂春一齣後，回到家中，即染猩紅熱，一病不起，死時年方廿三四歲，尚未結婚。京津人士投贈輓聯極多，但佳者甚少，獨有江陵人孫紉谷二聯，卻能寫出死者的真面目，與專涉輕薄滑稽者不同。第一聯云：

顧曲我移情，最難絳樹雙聲，碧玉毫無小家氣；
蓋棺卿論定，杜盡鑠金眾口，木蘭猶是女兒花。

此聯言金玉蘭潔身自愛，忠於藝術，不肯以色相媚事公卿。第二聯則說到她的病。聯云：

玉堂春竟作尾聲，這回宣武城南，真個曲終人不見；
廣陵散從茲絕響，莫過上欄門外，衹餘花落水流紅。

詩人易哭庵也有一輓聯，聯是截取他所作的輓詩領聯送去的。現在將全詩寫出：

癸丑驚心至丙辰，三年噩耗竟成真。
直將嘆鳳傷麟意；來弔生龍活虎人。（此為領聯。——引注）
哭汝衹應珠作淚；無郎終保玉為身。
百花生日纔過了，驀地罡風斷送春。

某名伶

常見近人的聯話記北京某名伶死後，某翰林輓以一聯，傳誦一時，聯云：

生在百花先，萬紫千紅齊俯首；
春歸三月暮，人間天上總銷魂。

到底此聯出於誰人的大手筆，一直到今日還沒有人能說出來。據說某伶是生在二月十一日，十二日是百花生日，所以上聯有「百花先」之語。他死於三月三十日，三月是暮春，而死日是三十日，春盡日死去也。所見的聯語大都這樣說法。但我在北京時聽老輩所說的，可以補充一下。據說這是清朝咸豐初年的事，某伶聲色俱佳，為清文宗所愛，而某翰林也是入幕之賓，伶死後，某翰林作此聯輓之，不久，聯語傳入宮禁，清文宗聞而大怒，那並非是有醋意，而氣的是下聯居然用「人間天上」也。也許清文宗別有會心，以「天上」指的是「宮禁」，而「人間」是那個翰林，因為世人皆以皇家為「天家」「天上」之故。可惜老輩亦不能指出某伶及某翰林之名。

輓梅蘭芳

梅蘭芳死於一九六一年八月八日，跟隨他多年的許姬傳（源來）有聯輓之云：

追隨時日長，難忘砥礪切磋，師友誼兼深獲益；
哀輓愴悽倍，為寫心胸事業，宣揚責在敢辭勞。

上聯説生者多年跟着他—尤其是近十年，梅蘭芳到甚麼地方演出他都一同去。一九五三年前後，梅蘭芳口述的一部《梅蘭芳舞台生活四十年》（共上下二冊），就是由許姬傳筆錄，整理出版的。

三十年前梅蘭芳所排演的新戲如：《洛神》、《天女散花》、《葬花》等曲詞，皆福建詩人李釋堪（宣倜，又字散釋）所作，釋堪死於一九六一年六月八日，兩個老友相隔二月逝世，又同是八日，甚巧合。（李死時七十四歲，因心臟病，其晚年生活，大部分由梅蘭芳支持。）

梅蘭芳祖父母

梅蘭芳的祖父梅巧玲（又名慧仙）是同治末年的名伶，生平喜結交文人，很多落難文人都受到他的恩惠，光緒八年（公元一八八二年）十月十七日死於北京，年四十一。後數日，退休的刑部尚書桑春榮也死於京寓，年八十二。桑是顯宦，梅乃名伶，而桑年恰長梅一倍，皆北京有名人物也。好事者為合撰一聯輓之云：

庚嶺一枝先折；
成都八百同凋。

上聯暗藏一梅字，下聯隱一桑字，而運用典故，天衣無縫，無怪傳誦一時了。（下聯用孔明給後主遺書，說他成都有桑八百株，可供家計。）

梅巧玲疏財仗義，窮書生沒有錢考試或沒有路費去上任，他都慷慨贈金，有個舉人入京會試，借過他幾百兩銀子，忽然死了，慧仙親自往祭，死者的親友以為他來討債了，怎知梅行禮後，取出借據在靈前焚去。慧仙的太太是名伶陳金爵之女，生於三月初三日。民國十三年（公元一九二四年）五月十一日以八十五高齡逝世，海內名流致輓詞者極多，但我最喜歡王式通一聯云：

相夫義行高焚券，
上巳佳辰罷舉觴。

上聯即指其夫焚借據事，下聯指她生日是上巳，以後逢上巳佳節梅家就要停止作樂了。

輓馮夏威

光緒三十一年（公元一九〇五年）愛國僑胞馮夏威因美國限制華工入口，迫清廷簽約，自殺於上海美領事館前，引起全國人民及海外僑胞反美運動，抵制美貨。（上海《時報》是年八月廿九日刊新加坡華商致上海曾少卿書有云：「即如叻中美人創行電車，開輪月餘，我華人無一搭坐者，千餘萬資本，照此情形將化為烏有。在叻泰西人不上八千，而華人則有二十八萬……以本埠搭坐電車觀之，美約改良，或在意中，請勿灰心。」可見一斑也。）香港拒約社開會追悼馮夏威，有吳介銘（綽號蜈蚣，吳介螟，在廣州香港開設匹頭鋪，又是廣州廣濟醫院的董事。）者，一向反對拒約之說，久為人所鄙棄，是日亦衣冠赴會，獻一聯云：

有意悼先生，魂其來兮，我何幸，我何幸；
無心囚志士，予所否者，天厭之，天厭之。

這一聯本不是好聯，但存之以見奸人之詐。下聯說廣州潘信明、馬達臣、夏仲文三志士入獄，外間疑其所為，其實絕對不是。三志士是拒約會積極分子，蜈蚣、江蝦（江孔殷，字霞公）串同官廳，指三志士為危險分子，於是年八月初四日捕解監禁，到下一年九月廿四日由廣東商學各界保釋。

廣東肇慶縣各界追悼馮夏威，並雕刻石像以為紀念，工匠都願盡義務，不取工資，並致輓聯，署名「石工倫慈暉敬輓」。聯云：

屈子賦招魂，流水高山君尚在；
鄂公動毛髮，淞江珠海我曾悲。

新加坡僑胞輓曾鑄

清光緒三十一年（公元一九〇五年），國人因反對美國禁止華工入口及限制各業華僑經過美境種種苛例，向美政府提出抗議，海外僑胞也紛紛抵制美貨，以促美政府醒悟。四月初七日，上海各幫商董，因此召開商務總會，由曾鑄主持。初步決定，以兩月為期，如果在兩月以內，美國不肯把苛例刪改，則全國人民將實行抵制美貨。

曾鑄字少卿，福建人，是上海一個熱心愛國的商界領袖（捐候補道），他出來活動，便惹起中國官廳的不滿，罵他多事。上海道袁樹勛稟請兩江總督周馥出示辦法，周馥教他軟硬夾攻，於是就有人出面勸告曾少卿罷手，一方面袁樹勛也警告曾少卿，如不「斂跡」，就要把他拘捕。七月初十日，上海各界在徐園開大會，代表上海商界的戈忠演說有：「近聞有人圖害曾少卿，曾少卿如果真的死了，中國還有無數的曾少卿活着！」但過了兩年，曾少卿竟然死了，雖不是死於被謀殺，也可說死得頗巧合。新加坡僑胞許少農、翟漢、林癸汀等皆有聯致輓，今分別錄此一談之。許少農聯云：

巨商而擔巨艱，方其外交棘手，志士撫膺，拒約震環球，一時振臂高呼，到處同心爭響應；
偉人自成偉業，非比世俗隨聲，市井弋譽，大名垂宇宙，此日蓋棺定論，應知含笑到泉台。

翟漢聯云：

抗美國苛條，氣懾強鄰，他年青史留芳，豈止聲名馳內外；
成馮公素願，情殷同志，此際黃泉握手，居然輝映曜初終。

下聯的「馮公」，指華僑馮夏威也。馮夏威是廣東南海人，在菲律賓做工，回國時路經上海，有感於美國苛待華僑之慘，因此服毒自殺於上海美領館前，以警醒國人，一方面也對美國表示抗議。

林癸汀聯云：

嗣復聖前徽，半生來推解濟時艱，每補同胞於不逮，豈惟是義倡拒約，流遍口碑，婦孺且知名，遺愛仁慈欽內外；

恨重洋遠隔，數萬里馨香聊代哭，深憂後勁之難追，更何期天促老成，頓辭身世，江山同弔唁，悲歌慷慨盡東南。

三聯都寫得極好，可惜我對於三君的事蹟不十分清楚。南京圖書館藏有《曾少卿》一書，無撰人，無出版年月，亦名《繪圖曾少卿全傳》，由上海裕記書莊發行。此書緒言中稱曾少卿為「二十世紀商界中一絕大偉人」。書分十節，封面有少卿像。第二節有少卿臨終報告。此書我未見過，只知其大概。

陳洵輓黃節

一九三五年一月廿四日，詩人黃節在北平逝世，他是廣東順德人，任北京大學教授近二十年，研究舊詩的生徒，經他指點教誨的，無不學業猛進（他在北大是講詩學，並不是教學生平平仄仄怎樣做詩）。詞人陳洵輓以聯云：

草堂自有傳人，何必永嘉重功利；
名山豈無著述，休將薄宦説平生。

這一聯似乎對已死的老友有微辭，陳洵晚年頭腦昏亂至此，亦可異也。

陳洵字述叔，廣東新會人，秀才出身，工詞，有《海綃詞》，收入朱祖謀《滄海遺音集》（近年台灣有影印《海綃詞》，所收較多）。朱請黃節為《海綃詞》作序，有云：

述叔本新會人，補南海生員，少有才思，遊江右十餘年歸粵。辛亥七月，番禺梁文忠重開南園，述叔與余始相識，文忠與人每稱「陳詞黃詩」，此實勉厲後進。……余未學詞，雖心知其能，以彊村詞宗當世，而稱述叔詞，且為刊而傳焉，則知其詞之有可傳也。述叔窮老，授徒郡居，微彊村，世無由知述叔者矣。……

兩人的交情，可於序文見之。黃節作此文時是一九二三年，但一九二七年，陳洵已做起中山大學的教授了。（一九二七年朱家驊任中山大學副校長，在上海時，請朱祖謀介紹教詞學的人材，朱祖謀説：「廣東就有個陳述叔，何必外求！」朱家驊大驚，深歎失諸眉睫，歸後即送聘書。陳洵本在廣州教學私塾，忽膺此聘，聲名大起。）

陳輓黃聯，不算上乘之作，但因為有關廣東詞人故事，可以入聯話。先説上聯。黃節年少時師事簡竹居，竹居在簡岸講學，稱簡岸草堂。黃節於光緒廿八年壬寅（一九〇二年）鄉試落第後，即絕意仕進，在上海與鄧秋枚、馬敘倫、章太炎等講民族主義，欲藉文字推行革命（奇怪的是，他序《海綃詞》，居然稱梁鼎芬為「文忠」。這個「文忠」是一九一九年溥儀所賜的偽謚也，講革命者不應爾，或原文不如此，乃朱祖謀刻書時所改耶？）清朝垮台，黃節不再講革命，專心在北大教書了。「永嘉」指永嘉學派。南宋的薛季宣，浙江永嘉人，字士龍，號艮齋，學者稱艮齋先生，其徒陳傅良（字君舉，號止齋，瑞安人）傳其學而發揚之，世稱永嘉學派。此以薛陳師徒傳授，以喻簡黃關係。薛季宣嘗言「徒僥倖功利，夸言以眩俗，雖復中夏，猶無益也。」上聯的典故如此。

下聯則似乎怪黃節為甚麼要做廣東省教育廳長（一九二八年事）。他應該效法老師簡竹居（朝亮）那樣，清亡後，以遺老自命，隱居不出（民國三年，袁世凱曾聘竹居出山，竹居不應）。

黃節早歲雖也談革命，但並非一個革命家，只是談談而已，他的腦海中也和陳洵一樣充滿了遺老思想的。朱祖謀、梁鼎芬本是頑固的遺老，黃節、陳洵給他「勉厲」揄揚之後，竟不知不覺，墮進了遺老的蛛網中了。黃節還算好一些，肯出來做了一年左右的教育首長，陳洵則不屑，且以此譏老友了。推陳洵之意，以為一經出仕，便與「大節」有虧，但陳洵晚年受汪偽組織之聘，任「廣東大學」詞學教授，豈不是大節更有虧嗎？（陳死於一九四二年陰曆五月初六日，年七十二歲。）

客誚妓

打秋風這個名詞，在舊社會裏指的是文人向人「乞錢」的行徑。有些喜歡考證成語的人，曾紛紛作「證」，認為「抽豐」才對，又有些則認為「抽豐」也不可靠。其實也不必太過看得重要，「秋風」好，「抽豐」也好，只要大眾懂得這個名詞的意義就算了，無須斤斤計較，浪費筆墨的。

現在且談打秋風的一對趣聯。

相傳蘇州有個專愛以舞文弄墨為事的清客式之類的人物，有一次在一個官宦之家參加宴會，這個清客見座上有兩個女孩子，原是叫來陪酒的，清客認為她們是「下賤」的人，便存心諷刺，問她們道：「你們會對對子嗎？」她們異口同聲的答：「會的，請你出對吧。」清客即朗聲說：

楊柳花開，兩個丫頭爭春色；

那兩個女子不甘受辱，也不甘示弱，心想：我們是被惡勢力所迫才操此賤業，但你這個「文人」，見到了錢就卑躬屈節的，和我們見錢就要有甚麼分別，虧你還有臉開我們的玩笑。於是狠狠的向那個下流家伙反擊一下，對云：

梧桐葉落，幾條光棍打秋風。

屬對工整，尤富諷刺性，使那個清客見了抱頭鼠竄而去。此所謂侮人者人亦侮之也。

妓謔客

蔣平仲《山房隨筆》，記宋朝京口（即今日的鎮江）名妓韓香，除夕請客在其香閨吃飯，韓香作春聯云：

客至如擒虎；
無錢請退之。

上聯的擒虎，下聯的退之，皆人名，但在此又可作動詞解。擒虎、退之皆姓韓，切主人之姓。韓擒虎是隋朝人，文帝賞識他才兼文武，派他為統帥，進兵金陵；擒虎擄陳後主歸，隋即統一中國。退之是韓愈的別字。（擒虎字子通，唐人避高祖諱，去「虎」字，稱他為韓擒，故後人金陵懷古一類的詩，有「千秋猶自怨韓擒」之句）。

韓擒虎儀容甚偉，好讀書，居高位。上聯謂來這裏尋芳的客人，皆如我家擒虎那樣富貴能文之流也。但反過來說，亦可解作「客來入我室，如虎被擒，任我宰割」矣。下聯尤風趣，意謂：「無錢就請你退出去罷！」韓香這個小丫頭，不止有才學，而且又幽默可喜。

父子解元

清道光廿六年丙午（一八四六年），浙江鄉試，解元是嘉興縣的張慶榮，是嘉慶三年戊午（一七九八年）解元張廷濟之子，廷濟親見其子中舉，成為父子解元，可謂科名佳話。不過慶榮的名氣不大，到今日已沒有多少人知道他了，但他的父親可不同了，他是嘉慶、道光年間的著名藝術家，工書法金石，學問亦好，並且享大年，到道光廿八年（一八四八年）才逝世，享壽八十一歲。

最妙者是道光丙午這一科的第六十七名舉人鄭訓成，是歸安縣人（民國成立後，歸併吳興縣），他在道光十七年丁酉，十九年己亥、廿四年甲辰都參加鄉試，每次都中了「副榜」（所謂「副榜」，乃半個舉人也。一榜中，設有副榜數人，用以安慰額滿見遺的考生。今科中副榜，下一科仍可以去再考，考到中了舉人有資格去考進士為止。但如果不想上進，則亦可以副榜資格出仕，因副榜亦正途出身，勝於捐納也），撈到三個「半個舉人」。到丙午科才中了第六十七名，是個不折不扣的舉人了，時年只廿五歲，足足花了十年工夫才考上。因此浙江人士摭拾張家父子解元及鄭訓成四科考試始售之事，為聯語云：

四科鄉薦咸推鄭；
兩世秋元艷說張。

鄉試在秋天舉行，第一名解元，亦名秋元。會試在春天舉行，第一名會元，亦稱春元。

北京明湖春

五十年前，北京有一所著名的山東館子，名叫明湖春，是一個山東籍遺老開設的。我於一九三三年第一次到北京時，明湖春似乎已經換了主人，不是從前那樣「名震一時」了。不過它的故事仍流傳北京文化界人士口中。一九六九年，我在香港集古齋文玩店見有關於明湖春的一副對聯，可摭入我的聯話。句云：

仙侶舊同舟，對酒當歌，明月重邀蘇子醉；
江湖今滿地，殺雞為食，春風苦憶武陵遊。

聯長八尺許，寫在宣紙上，作篆書，書法亦甚高古。撰寫者名沈昌祺，不知是甚麼人，味其聯句，殆亦遺老一流。聯有跋語，讀之可知明湖春故事。文云：

壬子、癸丑間，庖主人嘗於青島設肆，以徜徉鑪側者咸翛然有物外之致也，故曰仙源居。迨乎西歐戰潮波及東海，觴詠之地，遂被兵戈。主人爰載牛刀，移廛燕市，同人以其齊產，復以明湖春額其門。尊酒重逢，依稀夢景，過門大嚼，新舊襟痕，爰題斯聯，志其緣起。乙卯春，沈昌祺撰贈。（下蓋朱文「分領湖山」一印）一九七〇年七月，友人朱省齋告我，此聯已為其購得。）

壬子、癸丑是民國元、二年（一九一二年，一九一三年），乙卯四年（一九一五年）。當時的遺老，富厚者皆住租界，居青島者是第一流，上海次之，天津又次之。這個明湖春主人在青島設飯館名仙源居。到歐戰發生，日本侵略軍攻打青島，從德國人手上將青島奪去，那批遺老就雞飛狗走，故北京始有明湖春之設。濟南有大明湖，明湖幾乎代表了濟南之稱，於是明湖春飯莊在北京就名著一時了。

二十年前，北京的菜館，以山東館子執牛耳，北京之有銀絲卷，是明湖春發明的，蘿蔔絲燒餅、也是它的創製，後來各菜館紛紛仿效，但不如它之精美。民國四年乙卯，明湖春在北京的楊梅竹斜街開張，數年後，移往前門外的珠市口，地方很大，生意興隆，不知怎的後來這所房子「鬧鬼」，營業不振，大約在民國十二三年間歇業了。上文所說的已易主人，那是另一所明湖春，與青島仙源居而來者無關。又，宣統末年濟南一班候補道終日無事，講究飲食，亦有明湖居之設。

楊增新

民國成立後，主持新疆政局的人是楊增新，他本是清朝的官員，很有才幹，能利用各方面的矛盾，使新疆在民國元年以至十七年（一九一二至一九二八年）間都沒有甚麼大波動。一來新疆離中原遙遠，軍閥們爭的是地盤，誰都不願意到這塊遍野黃金冰天雪地的新疆發展。而楊本人也只顧自己的地盤，不欲過問中原政治。可惜自國民黨統一了中國之後，新疆就不安寧了，民國十七年（一九二八年）七月七日，楊增新被樊耀南暗殺身死，金樹仁繼而秉政，亦能相安一時。

楊增新主政時，曾在省政府大堂懸所撰聯云：

共和實草昧初開，羞稱五霸七雄，紛爭莫問中原事；
邊庭有桃源勝境，狃率南回北準，渾噩長為太古民。

我們讀此聯後，可見楊增新的政治懷抱，實有保境安民，人不犯我我不犯人之意也。民國十一年（一九二二年），楊氏以阿爾泰地當邊要，且為新疆北方的屏障，力請中央政府劃歸新疆管轄。阿爾泰原屬外蒙的科布多，自改轄新疆後，不致隨外蒙而獨立，楊氏之功亦偉矣！

增新雲南蒙自人，光緒十五年（一八八九年）進士，久在甘肅做州縣官，光緒末年已任新疆按察使，宣統三年（一九一一年）任布政使，辛亥革命時，取得政權，從此做督軍、省長者十七年，新疆人民很愛戴他。

左宗棠

左宗棠於光緒十一年（一八八五年）七月死於福州，年七十三歲。李士棻輓之云：

出將入相，大名與曾李相參，豈知鉅任獨肩，勳業最高心最苦；
互市叩關，隱患非漢唐可比，太息老成不作，人才彌少事彌艱。

此聯寫得甚好，無怪膾炙人口也。宗棠以舉人從軍，封侯拜相，在清朝故事中所無有，曾國藩、李鴻章皆出身翰林，拜相乃常事，若左宗棠之舉人大拜，堪稱「破天荒相公」矣（李鴻章語）。有些「掌故家」謂宗棠以未得翰林，不能拜相，因此清廷欽賜翰林，以遂其願云云，真不知何所據也。宗棠於同治十二年十月始以陜甘總督授協辦大學士，入相以後於曾、李七八年（但曾、李未曾以大學士兼任軍機大臣，只有相名，而無相權，宗棠則以大學士為軍機大臣，為名實相符之真宰相，曾、李所羨者也），葉昌熾《緣督廬日記鈔》謂：「左季高制軍，進位協揆，由乙榜入相，本朝第一人也。」

宗棠憤法國侵略者入寇福建、台灣，以七十二高齡仍思殺敵報國，故當清廷授以欽差大臣督辦福建軍務後，聞命即行，絕不以年邁而餒。他深知自鴉片戰爭門戶大開之後，帝國主義者的侵略，當比漢唐時代尤甚，如不奮力抵抗，中國就要被侵略者宰割了。（士棻號芋仙、四川忠州人，工詩。）

是年八月十四日，曾紀澤在外國有聯輓宗棠云：

昔居南國，戲稱武侯，爵位埒前賢，評將略則更無遺恨；

慟哭西州，感懷謝傳，齒牙藉餘論，登薦章而忝冠群英。

上聯言左宗棠常自比諸葛孔明，孔明將略非所長，故北伐無功，而宗棠則平回疆，大顯身手，為孔明所不及。下聯言宗棠對己甚愛重，嘗稱以「聰明仁孝」，並以人才奏保。紀澤回國，宗棠已前卒矣。曾國藩、左宗棠晚年因國事不睦，曾死後，宗棠仍謀詆之不遺餘力，惟對國藩後人則極為持攜，其與李興銳書云：「弟與文正論交最早，彼此推誠許與，天下所共知，晚歲終凶隙末，亦天下所共見，然文正逝後，待文正之子若弟及其親友，無異文正之生存也。」（興銳以秀才從軍，為國藩賞識，後來官至兩江總督。）

紀澤又一聯未繕者云：

越海聲稱傳異國，立德，立功，立言，兩次東南，十年西北；

出山遭際似先侯，同官，同爵，同贈，九天雨露，萬古雲霄。

此聯不及前作，宜其不寄出矣。

左宗棠有個隨身廚子，名叫羅倬，曾隨西征。左死後，羅輓之云：

食性我能諳，白菜滿園供祭饌；
濃陰公所芨，綠楊夾道迓靈旗。

下聯言宗棠在玉門關一帶所植之楊柳數萬株。上聯則確是廚師身份語。

代人輓大官

陸以湉《冷廬雜識》云：

某記室隨玉尚書麟塞外數年，甚見推重，玉卒後，某乞人代為輓聯，鮮當意者。時平湖張海門太史金鏞，以計偕入都，為撰句云：「短後記裁衣，歷雪窖冰天，萬里追隨班定遠；長安仍索米，賸鳶肩火色，九衢慟哭馬賓王。」蒲城相國王文恪公師見之，極口贊賞，旋入詞垣，才望著一時焉。

這個某記室不知甚麼人。玉麟是滿洲正黃旗人，字子振，一字厚齋，號研農，又號小湖，乾隆六十年乙卯恩科進士，選庶吉士，散館授編修。曾任軍機大臣、禮部、兵部尚書，駐藏大臣等職，道光九年任伊犁將軍，十二年召回，十三年卒，謚文恭。至於作此聯的張金鏞則是道光二十一年辛丑恩科進士，散館授編修，距其作此時已八年，亦相隔四科矣。（道光一朝進士科最多，三十年間居然開科十五，平均隔一年就開科，故昔日讀書人稱頌「皇恩浩蕩」也。）

「王文恪公師」，指王鼎，係陸以湉之師。王鼎為嘉慶元年翰林，官至軍機大臣、東閣大學士，謚文恪。

聯中用馬周故事，甚切。馬周字賓王，唐代人，有文才，為中郎將常何應詔言事，唐太宗讀之大加贊賞。唐書馬周傳，岑文本謂所親曰：「馬君鳶肩火色，騰上必速，恐不能久。」此即用本傳語。

輓夏超

一九七〇年五月四日，馬敘倫先生在北京逝世，享年八十六歲。記得一九三四、一九三五這兩年，常在北京和他閒談，他談及民國十五年國民革命軍北伐時，他勸夏超加入革命軍一事。

當時夏超是浙江省省長，民國十三年（一九二四年）九月，孫傳芳從福建暗襲浙江，奪取盧永祥地盤，夏超時任浙江全省警務處處長，兼省會警察廳廳長，暗中與孫傳芳聯絡好了，獻杭州為進見禮，盧遂退出浙江，溜往日本，孫委夏超為省長。

馬先生在民國十一年（一九二二年）做浙江教育廳長時，便和夏超相識，民國十五年北伐軍在兩湖一帶節節勝利，馬先生就勸夏超起義，夏超答應了，派馬先生往廣州和國民政府接洽，國民政府即委任夏超為國民革命軍第十八軍軍長兼理民政事宜。這是十月十六日的事，十七日夏超即電告就職。這時候孫傳芳正在江西督師與北伐軍鏖戰，聞訊吃了一驚，即下令免去夏超省長之職，派陳儀繼任（即二十五年前做台灣行政長官之人，後來被蔣介石槍斃），一面令宋梅村率兵攻浙，與夏超的保安隊戰於嘉興，夏超兵敗被殺。浙江因此直到下一年二月才「解放」。

北伐軍入杭州後，為夏超舉行追悼會，省參議員許行彬撰送輓聯云：

> 十年謀生聚教訓，惜無范蠡文種；
> 一世養雞鳴狗盜，誰為聶政荊軻。

上聯指死者在浙江搞了十多年，一向不能容物，事必躬親，沒有好的幕僚相佐。下聯指夏超只用些流氓地痞做爪牙，死後也沒有人能為他報仇雪恨。上聯所說尚近事實，至於所謂報仇雪恨，則昔日的有槍階級殺來殺去，時而友，時而敵，一塌糊塗賬是算不清的，實不應鼓勵報仇也。

夏超之失敗，在於辦事不夠密，不夠快，他和他的部屬都沒有軍事經驗，軍事的技術也差，而且他的保安隊的訓練也不夠，遂致一敗身死。如果他夠運，也許後來在國民黨政府下飛黃騰達，如陳調元、陳儀（二陳皆孫傳芳部將，後來降北伐軍的）那樣，為蔣介石寵信了。夏超一向主張浙人治浙，正合蔣介石之意呢。

無情對

對聯中有所謂「無情對」者，是最有趣的一種，例如「樹已半枯休縱斧」對「果然一點不相干」，字字都對得銖兩悉稱，樹對果，這是名詞對名詞，已對然，這兩個是虛字，而上聯的「斧」字與下聯的「干」字對得更好，因為干也是武器也。「樹已半枯休縱斧」是有字義的，拿「果然一點不相干」來對，實在文理欠通，但又每個字都對得很工整，這就叫「無情對」。

清末做出使日本大臣的李家駒，字柳溪，有人拿荷蘭水來對他的字。辛亥革命時的浙江都督湯壽潛，字蟄仙，人家拿「湯蟄仙」對「油炸鬼」。不過這還是對得通，不能說是無情對，只是對得怪一點罷了。光緒年間一個宰相名叫額勒和布，是滿洲人，北京人將「腰繫戰裙」來對他的名，想起來確是令人好笑。

三十年前，李宗仁、宋漢章都是名人，李是廣西省的軍閥，而宋漢章則是銀行家，是中國銀行的總經理。（李死於一九六九年，宋死於一九六八年。）有人以「荔枝核」對李宗仁，「清明節」對宋漢章。妙在漢宋明清都是中國歷史上的國號，又皆倒置，章對節又極工整也。民國十二三年間，東北有白俄領袖名謝米諾夫者，和軍閥土匪勾結，攪風攪雨，是一個新聞人物，上海有人用「懷橘奉母」來對他的譯名，也是極有趣的無情對。

近年，香港有人用古詩來對市井流行的口頭語，怪得很有趣，現在錄數首於此。如：「赤柱有食兼有住；汀洲無浪復無煙。」赤柱是香港監獄所在地，香港人提到赤柱就差不多都想到監獄的。香港俚語，叫「風聲緊」為「水緊」，無牌小販避警察曰「走鬼」，有人以杜詩對俚語云：「水緊一聲齊走鬼；風飄萬點正愁人。」此外還有幾對很有趣的，盡錄如下：「白日放歌須縱酒；黑燈跳舞好揩油。」「怕熱最宜穿短褲；論功還欲請長纓。」「西山白雪三城戍；南國紅眉七鑊開。」紅眉是舞女名，一九五四年被一無賴青年脅至山光飯店開房，「開鑊」一詞，遍傳香港，以古詩對時事，真妙不可言。（「連開七鑊」言迫她做愛七次也。）

從前上海有人用古詩「公門桃李爭榮日」對「法國荷蘭比利時」。下聯一連用三個國名去對，看來不通之至，但拆開來對，卻又對得極其工整，這正是無情對上乘之作，與「果然一點不相干」有異曲同工之妙。

白門新柳

光緒初年，薛時雨為南京某書院山長，時在太平天國戰爭之後，薛感慨秦淮舊事，偶作《白門新柳記》一書，續舊院之叢談，蓋亦《畫舫錄》《板橋雜記》之例耳，本無關於政治。但那時候金陵禁娼，當局認為《白門新柳記》係罪首禍魁，將書板劈去當柴燒，並於書院試士之日，特出題目譏之。題目有「勸農辭」、「喜雨亭記」，於是雙方大動唇舌，演成文字戰爭。金陵士人有撰聯以記其事，聯云：

喜雨亭記，勸農夫詞，官場與詞場，互肆譏評果誰是；
絳帳生徒，白門楊柳，風流本風雅，偶然遊戲亦何妨。

辭雖不盡工，但亦可見儒林的清議了。

乾隆年間，董誥有族人居北京，他的客廳懸有一聯，係前人所書者，句云：

賢者亦樂此；
卓爾末由從。

字極雄偉可喜，董氏極寶之，藏二十餘年矣。一日，紀曉嵐過訪，見聯曰：「此聯雖佳，但在尊府卻不可掛。」主人問為甚麼。紀曰：「上聯嵌一個賢字，下聯嵌一卓字，豈非君家遙遙兩華冑耶？」主人爽然，立即命人撤去，以後不再懸掛。（按：董賢係龍陽君，董卓係大姦臣，皆漢朝人。）

誚文廷式

珍妃的問字師文廷式，於光緒十六年庚寅科點了榜眼，不久之後，北京就有人撰一聯云：

讀卷太心虛，閫面居然登榜眼；
行文真膽大，蠹躬何必問源頭。

這一聯是很有趣的。「閫面」對「蠹躬」真是銖兩悉稱，而且這兩字又是羌無故實杜撰得好笑。原來這一科殿試，有人的文章竟有「耳者心之譯，躬之蠹也」這樣的怪語，而此人也中了進士。至於「閫面」二字，則是文廷式的故事。殿試策卷，注重書法，廷式自負善書，故對於挖補工夫，不十分講究。他的卷中有「閭閻而……」這一句，寫時漏了「閻」字，將「而」字寫上去了，全文寫完後才知道，他見時候已屆，一時手忙腳亂，就將「而」字加多三筆，變成「面」字，居然點了榜眼。是年七月，御史劉綸襄奏參讀卷大臣八人沒有看出，此八人皆得處分。八月初八日上海申報的副刊，記劉綸襄的奏摺云：「有詩失韻，而考差高列者，有賦出韻，而散館一等者。並有引用舛錯，點畫遺落，不加指摘，擬置高名。」就是指這件事。

這科讀卷八大臣中，翁同龢第三人，他見有「閫面」二字，並沒有簽出，同官亦以為疑，恐係筆誤。翁同龢說不會錯，以前曾見一詩，以「閫面」對「檐牙」，必有典故。眾人以同龢博學多聞，也就不敢多說了。

遺老輓梁鼎芬

民國八年己未（一九一九年），溥儀的老師梁鼎芬在北京死了，他的親友和門生，大都主張把他的遺體葬在他的故君陵墓附近，以遂他攀龍髯之願。原來梁鼎芬在生前，曾在光緒皇帝葬身之所的崇陵廬墓三年，另一個「帝師」陳寶琛認為這個「忠貞之士」大可以做「帝師」，恰巧陸潤庠死了不久，空下一個缺，便把梁鼎芬薦上去。梁死後，葬在崇陵附近，雖清代無功臣陪葬之例，但梁鼎芬得在崇陵左右占一尺地，也可算是「陪葬」，不讓唐太宗的功臣專美於前了。

陳寶琛輓鼎芬聯云：

一死何之，魂魄固應依帝所；
卅年相愛，衰殘猶得送君歸。

那批遺老見陳寶琛此聯，更是振振有詞，一力主張要把死者葬在崇陵附近了。獨有石德芬表示異議，特製輓聯反對之，聯云：

到死傷心，梁格莊前遺旅櫬；

何年歸骨，蓮花臺上望孤兒。

光緒帝的崇陵在梁格莊。蓮花臺在廣州近郊，梁鼎芬父母皆葬於此。德芬此聯純講私情，宜「忠貞之士」不甚高興了。德芬是梁鼎芬的表親，故知其家事。

石德芬原名炳樞，字星巢，廣東番禺人，在清末光緒、宣統間，也是廣東一位有學問的儒生，梁啟超、梁士詒、周自齊等民國大官都是他的門生（周自齊是山東單縣人，但從小隨宦廣州，故在廣州讀書）。星巢本人又是近代大儒陳東塾先生的弟子。

光緒廿八年壬寅（一九〇二年），星巢以知府在廣西候補（後來得補思恩府，移鎮安府，皆有賢聲），統領廣西三江水師，典軍梧州，行署俯瞰大江，形勢甚偉，德芬撰聯云：

南北河左右分飛，去楫來帆，無限風濤都在眼；

東西粵山川不隔，異鄉同俗，有情花鳥自關心。

廣西的梧州為三江總匯，與廣東接鄰，風俗語言皆相同。上聯寫景，下聯抒情，又切地，絕不能移置他處，這才配得上是好對聯。

石德芬死於民國九年庚申（一九二〇年），享年六十九歲。他的墓志銘是康有為撰文，沈曾植書丹，高七尺，廣三尺許，志銘如許之大，甚罕見。一九四三年我和石德芬的兒子福綸在廣東某機關共事八余月，承以其尊公墓志銘拓本相贈，今尚存篋笥中，墨蹟則為友人李啟嚴君購得，亦藏香港。

湘軍故事

從前湖南的漵浦縣有所謂「漵浦三賢」者，言有三青年皆有文行，而又妙年同死也。本來沒有「三賢」之稱的，只因曾國藩一聯就成了「三賢」的典故，所以頗堪一述。

向師棣字伯常，是漵浦秀才，清同治三年入曾國藩幕府，掌出納，每月銀錢出入無數，絲毫不染，因此很為曾國藩所重，委他做上元知縣，但他不樂意做官，不久，患上了一種怪病，曾國藩雖然公務忙碌，每日也要去看他一兩次，死後，輓以聯云：（向氏在曾幕府，也代國藩司筆札。）

> 與舒嚴並稱漵浦三賢，同蹶妙年千里足；
> 念吳楚尚有高堂二老，可憐孝子九原心。

過了十幾年，朱光恒編輯《漵浦三賢集》十三卷（楚善書局刊行），就是掇國藩聯語之句來做書名的。另二賢是：舒燾、嚴咸。向師棣和舒嚴二人皆少年以才學著名鄉國，舒字伯魯，著有《綠猗軒詩文鈔》；嚴字秋農，著有《受菴詩文鈔》。

光緒初年，左宗棠帶大軍西征，平定回疆，立下大功，於是湘軍又在關外耀武揚威一次。事定後，嘉峪關建有湘軍昭忠祠，是紀念死難的湘軍將士的。祠成，左宗棠集唐詩為聯云：

日暮鄉關何處是？
古來征戰幾人回！

這一聯措語渾成，而語意中又有無限淒涼感慨，真佳作也！以上皆湘軍故事之可一述者。

香港東華醫院

一九七〇年香港東華醫院慶祝建院一百周年紀念，這所醫院是中國人捐款創立的慈善機構，對貧苦病人概不收取醫藥費的。

清同治九年庚午（一八七〇年），當東華醫院開幕時，創辦人十三人聯名致送一對長聯，懸於大堂之上。聯句云：

憶此地古塚荒丘，今忽煙滿丹爐，不知幾載經營，始覺稍償吾輩願；
幸斯時窮黎病赤，已屬春回香海，惟冀他朝繼紹，常懷普濟眾生心。

此聯不知出誰人之手，待查。

現在東華醫院的院址，在上環普仁街，在未有東華醫院之前，是一片荒地，只見叢塚櫛毗，渺無人煙。這些荒塚的「主人」，類皆不知姓名里居，他們客死異鄉，不能歸骨。當時那十三位創辦人認為應予以好好地埋葬，以安死者。於是選擇西環牛房義地，命仵作檢拾各穴骸骨，重新營葬，立為義塚，歲時派人致祭，不致成為無主孤魂。這是同治八年的事。十三位創辦人中有高滿和，是我的祖父。他們在同治八年至十年，任倡建總理，共三年。

北京越中先賢祠

舊日北京有越中先賢祠，是浙江人士祭祀從上古以至清朝光緒初年已死的名賢之所。祠創始於光緒十一年，是浙江寓居北京的大官名士等人所發起的。大門額曰「越中先賢祠」，二門額曰「紹興會館」。經營先賢祠最力者為李慈銘，因此祠中的扁額，對聯，幾乎是他撰寫的。大廳聯云：

一曲擬明湖，便是六朝修禊飲；
九歌賡白石，不須重聽叩舷人。

祠屋額曰：「瞻仰景行」，聯云：

湖君子六千人，自教演富中，醪水脂舟，魁奇代育，有謝氏傳，賀氏讚，虞公典錄，鍾離後賢，暨孫問王賦以來，接跡至熙朝，東箭南璆，三管毫耑長五色；

表鎮山一十道，更瑞圖王會，簣金塗玉，鍾毓尤靈，況漸名江、鏡名湖，宛委洞天，桐柏仙室，應婺宿斗維而起，翹英遍京國，殊科合轍，一堂輦下共千秋。

文昌龕聯云：

奎璧祥光接珠斗；

蓬萊佳氣護金書。

又水神、三太守、郡邑城隍龕聯云：

位業同歸天上坐；

謳歌長在鏡中人。

中廳聯云：

舉望計望孝而來，正相逢燕市槐黃，鳳河柳綠；

合談經談元之侶，亦略有東山絲奏，西寺鐘聲。

武昌名聯

舊日武昌有抱冰堂，在賓陽門內蛇山之上，是兩湖軍界集資所建，以紀念湖廣總督張之洞的。光緒三十三年，張之洞內召為軍機大臣，去後乃有是舉。同時，兩湖學界亦在黃鵠山上築風度樓。之洞到京後，閱報知有此事，即電鄂督陳夔龍，略謂風度樓應改名奧略樓，取劉弘傳「恢弘奧略，鎮綏南海」語意，此樓關係全省形勢，不可一人專之，務宜改換扁額，鄙人當即書寄云云。於是奧略樓代替了風度樓，與抱冰堂同為武漢勝地。近年地方大有改革，這兩座建築物都不存在了。

民國初年，有吳悔晦者，不知何許人，許多名勝都有他所題的聯語，其題抱冰堂云：

上書侈八表雄圖，捧日何嘗罄壯抱；
聚鐵成六州大錯，履霜今已到堅冰。

下聯言之洞練新軍，結果武漢起義，就是這班年青軍人，有怪責之洞之意。上聯之「八表」，指張之洞授兩廣總督後謝恩摺有「地偏一隅，敢忘八表經營」之語。此語當年曾傳為笑柄，以兩廣地小，而居然欲「經營八表」也。相傳張之洞的堂兄張之萬，身邊佩帶兩個時辰表，之萬時為軍機大臣，同寅驚訝他為甚麼要帶兩個那麼多，他笑道：「鄙人僅二表，較之舍弟已少六表矣！」因為之洞上書時，之萬為軍機大臣，有機會先見到也。

民國初年，段芝貴為湖北督軍，袁世凱之心腹將領也。芝貴在清末曾做過一個多月黑龍江巡撫，尚未到任，即被言官劾罷。他本非文人，但既貴為督軍，也附庸風雅了。他題奧略樓聯云：

放眼看江山，無限白雲都過去；
題詩問鸚鵡，何年黃鶴復歸來。

此聯尚不壞，不知誰氏代筆。奧略樓舊址，原為黃鶴樓前身，黃鶴樓曾為火焚毀也。

俞曲園自輓

俞曲園（樾）的太太早死他二十年，葬於杭州的右台山，曲園即其地築右台仙館（並著有《右台仙館筆記》數種，多談神怪），瓦屋三間，供夫人神位，他的木主亦並列一起。曲園自題生壙聯云：

曾聞古有歸真室；
已視身如不繫舟。

又云：

不妨姑說夢中夢；
自笑已成身外身。

又云：

且喜故鄉無百里；
敢期此後有千秋。

題右台仙館聯云：

自築行窩旁生壙；
兼當書塚在名山。

曲園死於光緒三十二年丙午（一九〇六年）他有自輓聯云：

生無補乎時，死無關乎數，辛辛苦苦，著二百五十餘卷書，流播四方，是亦足矣！
仰不愧於天，俯不怍於人，浩浩落落，數半生卅多年事業，放懷一笑，吾其歸歟！

俞氏於咸豐末年罷官後，隱居林下三十餘年，以教書、著作為樂，其事業在此也。

輓女學生

民國七年（一九一八年），北京城南遊藝園時時有京戲上演，黎元洪雖卸總統之任，有時亦往尋樂，捧捧女伶。園中的戲園，因牆壁日久失修，警察廳恐怕黎元洪及現任總統馮國璋往看戲時出亂子，就勒令園主修葺，但修葺需費，又非一朝一夕可完工，只好用木柱支拄，免使坍塌。某日，牆屋傾覆，時正演玉堂春，某女子中學一女生，被壓死。其師梁文樓輓以聯云：

千金竟昧垂堂戒；
一木難支大廈傾。

古諺語有「家累千金，坐不垂堂」（見司馬相如諫獵書）。不應坐在簷下，恐瓦墜傷人首。這種人生觀，不知害了多少中國人，使中國千多年沒有進步。聯用「千金」二字，活用得頗為佳妙。

于右任死後，台灣好事者，傳其少年時在上海作狹邪遊，有贈名妓青鳳冠首聯云：

青娥皓齒鎮相憐，唱遍那醜奴兒令，粉蝶兒令；
鳳泊鸞飄同一慨，既醉倒黃四娘家，吳二娘家。

前數年我曾函詢于右任的老友錢芥塵，他說此聯是否出自于手，不可知，但于老喜吃花酒，風流自喜則為事實。

林庚白幽默

福建人林葆恒，體重二百餘磅，自少到老，秉承家訓，圍肚兜，所以很少有腹痛等病，他一直活到八十多歲，前幾年才在北京逝世。（葆恒字子有，閩縣人，舉人出身，清末官直隸候補道，署提學使，他的父親林紹年曾任軍機大臣、郵傳部尚書）林庚白是他的鄉後輩，當他六十生日時，庚白賀以諧聯云：

權體重二百磅有幾人，努力加餐毋自餒；
御肚兜六十年如一日，束身自好復奚疑。

庚白為人玩世不恭，恃才自喜，其鄉先輩有李宣龔者，以名舉人馳名，曾任商務印書館經理，所謂墨巢主人李拔可是也。拔可又為著名詩人，有《碩果亭詩集》，死已十餘年。庚白有戲贈拔可聯云：

性交神交，常熟虞山任白信；
口福眼福，魚翅龍蝦伊墨卿。

原來李拔可有愛妾，是江蘇常熟縣人，其友任白信則為虞山人。下聯言李拔可酷愛伊墨卿書法，其齋名墨巢，是有寓意的。又，拔可生平精於飲饌。此聯寫來頗有趣。林庚白有福州才子之稱，三十年前，南京有嚴巫兩姓結婚，庚白因同鄉關係，亦製聯賀之云：

雙口並頭，下部偏能勇敢，
二人對腹，中間用些工夫。

此拆字聯甚見工巧，亦可謂才人之筆了。

十三妹與「陳八」

香港有位以賣文為生的方丹小姐（筆名十三妹，以罵人稱一時），心臟病突發，一九七〇年十月九日死去。她孑然一身，沒有人認屍，後來有一家晚報出頭，為她辦理喪事，於十月廿一日大殮，翌日安葬。香港殯儀館的禮堂中，掛了幾對輓聯，我僅從某晚報所登的照片拜讀了一對（下聯「鄰舍青燈駕閣談帳聽歌幾韻斷，仙遊真覺太空寒」，「駕閣談帳」不知何義），句云：

南天白髮歎興亡，傷心煮字人饑，隱痛難忘家國恨；
鄰舍青燈鶩黯淡，帳聽歌殘韻斷，仙遊真覺太空寒。

輓者署名程靖宇，不知何人。乍讀時，正如「香港粵語」所謂「熟口熟面」者，一時想不出，後來在拙著《春風廬聯話》第一集（按見本書）找出來，程君此作多少有些套自湖南名士祝炳熊輓陳八之作（詩套前人調，古已有之，不足為病也。程君手書輓聯是「饑」字，其實作「飢」才是），祝聯云：

扁舟白髮話興亡，傷心湘綺樓空，贏得東洲雙槳在；
鄰舍青燈鶩黯淡。悵望夕陽渡杳，恍疑夜雨一簑歸。

陳八是湘綺老人的船夫，一九三三年以八十許高齡逝世，祝為湘綺門生，故寫來有真情感，故是名作。（今人工作忙碌，無暇搜索枯腸，急不及待，只好生吞活剝，趕赴「盛」會，揚風扢雅矣！不知陳八與湘綺的故事，尚不能知此聯之佳妙，因為已刊聯話第一集，故不欲在此重抄一遍。）

題外之文

前記有人生吞活剝祝炳熊輓聯來輓十三妹的趣事，有些讀者給我信說，未見過我的《春風廬聯話》第一集，要我在這裏重說一遍，才可以作比較。為了滿足讀者對此事的「好奇」，只好把湘綺與陳八的故事說一下。

王湘綺做船山書院山長時，院中為他雇定一個船夫名叫陳八。船山書院在東洲，山長每三五天必入縣城一次，坐船遇到逆風時，至少也要個把鐘頭，王山長就要悶坐無聊了。但山長無聊，而陳八則償所欲。原來湘綺文名極大，當世名公鉅卿大都是他的朋友，這批貴人，無論做壽或死亡，總有人要求湘綺作文瞎捧一番。他所定的「筆單」價錢極高，尤其是求他寫封介紹信求職的，非百金不肯動筆，他還先此聲明，靈否他不擔保。於是便有人想揩他的油，求他減價甚至免費。他的女僕周媽年中受此賄為數頗可觀。陳八見了有些眼紅，但他是「男僕」，沒有周媽穿堂入室種種方便，自然望塵莫及。但他卻有「渡船一小時」的機會，遇有隙可乘，他就向湘綺進言，湘綺念其勤勞，偶也賣帳，陳八年中所獲雖不及周媽什一，然亦不無小補焉。

王湘綺死後，陳八仍服務於船山書院。每於夕陽西下時，艤舟江邊，候學校的教職員回東洲，如遇下雨，他就披起簑衣在舟中掉雙槳前進。他這樣的為船山書院服務了十七年，到一九三三年逝世。船山書院的師生，為他開一個追悼會，他生前所用的雙槳擺在靈前，供人追念，隨即留藏院中保存起來（日寇攻打湖南時已失去）。開會前，主事人請祝炳熊作輓聯。祝與船山書院、湘綺老人及陳八皆有淵源，起馬也有十餘年交情，以這一份感情發為文字，當然不會落在無病呻吟套內，而且一定是情文並至之作。不同於時賢只想出風頭，一遇有「死人機會」就立刻賣弄「文才」，而「雄筆」又不足以濟之，便老實不客氣大施空空妙手，而成為不倫不類的大作了。

前記北京明湖春飯莊對聯有云：「撰寫者名沈昌祺，不知甚麼人，味其聯句，殆亦遺老一流」。這一對聯，近日已為友人朱省齋購得（一九七〇年十二月九日正校對此文，知省齋今日上午在寓所以心臟病逝世，年六十九歲），問他知沈昌祺是甚麼人不，他也不知道。我既然懷疑沈是遺老之輩，就應該查查光緒末年和宣統三年的《搢紳錄》才是，但因為事忙，又懶得找出來慢慢查，一擱數月。近日稍暇，就拿出宣統三年夏季的《搢紳錄》第三冊《山東省》之部，詳細檢查一遍，在青州府臨淄縣一欄內，赫然有：「知縣沈昌祺，浙江海寧人，監生，二年六月補」的記載，雖然寥寥數語，但也就知道他是宣統二年（一九一〇年）補授此缺的。（又，布政司衙門欄內，廣備庫大使是沈懋祺，浙江海寧人，監生，三十年六月補。這個沈懋祺不知是否沈昌祺的兄弟，未敢確定。）

沈昌祺的籍貫宦歷雖查出了，但還不知他的別字叫甚麼，於是翻閱《明湖載酒二集題名》，則有「沈昌祺，字孟久，浙江海寧人」字樣，為之驚喜不置。（《明湖載酒集》作者陳琪，字堯峰，一字屺廬，湖南邵陽人）這樣，沈的別字知道了，可惜仍不知他做知縣以前在山東曾做過甚麼事。今日再檢《明湖載酒二集題名》，這才知道蕭應椿（字紹庭，雲南昆明人）做山東勸業道時，沈昌祺、蕭方駿皆在道署中為幕客。蕭應椿的女婿朱曜（浙江仁和人，字旭初）及其父朱鍾琪（字養田）皆久客濟南，亦為《明湖載酒集》中人物。朱鍾琪死，姚鵬圖（字柳屏，一字古鳳，江蘇太倉鎮洋人）輓之云：

四海久知髯，垂老英雄抱書死；
百年同一覺，異鄉風雨共春歸。

鍾琪在山東有大鬍子之號，故云髯也。此聯並沒有甚麼特色，但因為記明湖掌故，不免及之。

刺軍閥

民國十年十月十日，這一年的國慶特別鋪張，因為本是雙十節而又逢民國成立十周年，三個「十」集在一起，更為難得。

湖北為辛亥革命發難之地，民國十年（一九二一年）八月九日，北洋政府任蕭耀南為湖北督軍，到任不久，適遇十周年建國紀念，武昌督署，張燈結綵，「與民同樂」。十月十一日早上，督署大門有人貼上一聯云：

吳江楓落冷秋風，佩劍倚艫船，孚佑下民，決破隄防矜水戰；
蕭寺鐘鳴驚夜月，耀威橫臥榻，南征大將，銳鋒武器是煙鎗。

上下聯分嵌吳佩孚、蕭耀南之名。吳佩孚本是直魯豫巡閱副使（正為曹錕。巡閱使類於清代的總督，其管轄地區且過之），兼兩湖巡閱使，駐節洛陽。蕭耀南為吳部旅長，湖北人趕走督軍王占元，直系軍閥勢力就伸入兩湖，蕭耀南是湖北黃岡人，督軍一職遂由其承之。蕭雖開府專閫，惟頂頭上司乃兩湖巡閱使吳佩孚，且又係其舊上司也，故凡事不敢專擅，請命乃行。十年七月，湘鄂之戰發生，吳佩孚曾決隄淹敵軍而獲勝仗，人民受水淹死者不可勝計，故受輿論攻擊。蕭耀南鴉片煙癮極重，他見大權概歸吳佩孚，索性不如就日夜躺在煙床好了。下聯卻是寫實也。

蕭耀南後來仍然是死於鴉片煙。當孫中山先生未死前，蕭耀南已向他傾心，認為他才是救中國的人物，於是派人和中山先生聯繫，到曹錕被馮玉祥軟禁後，中山先生入京，蕭即聯絡其它直系軍閥，欲成立政府，在兩湖擁中山先生為元首。孫中山先生死後，此事遂暫時擱淺。民國十五年（一九二六年）二月十四日，蕭耀南突然在武昌暴死，吳佩孚遂派陳嘉謨繼任鄂軍總司令，杜錫珪繼任省長（因鄂人反對，杜未到任）。據傳蕭之死乃陳嘉謨以十萬元買通其左右，在鴉片煙中置重量毒藥，使蕭吸之致命，以絕其與南方國民黨軍之關係也。

貴陽話舊

貴州省城貴陽，在科舉時代有貢院，三年一次，士子皆在其中考舉人。此為掄才大典，例由皇帝挑選翰林官為正副主考。貢院內有衡鑑堂，為考官閱文之所。光緒廿七年辛丑（一九〇一年）貴州正考官呂佩芬，副考官華學涑，華君的《辛丑日記》記衡鑑堂聯云：

此中有循吏名臣，況當側席求賢，夢縈巖野；
何字非筆耕心織，記否攜朋觀榜，淚滿儒衫。

據華君說此聯不知何人所撰，是道光廿三年癸卯（一八四三年）賀長齡做貴州巡撫時重寫的。（長齡字耦耕，湖南善化人，翰林出身，道光十六年至廿五年任貴撫，升雲貴總督，因事降河南布政使。曾紀澤是他的女婿）下聯「淚滿儒衫」，其能形容士子得失心之重，今日摩登時代的會考，其心情多少有些如此。以考試取真才，從古至今的統治者都是立心來折磨士子，可慨也。據華氏說，呂佩芬謂「若改儒衫為秋衫，則尤渾成，味之良然。」蓋鄉試放榜在九月也。

貴陽有浙江會館，有一聯云：

二十年垂徼荒殘，煙塵乍息，撫馭需才，鄉國溯前型，當無愧武肅勳猷，文成學術；
六千里湖山迢遞，風景不殊，平安有信，亭台集勝侶，好共話西湖月色，東浙潮聲。

此聯係題浙江會館，就要切貴州、浙江兩省。「武肅」指錢鏐，「文成」乃王守仁，以浙人曾官貴州也。

莫愁湖

南京莫愁湖上，有勝棋樓，傳說明太祖與徐達（封中山王）下棋，輸了莫愁湖給他，故後人築樓，供徐遺像。清末曾國藩替異族效命，扼殺太平天國，後來死在兩江總督任上，恭維他的人，也在莫愁湖上築曾公閣，欲與勝棋樓媲美，其實一為民族英雄（逐胡元出境），一為民族敗類，千秋萬世，自有定評。現在且錄三首肉麻的曾公閣聯，給讀者一哂。薛時雨聯云：

出西州門迤邐而來，看桑麻遍野，花柳成蹊，十萬户重睹昇平，遺愛難忘，白叟黃童齊墮淚；
與中山王後先相望，幸湖水波恬，石城烽靖，五百年允符風會，大名並峙，袞衣赤舄更圖形。

許振禕聯云：

過西州門，風景不殊，長懷丞相經營之烈；
此一湖水，潢汙可薦，留俟後人謳歌而來。

徐壽茲聯云：

英雄兒女，將相王侯，小閣聚人豪，終古江流淘不盡；
世界滄桑，樓台煙雨，名湖猶昔日，幾回劫夢醒無痕。

這些捧民族敗類的聯，也「熱鬧」了七八十年，到一九五〇年以後，曾公閣已經不知何處去，而此等聯語，亦隨之「羽化」無蹤。曾國藩「人豪」哉？

譏富翁

三十年前上海租界裏有個英籍猶太富翁哈同，他的「大名」在舊時代的上海人心裏，既是一個吸血鬼又是「慈善家」。民國二十年（一九三一年）農曆五月初四日死去，遺體就埋葬在他的花園（愛儷園。大門園區是書法家高邕所寫的）裏。他死後二十年，花園已不保，被改建為中蘇友好大廈，他的墳墓也移往別處了。

當哈同後人為他辦喪事時，所收的輓聯不下二千，章太炎聯云：

弦高有報鄭之心，四海皆兄弟，章紱酬君猶淺矣；

莊周以達生自命，萬物為齎送，形骸於我何有哉！

上聯的「章紱酬君」，指辛亥革命時，志士攻上海製造局，因缺乏軍餉，哈同知其事，馬上借給革命軍三萬元，後來民國政府贈以三等文虎章。

董康在上海做律師時，愛儷園聘他為法律顧問，園中辦喪事，兩側之燈聯，皆為哀悼之詞，全出董康之手。錄三首如左：

致力兼儒行禪機，歇浦激寒潮，高明弁著畸人傳；
遺愛在生前死後，韓陵留片石，大筆酣題國士墳。

哈同夫婦佞佛，曾耗巨資刻佛經，又在園中創辦一所倉聖明智大學，故上聯云云。至於下聯的甚麼「韓陵」、「國士墳」，則擬於不倫了。又云：

雖作陶朱，三徑仍希陶靖節；
久經漢臘，兩楹重睹漢官儀。

所謂「漢官儀」是指哈同喪禮中有點主之舉，請清朝三鼎甲劉春霖（光緒三十年甲辰狀元）、夏壽田（光緒廿四年戊戌榜眼）、鄭沅（光緒二十年甲午探花）行點主禮，合致筆金一萬元，腐儒聞之撟舌不能下。這也叫「漢官儀」，真不知所謂！又云：

大好園亭，茂陵罷鼓求凰曲；
依然城郭，華表俄看化鶴歸。

明朝的書法大家祝枝山（允明），曾在廣東興寧縣做縣官（他在興寧時，曾著《興寧縣志》，其稿本十餘年前發見，由上海文化機構影印行世，書法絕妙），有某富人以彈棉花起家，有了幾個錢便想附庸風雅，築書齋既成，以重金請祝枝山撰寫一聯，枝山隨手書贈云：

三尺冰絃彈夜月；
一天飛絮舞春風。

富人得之大喜，珍如圭璧。後來有人對他說，這是祝大老爺嘲笑你呀。富人說，我實在是彈棉花出身的，怕甚麼！

史可法祠

揚州有史可法祠墓，聯對頗多，民國廿三年（一九三四年）十月我第一次往遊，曾錄其佳者十餘在簿中，陳弘謀（廣西桂林人，清朝乾隆間大學士）聯云：

佩鄂國至言，不愛錢，不惜死；
與文山比烈，曰取義，曰成仁。

鄂國指宋朝的岳飛，以其封鄂王也。文山是文天祥。俞樾（號曲園，浙江德清人，道光朝翰林）聯云：

明月梅花，拜祁連高塚；
疾風勁草，識板蕩忠臣。

又有二聯，已忘作者之名，今錄左：

生有自來文信國；

死而後已武鄉侯。

這一聯寫得很好。上比用史可法故事。相傳史可法的母親夢文天祥來投生，即產下這位民族英雄。又一聯云：

數點梅花亡國淚；
二分明月老臣心。

此聯雖平常，但切揚州與梅花嶺。

梁章鉅的《楹聯叢話》，有幾副史可法祠墓聯，大可一談。他說：

揚州梅花嶺下，史忠正公可法祠，蔣心餘太史士銓聯云：「讀生前浩氣之歌，廢書而歎；結再世孤忠之局，過墓興哀。」又墓柱聯云：「心痛鼎湖龍，一寸江山雙血淚；魂歸華表鶴，二分明月萬梅花。」又不知姓名一聯云：「殉社稷，只江北孤城，賸水殘山，尚留得風中勁草；葬衣冠，有淮南抔土，冰心鐵骨，好伴取嶺上梅花。」謝蘊山啟昆知揚州時，修葺史閣部祠墓畢，夢閣部來見，因問為公修葺祠墓，心知之否？曰：知之，此守土者之責也；然要非俗吏所能為。問己官位，曰：不患無位，患所以立。問：將來有子否？曰：與其有子而名滅，不如無子而名存。因問：公祠中少一聯，應作何語？曰：「一代興亡關氣數；千秋廟貌傍江山。」謝為書丹勒石，今存祠內。

謝啟昆所謂夢中見史可法，告以宜用此聯飾墓柱云云，直是騙人鬼話，如果史可法死而有靈，他怎肯相信中華民族亡於異族是有關「氣數」非人力所能挽回的？如果他真有此想頭，他就用不著抗清兵，一心一意「順氣數」，向「真命天子」投降了。史可法是這樣的人嗎？（按：謝啟昆字良壁，號蘊山，又號蘇潭，江西南康人，乾隆二十六年辛巳恩科進士，授職編修，官至廣西巡撫，著有《樹經堂集》。）

蔣士銓聯「結再世孤忠之局」，是指史可法為文天祥再世事，此說舊日曾盛傳一時，雖屬迷信之談，但亦可見當時人民憤恨侵略者的心理。據俞曲園說，曾國藩滅太平天國後，坐鎮金陵，曾出巡揚州，拜史公祠後，欲作一聯以志仰慕，見蔣心餘此聯，大為佩服，不敢獻醜而罷。國藩生平以聯語自負，他之不敢題聯，不知是否在措詞上有困難，因為他在不久以前為異族效命，有愧對此民族英雄也。國藩不欲「獻醜」，自是他的識趣，俞曲園恐未知他的心事也。

輓「狀元宰相」

文天祥是狀元宰相，他一生的彪炳事蹟，誰人不知，除非中國的文化全部滅亡，八億人民盡講番話讀番書，他的大名也許會澌滅。他之名垂不朽與日月爭光，不必藉狀元宰相的頭銜，自有其千秋事業。但清朝末葉也出了一個狀元宰相，名叫陸潤庠，他死了到今不過五十多年，現在的人能舉其名者恐怕寥寥可數，儘管他是結中國千年狀元宰相之局的一個人。

陸潤庠是江蘇元和縣人（民國成立後，與長洲同併入吳縣），字鳳石，同治十三年甲戌（一八七四年）狀元，官至東閣大學士。清朝沒有設宰相，但大學士例必入閣，就等於拜相，所以一般人以大學士為宰相。清朝二百多年中，狀元拜相者不過三兩人，故此在封建時代中狀元拜相是十分矜貴的。

民國四年（一九一五年）春夏之間，袁世凱的帝制運動正在密鑼緊鼓中進行，關心溥儀的那批遺老遺少很為憂慮，一旦袁皇帝登殿，怎樣安置「宣統皇帝」？叫他俯伏稱臣，三呼萬歲嗎，溥儀當然不肯；叫袁世凱容許北京城裏有兩個「天子」嗎，袁皇帝亦心有不甘。這個局面很是微妙，遺老們替「皇上」耽憂不是沒有理由的。是年八月，陸潤庠以七十五高齡死於北京，死得合時，可以不見這種不愉快的局面了。

陸潤庠死後，各方所致的輓聯極多，現在只談談比較有趣的數首。詩人易順鼎聯云：

繼秀夫伴寡婦孤兒，讀史至今餘涕淚；
後信國作狀元宰相，令人不敢薄科名。

這一聯不算好，上比更擬於不倫不類。從遺老的立場來說，溥儀還在紫禁城中「稱孤道寡」，哪裏有絲毫亡國氣象，何況這個「陸秀夫」還沒有負「宋帝」投水呢。這時候，隆裕太后死已三年，故宮中亦無寡婦了（不過還有四位太妃）。中國歷史上的亡國之君，最夠運者無如溥儀，如果他不搞復辟陰謀，不搞「滿洲國」，後來何致做戰犯？

陳寶琛與陸潤庠同是宣統三年（一九一一年）奉旨教溥儀讀書的師傅。寶琛為人雖然也很會幻想，但比較穩重，他很耽心袁皇帝大登殿後，怎樣處置前朝的「宣統皇帝」？會不會對孺子不利，會不會像順治皇帝那樣把明思宗的太子殺了，會不會像宋太祖那樣示意潘美等人將故君的子孫殺盡，斬草除根？有此種種問題，他不免羨慕死者有福，不必為這些事傷精神了。他的輓聯云：

來日大難，及此全歸天所篤；
個人又弱，既為後死責奚辭。

寶琛老早知道像這樣的局面是不易收拾的，所以他一向反對復辟，反對出關投向日閥的懷抱。他認為他的「皇上」應該安份守己，不可亂動，萬不可自行破壞優待條件，使民國當局有所藉口。因此陳寶琛就招惹到那批死硬派的遺老的唾罵，怪責他不積極，只顧個人在福建故鄉的田宅。隱居在香港的一個頑固遺老何藻翔（順德人，光緒十八年進士，芝麻綠豆般的京官。工詩，一九三〇年死在香港）在詩中就這樣的罵過他。豈知寶琛所見實比那批死硬派為高，「來日大難」，既悼逝者，亦行自念也。一九三五年寶琛死於北平，臨終前語所親云：「來日大難，此局不知如何了」（其訃文中似亦載之），則他亦知「滿洲國」非金城湯池那麼「鞏固」的了。

在蘇州的一個遺老葉昌熾，他讀到溥儀的「上諭」，贈死者「太傅」，謚「文端」，還賞銀三千兩治喪，派貝勒載潤帶領侍衛十員前往奠醊，便覺得「一如承平故事，不啻重見漢官儀」，真可笑也！他的輓聯云：

平生事陸宣公，尚在童年，溯奉教官箴，道義相期，白首滄桑同一慟；
祈死如范文子，克完晚節，誦飾終恩詔，哀榮無忝，丹心汗簡照千秋。

王揖唐為甲辰末科進士，會試時出陸潤庠門下，有聯輓之云：

公門桃李盈天下；
師相哀榮殿勝朝。

揖唐的後半生不足道，但此聯卻寫得甚好。

輓陳炯明

民國廿二年癸酉（一九三三年）九月二十二日陳炯明在香港毓秀街二十五號定廬逝世，享年五十七歲。陳這個人一生的「最大壞處」，就是反叛國民黨，國民黨人至今仍以「逆」、「叛徒」罵之。但當他死前死後那十多年間，老百姓卻不罵他為叛逆，到底他並未曾賣國，未曾把中國一寸土地丟掉，廣東人民還有不少懷念他的舊德，禁煙賭，不貪財，其顯著者也。

陳炯明死後，香港有人發起追悼會，當年的黨國名流，地方軍閥和他有袍澤同僚關係者，都不敢致送哀悼之詞，只有不在位的吳稚暉還送了一輓聯，並附跋語，此聯雖然不是文學中上乘作品，其中卻有一段故事可述，合於聯話之例。聯云：

一身外竟能無長物，青史流傳，足見英雄有價；
十年前所索悔過書，黃泉送達，定邀師弟如初。

上款署「競存先生千古」，下款「弟吳敬恒拜輓」。跋語云：「民國十年（按：一九二一年辛酉）總理將北伐，恐東江陳兵牽掣，汪精衛先生囑予與鄒海濱先生晤陳於汕尾，談反正，陳許可，復至總理韶關行營說之。總理祇索悔過書一紙，別無條件。後陳為部下所持，遂未成。總理生平受拂逆甚多，但能悔過，無不待之如初，且加厚用，惜此一紙書竟未成也。競存先生身後蕭條，一身之外無長物，正彼所能含笑入地者，乃時論反以為不能瞑目，豈意中以為得如盛宣懷之大出喪，倪嗣沖、馮國璋之死後有爭產訟事方算合格乎？然則今日一命之士居於高位者，頗多嗜利不輟，彼等正解群眾心理者也。製造子孫為煙鬼，為花公子，彼等不恤也。陳公子勉乎哉，先公正玉成君等之勤苦奮學，出人頭地也。敬恒。並識」

民國十一年陳炯明的部將葉舉發通電請孫中山下野，接著又炮轟總統府，孫中山走避上海，廣東地盤為陳炯明所得。到民國十三年國民黨改組，國共合作，陳炯明舊屬黃居素（今隱居香港，七十多歲了）認為這麼一來革命事業將大有發展，力主陳復加入國民黨，從事國民革命，是年五月，黃居素持吳稺暉長函往海豐見陳炯明，陳亦意動，六月廿五日雙方代表在香港堅道某宅會商合作事宜，廖仲凱代表孫中山，堅持陳須具悔過書為唯一條件，馬育航代表陳炯明，電請陳意見，陳不允。

居素聯云：

天下皆順，乃甘獨逆，順者如斯，逆者已矣；
彼此一離，竟不復合，離何所失，合何為哉！

章太炎聯云：

祭仲逐突，春秋不非，嗟斯人何獨蒙謗；
項王刓印，英雄一短，願時賢借以自懲。

上聯的「祭仲」，指春秋時代鄭國的大夫祭仲足（「祭」字讀蔡音，其先為祭封人，掌封疆者，後遂以為氏。字足，故一稱祭足，一稱祭仲足，亦稱祭封人仲足），突是鄭國國君莊公之子，祭仲逐去之，而《春秋》未加以譴責。章太炎同情陳炯明作反，引《春秋》不以祭仲為叛逆，何以陳炯明逐孫中山則為叛逆也。太炎此說自是主張在共和民主時代，無所謂「君臣上下」，誰都可以造反，所謂天下乃公器，「有德」者居之，換句話說，有槍便有政權耳。下聯則向國民黨及非國民黨軍政要員提醒，教他們「醒目」。

鄒魯與悔過書一事亦有關係，輓聯云：

卅載深交，知兄堅苦廉能，誰與並駕；
一生恨事，違我精誠勸勉，致永分途。

新加坡廣三和同人輓聯云：

憶西省戰事成功，師甫班旋，中山信饞誣叛逆；
著中國統一芻議，語多中肯，餘杭正論贊先生。

《中國統一芻議》是陳炯明於民國十六年（一九二七年）所作的，下一年章太炎為題辭，甚備稱讚，下聯即指此也。章太炎和陳炯明的交情很好，陳的墓志銘即出其手，其記陳反孫有云：「十一年，孫公謀北伐，君以兵力未充，辭。孫公疑君有它志，陰令部將以手銃伺君，其人弗忍，事稍泄。其夏，孫公竟出師攻江西，身赴韶關督師，或言陳氏終為患，孫公返，免君職，宣言以綠氣攻異軍。君時在惠陽，舊部葉舉襲孫公於會城，孫公走，君復稱都督。」文中又說孫中山已經免去陳炯明的廣東省長及粵軍總司令職，名義上與孫斷絕關係，已無上司下屬之分，不能稱為逆了。太炎在國民黨勢張之時，能作此言，具見其有正義感，真讀書人而有氣節者也！

民元春聯

民國元年一月一日，為宣統三年辛亥十一月十三日，到壬子年元旦，北京有人貼春聯於大門云：

攝政王興，攝政王亡，一代興亡兩攝政；
中華國民，中華國土，千年民土本中華。

此聯對仗尚工，也很有意義。清兵入關奪取天下之時，是攝政王輔順治；垮台時，也是攝政王執統治權。

討厭總統

民國十二年（一九二三年）雙十節，賄選總統曹錕由保定入京就職，北京宣武門外，有人掛一聯云：

總而言之，統而言之，此日又逢雙十節；
民猶是也，國猶是也，對天長歎兩三聲。

可見人民對於「總統」這個名稱討厭已極！

誚爬翁

譏爬灰翁的對聯見過不少，但總沒有昔人所集四書句那一對那麼詼諧有趣。此種絕不正經的事，而以四書出之，真妙不可言也。集此聯者為誰，今已不可知，我是四十年前見上海小型報《晶報》所載的。聯云：

彼丈夫也，辭尊居卑，父不父；
有婦人焉，用下敬上，親其親。

集句工整，平仄相稱，亦涵有意義。上聯是說這個缺德的家翁，有尊長都不做，偏要自降身份，和媳婦做敵體，這就是「父不父」。下聯說的是這個媳婦是以低一輩的關係，同時是以「下」來孝敬上一輩的家翁，這就是「親（作動詞解）其（丈夫）親（丈夫的父親）」了。

酒與麻雀

劉世珩以收藏馳名海內，亦工詩文（他是舉人出身，父親為前廣東巡撫劉瑞芬，亦曾任出使英法大臣），他是安徽貴池人，字葱石，號聚卿，官至度支部右參議，到民國初年才逝世。他在辛亥後隱居上海租界，坐擁厚資，為遺老群中之富有者。有朋友向他索聯為贈，世珩即撰句書之，聯云：

酒中三百六十日；
座上東南西北風。

原來他的朋友不止喜愛杯中物，而且每天都要打牌十二圈，自謂乃「衛生麻雀」也。

調侃死人

丁文江（江蘇泰興縣人，字在君，留學英國，辛亥革命前數月學成歸國，為著名的地質學專家）死於一九三六年一月五日，他是上一年十二月在湖南衡陽中煤毒的，趕回長沙醫治，誤於庸醫，終無法救回他的生命。近日見一九三六年三月十二日出版的《逸經》半月刊，載有化名鄭同志者，輓丁一聯云：

為百年痛惜專才，其奈高人逢儉歲；
後三月追蹤連帥，故殉知己賦同歸。

此聯寫得雖非怎樣好，但卻包含了一九二六年與一九三五年，一些故事可入聯話。上聯之意甚顯明，不必贅說，下聯的「連帥」指一九二六年五月自封五省聯軍總司令的孫傳芳也。孫傳芳既逐走江蘇督辦楊宇霆，乘戰勝餘威，又逐去皖督姜登選（一九二五年的事），至此兼有蘇、皖、贛、浙、閩五省地盤，五省將帥，悉聽號令，故世人以「聯帥」稱之。聯言「連帥」，則以周禮有「十國為連，連有帥」一語，後人遂以之稱擁有兼圻重兵之官吏。丁文江本是科學家，但與梁啟超的研究系有密切淵源，孫傳芳請蔣百里做江蘇省長或上海市長，但百里不願捲入政爭漩渦，介紹丁文江自代，丁又轉介紹陳陶遺為江蘇省長，自居淞滬市政督辦。其時研究系要角如張君勱、劉厚生等皆在孫幕，參與密勿，他們都主張孫傳芳與蔣介石一戰。結果聯帥一敗塗地，後來跟著少帥張學良出關，到一九三〇年，聯帥隱居天津學佛，一九三五年十一月十三日，在居士林被施從濱之女劍翹鎗殺死去。

五省聯帥垮台，丁文江也因北洋軍閥餘孽而受到新的統治者冷淡，他本來有點官癮的，到此不得不轉回去搞科學，在一九二九、一九三〇年間，他領導了一個大規模的「西南地質調查隊」，從事科學測驗。下一年在北大教書，一九三四年接任中央研究院的總幹事。在此時期，研究系頗在政壇得勢，而丁文江卻不如翁文灝那樣做了大官，多少吃了「聯帥」之虧。輓聯以黨人口吻來調侃死者，未知此「鄭同志」究為國民黨何許人也。（丁文江之弟文淵，在香港搞文化，一九五七年十二月廿九日死去，年六十一歲，在君死時五十歲。文成後，簡又文先生告我，「鄭同志」乃鄭洪年。）

西湖三忠祠

舊日西湖有三忠祠，祀徐用儀、許景澄、袁昶。這三人都是義和團運動時，力言義和團不可恃，亂殺外國人為不文明，因此觸怒西太后，把他們殺了的，過了不久，八國侵略軍攻入北京，辛丑議和之時，西太后為了討好洋人，恢復三人原官。到宣統元年（一九〇九年）三月二十日，又下上諭予三人謚號，並准在西湖建祠。劉樹屏作祠聯云：

與立尚書聯閣學同罹北寺奇冤，痛篋中諫草未寒，淺土黃沙，正氣竟埋燕市血；
配岳鄂王于少保一例西湖廟食，望天半靈旗來降，雲車風馬，忠魂長咽浙江潮。

上聯的立尚書、聯閣學是滿洲人立山、聯元。立山官戶部尚書、內務府大臣，兩人皆反對義和團被殺的。下聯是指岳飛與明朝的于謙，兩人亦皆冤死，葬杭州，亦皆有祠廟，故拉來陪襯。

劉樹屏是江蘇陽湖人（今併入武進），字葆良，光緒十六年庚寅進士，授檢討，官至安徽候補道。許景澄、聯元是翰林，袁昶進士，徐用儀舉人，徐官兵部尚書，許官侍郎，出使俄德，歸國後主持外交，袁官太常寺卿。宣統元年三月二十日諭旨云：「朕恭讀光緒二十六年二十七年疊奉諭旨，特將誣陷被罪之前戶部尚書立山……袁昶開復原官，並錄用子嗣，仰見我德宗景皇帝……一秉至公。惟念該故員等心存君國，忠蹇可矜，允宜再沛恩施，嘉名特錫，立山……均著加恩予謚，用示朕推廣慈仁之至意。」接著立山謚忠貞，徐用儀忠愍，許景澄文肅，聯元文直，袁昶忠節。

輓陳宜禧

一九三〇年，陳宜禧逝世，很多人都為這位愛國華僑的典型人物惋惜。

陳宜禧字暢庭，廣東台山縣，斗山六村人，道光廿四年甲辰（一八四四年）出生，因為家境貧窮，很年青便到美國在舍路埠當鐵路工人，一做就做了四十年，積累了很多豐富的築路經驗。光緒三十一年（一九〇五年），他回到故鄉，提出建築新寧鐵路的辦法，馬上得到社會人士贊同。

光緒三十二年四月，新寧鐵路動工興建了。這條鐵路完全由中國資本、中國工程師建造，絕不求外國人幫忙。築成後，博得海內外愛國人士稱讚，到七十六歲高齡，他還計劃興建由台山至陽江縣築一條百多公里長的支路。一九二七年，廣東建設廳廳長馬超俊收此路為省有，陳宜禧被迫離開了新寧鐵路，最後因受刺激而神經失常，民國十九年（一九三〇年）含憤而死，享年八十七歲。

陳宜禧死後，有很多人致送輓聯，頌贊這位愛國華僑。有新會人陳篤初一首長聯，反映陳宜禧生平事跡，可作其小傳讀，今錄左：

> 早歲涉重洋，力情勞金，由是習技能，通藝術，且得華洋傳仰，交推為一方領袖之人才。噫！非奇士耶？綜覈畢生行誼，或譏其剛愎，吾服其樸誠；或詆其自專，其吾嘉勇敢。志願宏大，節目疏闊，伊古英雄，每不免幾微累，何必深求。竊幸附屬宗盟，忘年結契，素履我特詳專，憶昔杯酒言歡，款洽瓊筵曾幾度。
>
> 暮齡歸故里，獨招路股，又兼司經理，督工程，猶復瑣屑躬親，竟完成兩邑平衡之軌道。吁！簡偉績矣！近聞閭巷叢讟，有功過並衡，固未臻允愜；有毀譽參半，亦未見持平。任事維艱，知人恒莫諒當局難，妄加詬病。試問非易。唯茲眾口，支撐廿載，蕩產傾家，後賢儔先繼者？迄今蓋棺論定，巍峨銅像永千秋。

新寧鐵路築成後將近二十年，到抗日戰爭時，遭日寇飛機轟炸，全部破壞，只留下路基和陳宜禧的銅像供後人憑弔了。

揚州平山堂

揚州的平山堂，為江南勝跡，亦因其出自歐陽修所建。其地在蜀岡中峰法淨寺內，北宋時代，歐陽修做揚州太守，愛其風景，謂登堂遠眺，江南諸山，拱揖檻前，若可攀躋，故取名平山（此數語見《寰宇記》）。伊墨卿（秉綬）做揚川府時，題聯云：

隔江諸山，到此堂下；
太守之宴，與眾賓歡。

梁章鉅《楹聯續話》卷二載章鉅題平山堂聯：

高視兩三州，何論二分月色；
曠觀八百載，難忘六一風流。

聯成後，質之其師阮元，甚壯其語。又云：「朱蘭坡同年亦曰：『平山堂詩，以王荊公『一堂高視兩三州』為最。平山堂聯，以伊墨卿隔江諸山十六字為最，今君此聯出，真可鼎立而三矣。因亦用隸體書就，送懸堂楹。……』」（梁章鉅、阮元、伊墨卿，知者多，不贅。蘭坡為朱珔之號，他是嘉慶七年壬戌翰林，安徽涇縣人，官至贊善。）

丁紹周於同治九年（一八七〇年）五月，簡放四川鄉試正考官，入闈試士時，八月又簡放浙江學政。他在四川辦完考試後，即趕往浙江上任，經過揚州，法淨寺的和尚請他題聯，他即題云：

曾從山水窟中來，秋色可人，征袂尚留巫峽雨；
欲向海雲深處住，郵程催我，扁舟又向浙江潮。

紹周字廉甫，江蘇丹徒人，道光三十年翰林，官至光祿寺卿，著有《浮玉山房詩集》、《蜀游草》等書。

彭玉麟聯云：

大江南北，亦有湖山，來自衡嶽洞庭，休道故鄉無此好；
近水樓台，盡收煙雨，論到梅花明月，須知東閣占春多。

彭玉麟與所謂「中興名將」曾國藩、左宗棠皆稱製聯能手。此聯雖有情致，但只是對揚州有情致而已，置諸揚州任何勝跡都可以，不必拘於平山堂，因為它未能寫出平山堂特點。崧駿一聯，出諸集句，亦頗能切平山堂景致。句云：

遠呑山光，平挹江瀨；
下臨無地，上出重霄。

崧駿字鎮青，滿洲鑲藍旗人，咸豐八年戊午科舉人，光緒十二年（一八八六年）以漕運總督授江蘇巡撫，後調浙江巡撫，十九年死於任上。他寫此聯或在蘇撫期間。

福州人龔易圖，亦為製聯名手，他所題平山堂二聯，雖遠不如他在故鄉花園中那一首「平生最愛說東坡，日啖荔枝三百顆」之膾炙人口，但亦甚可讀，錄如左：

幾堆江上畫圖山，繁華自昔，試看奢如大業，令人訕笑，令人悲涼，應有些逸興雅懷，才領得廿四橋頭，簫聲月色；
一派竹西歌吹路，傳誦於今，必須才似廬陵，方可遨遊，方可嘯詠，切莫把濃花濁酒，便當作六一翁後，餘韻流風。

又一聯云：

登堂如見其人，我曾經泰岱黃河，舉酒遙生千古感；
飲水當同此味，且莫道峨嵋太白，隔江喜看六朝山。

江陰人金武祥，同治年間在廣州做小官，但他的文才頗高，詩詞都有一手，亦精聯語，他題平山堂聯云：

勝蹟溯歐陽，當年風景何如，試問橋頭明月；
高吟懷水部，此去雲山更遠，重探嶺上梅花。

武祥字溎生，又字粟香，著有《粟香五筆》、《赤谿雜志》、《漓江雜記》等書，民國十三年甲子（一九二四年）逝世，年八十餘，汪兆鏞輓以聯云：

結交老蒼逾卅年，徵文考獻著書必傳，記翦燭商量，舊夢益悲赤谿志；
造訪盤桓曾六日，惜別傷時赴書忽至，歎乘桴飄泊，墜懽忍憶艤舟亭。

下聯言民國九年庚申（一九二〇年），兆鏞往江陰訪他，他帶汪出東門，至艤舟亭，指點給他說蘇東坡曾在此地停舟的故事。

輓周壽昌

光緒十年（一八八四年）十月廿七日，周壽昌在北京逝世，年七十一歲。李慈銘輓之云：

仕宦皆虛，衹平生三史千秋，豈特補遺刊貢父；
風流頓盡，想地下七賢再續，也應後至笑王戎。

周壽昌字應甫，一字荇農，晚號自庵，湖南長沙人，道光廿五年乙巳恩科進士，散館授編修，官至內閣學士、署戶部左侍郎。他雖然官卿貳，但仍然儒素，不失學者風度。平生致力史學，著作甚多，最為學術界所知者為《周氏三史校注》、《思益堂集》。李慈銘十月廿八日日記云：「聞周荇丈於昨日酉時卒，即素衣往哭之，已斂矣。老輩深交，從此遂盡，一棺已蓋，音容渺然，深可悲也。」

曾紀澤是周壽昌的鄉後輩，周謝世時，他正在駐英國公使任上，到下一年八月才知道他的死訊，亦輓以聯云：

得英才而教育，化雨及時，經公文席玉成，桃李春風多快士；
歎父執之凋零，疎星向曙，夠我瓣香師事，蒹葭秋水正伊人。

周壽昌死後廿餘日，另一個二品武官周壽昌在廣西逝世，清廷下令優卹。《越縵堂日記》是年十一月十九日有一段云：「邸鈔，詔：記名提督、貴州安義鎮總兵周壽昌，前在江蘇、浙江等省，著有戰功，現赴廣西軍營，駐扎關外，染瘴身故，加恩照提督軍營立功後病故例，從優議卹，從潘鼎新請也。」李越縵在日記中錄此段邸鈔後，在其後注云：「壽昌，字如南，安徽桐城人，由行伍出身，積功至今官（本從捻賊，改姓名曰錢桂誠，受偽王封），與荇農閣學同姓名，而一時並歿，亦可異也。」他們同姓名，而官又同二品，同在十月逝世，真是巧合。

巧對

四五十年前廣州市有一間茶居名叫天然居，頗有名，某名士出聯徵對云：

客上天然居，居然天上客。

上聯十個字回環讀之，而含義不同，誠不易對。當時應徵之聯約百餘對，但沒有甚麼特色的，後來只好勉強取一對，句云：

船下河泊所，所泊河下船。

河泊所是清代廣州的官署名稱，河泊所大使，設於明朝洪武十五年（公曆一三八二年），據《明史》職官志所載，當時規定天下河泊所凡二百五十二，歲課糧五千石至萬石者設官二人，三百石以上者設一人。清朝沿之，設河泊所大使，官品為未入流，但事實上僅廣東一處。河泊所的性質，大抵與後來民國所設的水上警察差不多，據廣州老輩說，河泊所還管轄到珠江上的花艇，是一個「風流官」呢。

後十餘年，廣州有一家報館以此徵對，這次居然有三百多對投到報館的編輯部，聞只得十餘對中選，最好的兩對今尚記得，第一對云：

城開不夜天，天夜不開城。

舊日城門，一到晚上十點以後就關閉，出入甚感不便，但如果以茶錢給守門人，亦可開鎖通融。第二對云：

堂中掛好畫，畫好掛中堂。

曾見三副類似離合體的聯對，頗工整有趣，錄之如左：

冰冷酒，一點兩點三點；

丁香花，百頭千頭萬頭。

國亂民困，王不出頭誰作主；
天寒地冷，水無一點不成冰。

鴻是江邊鳥；
蠶乃天下虫。

福州名勝

福州烏石山西南麓的城邊街，有雙驂園，又有沈葆楨祠，這兩處也是城中勝蹟，有很多聯語，可惜我遊後讀過就大半忘記了。雙驂園是龔氏之物，最先是閩人龔海峰在此處築一雙驂亭，太平天國戰役後毀去，到光緒年間，其姪孫龔易圖將其遺址闢為雙驂園，園中有佳種荔枝數十株，為全閩之勝，人們每於清晨曉露未收的時候，走到園中的啖荔坪飽啖荔枝，成為福建詞人一件韻事，近代名人著之詩篇者不知凡幾。園中有淨名菴、注契洞、南社詩龕、袖海樓、餐霞仙館、蕉徑、烏石山房、在山泉、俱有亭等建築。

龔易圖工詩詞，尤長聯語，集句極工，烏石山房集句楹聯云：

平生最愛説東坡，日啖荔枝三百顆；
天下幾人學杜甫，安得廣廈千萬間。

此聯久已膾炙人口。餐霞仙館云：

欲上青天攬明月；
間與仙人掃落花。

袖海樓云：

釣竿欲拂珊瑚樹；
海燕雙棲玳瑁梁。

淨名菴云：

舊夢湖山又吟局；
遙天風雨亦吾廬。

皆極工切。龔易圖字藹人，咸豐九年庶吉士，散館改雲南知縣，據陳石遺的《石遺室詩話》說他：「天資敏捷，自官文書以至詞賦，皆下筆立就，不甚思索。詩才雅近隨園，間出入於甌北，身世亦兼似兩人。弱冠入詞林，散館出宰滇南，四十餘歲，罷官歸里，腰纏百萬，廣築園林，徜徉終老，此其似袁者也，但壽僅六十餘，不及袁，而富遠過之。……」龔易圖在廣東做布政使時，頗以貪污著名，後來被御史鄧承修所劾，還要勒令他報效朝廷，龔因此罷官，石遺於文中諱言之，殆以其為鄉先輩也。

龔易圖在福州城中的園林共有四處，在城北的叫環水軒，為北後街三十三號，園前此為三山驛，稱三山舊館。入園有大堂數座，為龔氏祠堂及住宅，以水勝。池塘十畝，環繞如帶，環璧池館在池之北，有聯云：

綠波照我又今日；
紅樹笑人非少年。

又集《文選》句為聯云：

無所去，且住住，臨清流，倚茂樹；
既相逢，莫匆匆，觴明月，棹輕風。

龔氏園在城東南的叫芙蓉別島、武陵園，以水石勝，這個大官僚也可說是享盡人間清福了。案龔氏死於光緒十四年（公元一八八八年），只五十九歲，見謝枚如所作的《布政使司布政使藹仁龔公墓志銘》，陳石遺說他「壽僅六十餘」，大約誤記。

城邊街又有莊氏祠堂，莊氏為八閩鉅族，其先人於明朝中葉從福清縣的犀塘鄉遷居福州後，其裔孫鼎元、鼐元皆中進士，但不出仕，以經商致富，在烏石山麓築別墅及宗祠，祠傍岩立，拾級而登，上有止止堂，莊鼎元撰聯云：

笠屐寄生涯，剔蘚摩苔，四面青山應笑我；
蓬萊原咫尺，吟風嘯月，一支綵筆屬何人。

福州的西門，舊有小西湖，湖廣十餘里，後來漸漸淤塞，湖面小了許多，昔日的西湖十六景所餘無多了。一九一四年，福州當局將西湖舊址闢為西湖公園。湖心有兩嶼，一名謝坪嶼，一名開化嶼，開化嶼的中心有一開化寺，寺的正面築有一噴水池，池中有假山，風景甚美。

黃莘田集葉向高詩句題開化寺聯云：

桑柘幾家湖上社，
芙蓉十里水邊城。

聯寫西湖之景，久已不存。清代福州府治地方甚廣，城外有芙蓉山，故下聯云云。莘田在乾隆年間曾在廣東做知縣，以風雅不理民事，為上司所參，奉旨革職，回鄉時，行裝只有端硯十餘方而已。

福州城內有雙塔，遙遙對峙，一在城東南隅九仙山麓，一在城西南隅烏石山麓。塔皆七級。城中的百一峰閣，梁章鉅題一聯云：

平地起樓臺，恰雙塔雄標，三山秀拱；
披襟坐霄漢，看中天霞落，大海瀾迴。

章鉅字茝林，進士出身，道光年間官至江蘇巡撫，著書甚多，輯有《楹聯叢話》。福州向有三山之稱，文字中的「三山」，即代表福建省城，以城東南有千山，西南有烏石山，北有越王山之故。

輓廣東死事新軍

清宣統二年（公元一九一〇年）正月初三日，廣東的新軍和巡警爭吵，革命黨人聯絡新軍乘機起事，軍民大起衝突，後來民黨被防軍擊死數百人，起義之舉，算是被清廷鎮壓了。（宣統元年除夕，有新軍數人在廣州雙門底某圖章店刻圖章，與巡警口角起禍。）

這時的兩廣總督是袁樹勳，他是宣統元年下半年到任的，此案發生後，得到革職留任的處分，但到了九月廿二日他就託病辭職，隱居上海了。新軍步兵巡防營統領吳宗禹最殘暴，為人民所憎恨，此役新軍的將官也死了三人，一標步隊隊官胡恩深（字克昌，湖南人），炮隊管帶齊汝漢（字小江，安徽人），二標步隊官李錚（字鐵生，廣西梧州人）。胡齊二人是戰死的，李錚則恐怕約束部下不嚴而受處分，跳井自殺。袁樹勳於廣東各界公祭三死者之日，致輓聯云：

晨風黃鳥失三良，愧無酬報忠魂，且拜封章乞褒卹；
泰山鴻毛同一死，此是考終正命，合留紀念在軍人。

此聯是故友劉筱雲先生對我說的，劉君曾任新軍軍醫。他說代筆者是督署總文案沈同芳（武進人，光緒甲午翰林）。廣東藩司陳夔麟有輓齊汝漢長聯云：

良家六郡，詎變生肘腋，率師先兆輿屍，慘槍林彈雨，喪我偏裨，馬革孤忠，同抱丹心感袍澤；
壯志千秋，視戮力疆場，授命尤昭大節，藉紫荔黃蕉，奠茲毅魄，燕塘遺壘，應留碧血照山河。

代筆者不知是何人，也許是陳氏本人之作，因為他也是翰林出身尚能要幾筆也。

輓袁樹勳

民國四年乙卯（一九一五年）三月七日袁樹勳死於上海，年六十九歲，十二月，歸葬湖南衡山縣的金盆山。他的同鄉趙啟霖輓之云：

拋湘上漁簑，雲起龍驤，從古功名關際會；
問江南別墅，鳥啼花落，惟餘風景閱興亡。

樹勳字海觀，湖南湘潭人，生長在貧苦人家，小時候曾做過看羊人，又曾以打魚為活，後來投軍，和捻軍打仗，以運餉有功，升知縣，漸漸爬到上海道台、山東巡撫，又升兩廣總督，全靠「運氣」，故上聯云云。下聯言其在金陵的絜漪園也。（趙啟霖字芷孫，湖南湘潭人，光緒十八年進士，授編修，一九三七年逝世，年八十歲。）

絜漪園為金陵名園之一，樹勳在山東巡撫任上時，以善價得之，刻意經營，遂復舊觀，但民國二年二次革命時，張勳的辮子兵「放假」三日，大肆焚掠，園亦被破壞，二百餘年的古梅十六株，盡被軍士斫為柴薪了。一九二八年，南京市府築中正路，絜漪園被攔腰截而為二，園遂居中正路之東，其中一部分建築為財政部租用（自北洋政府始，江蘇財政廳早已租用了）；一部為資源委員會租用；路西則為兵工署租用。日寇投降後，絜漪園售予政府，傳說代價為黃金千餘條，那是因為陳誠關係之故，陳與袁家有戚誼也。

詩人羅癭公輓樹勳聯云：

小隱看江山，書畫婆娑足生趣；
大名參政事，經綸約略付兒曹。

袁樹勳於宣統二年庚戌（一九一〇年）因病免其粵督，即隱居上海，有時也往金陵，住在三元巷的絜漪園，優遊歲月，以書畫自遣（他收藏書畫頗多，宦囊之富，不下於陳夔龍），故上聯所云「書畫婆娑」也。下聯頗有故事可述。清亡之後，一批遺老自鳴清高，不肯在新國家中擔任公職，但卻又多方活動，把兒孫放在新政府的官廳裏，拿「周粟」來養親。袁世凱設參政院，網羅勝朝官吏甚力，樹勳亦為其所聘，列名參政，但沒有就職，也不辭職，他的長子袁思亮則在袁政府中做起印鑄局局長。（思亮字伯夔，光緒廿九年舉人，工詩，一九三九年逝世。）

光緒三十四年戊申（一九〇八年），樹勳以民政部左丞外簡山東巡撫，這是他爬上高官之始，外傳他刮了不少錢財，民國二年他回故鄉做壽，有某舉人與之為貧賤交，賀以聯云：

樹德何曾，祇緣含垢納污，細流悉歸於海；
勳績安在，除卻貪財愛色，其餘皆不足觀。

聯中分嵌其名及字，天衣無縫，甚工巧，雖然未必盡為實錄，但亦見作者的匠心了。（一說並無其事，蓋嫉樹勳者故作此讖之耳。）

壽梁鼎芬六十

溥儀的師傅梁鼎芬是一位詩人，很年青就點了翰林，因為曾大罵李鴻章為賣國漢奸，被慈禧太后把他的官降到不入流，這樣倒使他的「忠貞」之名大振，溥儀請他教書，多少有此關係。這個「天子」門生，對老師十分尊敬，民國七年戊午（一九一八年），梁鼎芬六十生日，溥儀「御製」壽聯賜之。（是年溥儀十三歲，聯乃代筆，非溥儀有此學問也）聯云：

几杖親承天貺節；
松筠交蔭歲寒堂。

鼎芬六月初六日出生，是日為天貺節。辛亥革命以後，鼎芬自名所居曰歲寒堂。除一聯一匾外，溥儀又賜以綠玉朝珠一盤，「福壽」字一份，佛一龕，白玉如意一柄，尺頭四件，銀一千五百兩（四位太妃亦合致銀一千兩，如意，衣料等）。生日一次，便撈了三千塊錢，生意倒也不錯。鼎芬「六十賜壽謝恩摺」有云：「……曠典傳之人口，精光已滿臣家。凡此高恩，實逾本份。臣惟有誠心啟告，正色敷陳，冀聖學之有成，求愚衷之無媿。較張九齡相似，玉音已定終身；與胡林翼同生，忠悃敢忘一息。……」

送壽聯賀鼎芬「賜壽」的遺老遺少，也有一百數十人，廣東人中，有石德芬、陳慶佑、許炳璈、許炳榛、屈永秋、顏世清等。陳慶佑（字公輔，陳蘭甫先生之孫，其父宗侃，蘭甫先生第二子也，久居北京）聯云：

天貺節□，同益陽胡公，並世兩賢，宦蹟鄂州皆不朽；
傳經介祉，比錢唐梁相，宸章四字，宗風嶺表竟能符。

上聯的「益陽胡公」，是湖南益陽縣人胡林翼。林翼官湖北巡撫，鎮壓太平天國有功。鼎芬在湖北十九年，官至湖北按察使，下聯的「傳經介祉」，溥儀賜壽的匾額是「經惟介祉」四字，所謂「宸章四字」也。「梁相」指乾隆間的東閣大學士錢唐梁詩正。

許炳璈聯云：

六秩重耆英，良辰恰應六六福；
萬機資啟沃，聖學長留萬萬年。

許氏字奏雲，廣東番禺人，他的父親許應鏴在光緒十二年（一八八六年）以浙江布政使護理巡撫，因此奏雲在杭州社會上頗有地位，清亡後，奏雲自號「辛亥遺民」，亦遺少之流也。民國十二三年間，奏雲在杭州孤山築生壙，號雲亭，居然為西湖一「名勝」，遊人到孤山，多往一觀，近十年地方政府清理杭州風景區，在區內的墓葬皆移出市郊，雲亭遂不能久占湖山之美了。

梁鼎芬自題門聯

梁鼎芬做武昌知府時，榜其所居曰食魚齋，用武昌魚故事也。自題聯云：

零落雨中花，春夢驚回棲鳳宅；
綢繆天下事，壯懷消盡食魚齋。

上聯的棲鳳宅，是鼎芬少年時的傷心事。（上聯末句，一作「舊夢難尋棲鳳宅」）鼎芬於光緒六年庚辰（一八八〇年）中進士，入翰林，年廿一歲，因尚未結婚，是年八月在北京成婚，少年得意，況又「玉堂歸娶」，士流欽羨。但好事多磨，他的太太竟和文廷式戀愛，賦同居之好。鼎芬結婚時，卜宅北京東城崇文門大街之東的棲鳳樓（胡同名），故鼎芬有「棲鳳樓」印。李慈銘與鼎芬為同年進士，《越縵堂日記》八月廿一日云：「同年廣東梁庶常鼎芬（星海）娶婦送賀。庶常年少有文而少孤，丙子舉順天鄉試，出湖南龔中書鎮湘之房，龔有兄女，亦少孤，育於其舅王益吾祭酒，遂以字梁。今年會試，出梁祭酒房，而龔亦與分校，復以梁撥入龔房。今日成嘉禮，聞新人美而能詩，亦一時佳話也。」（按：鄉會試皆設同考官十八人，各占一房閱試卷，故亦稱房官，由房官薦考生之卷中式後，考生稱房官為房師，以別於正副考官之座師。）

龔氏夫人工詩詞，貌亦秀美，後來與文廷式同居，此事知者已多，不贅。鼎芬題棲鳳樓跨院聯云：

三間破屋長相對；
一代全人不易為。

似乎也隱約指這件事。

新官上任

前北洋政府的大官朱啟鈐，死於一九六四年二月廿六日，享年九十三歲。他晚年任北京中央文史館館員，享晚福十多年才去世。他是貴州紫江縣人，字桂莘，晚號蠖公。民國初年，他追隨袁世凱，也曾附和帝制而被通緝。因為他是袁派官僚，所以歷任內務、交通總長之職。

朱啟鈐對於藝術很有研究，尤致力於古代建築。自一九一九年退出政壇後，就一心一意提倡藝術，創辦中國營造社，影印「營造法式」，對於整理中國古代建築很有貢獻。

光緒三十三年（一九〇七年），朱啟鈐做京師外城警察廳廳丞（大約等於後來的北京警察局外城分局長），左分廳是祝書元，右分廳是賀國昌。（祝書元字讓樓，直隸大興縣人，秀才出身。賀國昌的籍貫仕歷未詳）朱啟鈐上任之日，正是元旦後不久，有人在正陽門外正陽橋樓懸一橫額，文曰：「開印大吉」，旁有聯云：

祝書元，春王正月；
賀國昌，天子萬年。

把朱、祝、賀三人的名字都嵌入一聯一額中，頗見心思。「開印」就是啟鈐，朱是紅色，表示吉利。上聯的「書」字可作動詞解，皆與正月有關的。

袁寒雲工聯語

袁克文別署寒雲，工文詞，精聯語，現在記起他有兩首輓聯，頗可一談。民國十五年（一九二六年）丙寅，詩人樊樊山的夫人祝氏在北京逝世，這一年樊山剛好是八十歲（他死於一九三一年三月十四日，享年八十六），他的太太也七十多歲了。寒雲輓以聯云：

倡隨偕老，福壽全歸，五代一堂。早稱淑美；
歌舞當年，干戈滿地，萬塵千古，倏作神仙。

此聯不能算是上乘之作，但也頗切合樊山及其夫人的身份。這位祝夫人是光緒十年樊樊山在北京所娶的續絃太太，樊山死了髮妻十七年才繼娶的。自此之後，夫婦偕老者四十二年。下聯說他們過慣昇平日子，到民國十五年「干戈滿地」，她忽然死了，算是「福壽全歸」，這一年南方的黨軍北伐，正是「干戈滿地」也。

這一年的七月二十八日，詞人況周頤在上海以六十八高齡逝世，寒雲有一聯輓之云：

比夢窗白石老宿成家，儘低唱淺斟，一代詞人千古在；
溯漚尹缶廬殷勤共話，愴小樓清夜，十年江國幾回逢。

這一聯遠勝前作了。上聯的吳夢窗、姜白石是宋朝一代詞人，以此相擬，下聯的漚尹是朱祖謀，缶廬是吳昌碩。

西樓名聯

況周頤《餐櫻廡漫筆》有一段說，蘇州城內通和坊湖南會館戲台的西北，有小園不及一畝，中有池，四面疊石為山，迤北最高處，倚牆作六角亭之半，上懸楹聯云：

南部新張洞庭樂；
西樓舊唱楚江情。

況氏文中錄其聯語並識云：「今湖南會館大仙亭之東，小樓三廛，相傳即傳奇中西樓舊址。辛未（案：同治十年也——引注）正月，李質堂軍門招集潘季玉（曾煒），顧子山（文彬）兩方伯及諸同人，燕飲於此。季玉即席口占楹言下句，方思屬對，而子山遽成上對，咸歎其工切，遂屬吳膚雨（雲）書之云云。」（按質堂為李朝斌之字。謝玄暉詩：「洞庭張樂地」，此用其意。）

《西樓記》傳奇是明末蘇州人袁于令所作，用來譏刺吳江人沈同和的，于令與同和爭娶詩妓周綺生（在傳奇中名穆素暉），于令不敵，為同和娶去，築西樓居之。但西樓不在蘇州，而在吳江縣白蜆江之潯陽灣上。乾隆年間蘇州人顧丹五的《消夏閑記摘鈔》則說「西樓在四通橋，穆妓所居也。」此未得實。以吳江之潯陽灣為可信。況氏所引的文字，已是同治年間所記的了（據傳嘉慶年間西樓遺址尚存）。

袁于令精曲藝，文采贍富，與吳梅村、龔芝麓等人為文字交，梅村贈詩有「擊筑悲歌燕市恨；彈絲法曲楚江情（原注：袁西樓樂府中，有楚江情一齣）。」楚江情者「朝來翠袖涼」一折，穆素暉為于叔夜所奏，音節最佳，西樓記中最佳處也。下聯即用此意。

越南名士

一九六八年七月四日，老友張英敏在香港逝世，到他死前三四年我才知道他不是浙江人而是越南人，竟然把我瞞了二十多年，怪得他對於越南的歷史文學這樣諳熟了。一九四八年某天，我同他在香港大酒店吃茶，他知道我喜歡聯語，就寫了幾則越南聯語給我。據他說，這些對聯是二十年前他「客居」河內時，託朋友向遠東學院借到幾種越南人的詩、文、聯集所載的，因愛其聯，故歷久不忘。

某老名士，當越南初為法國征服時，曾起義兵抗敵，但卒為帝國主義者所敗，歸隱山林，其友贈以聯云：

補天填海，往事竟茫然，老去荒山，尚欲短衣隨李廣；
買竹移花，浮生當樂此，古來名士，何須痛飲讀離騷。

某人哭友云：

風騷良友，一病臥青山，是才憎命，抑或命憎才，已矣升沉俱往夢；
聚散幾回，多思傷白頭，今我送君，後無君送我，何如生死不相知。

某名士，以一肚皮不合時宜，僅做到縣學訓導（按：明清制度，縣的文教官名訓導，亦猶今日的縣教育局長也。越南文化受中國影響最深，官制亦多仿效中華），家貧親老，「吃豆腐的官兒」實不易為。其妻為一林黛玉型，苦病多時死去，有人輓之云：

妒才造意，竟及婦人耶？為廣文妻猶苦病；
悼內詩篇，縱然悲語甚，侍慈母側亦低吟。

某世家子，以祖廕得為縣令，但其人豪放不羈，縱情詩酒，風流自賞，對上司不善逢迎，對法酋（張君原文如此，可見其憎恨一班）更不肯折腰，卒受壓力，辭官而歸。幸而家中頗富有，不必在紗帽場中討生活也。作聯自況云：

仕無喜，已無慍，無好無惡，無風雨關懷，惟莫使廚無米，灶無柴，立品只求無過地；
退有守，進有為，有忙有閒，有田園樂趣，也算得囊有詩，壺有酒，工吟頓悟有情天。

越南愛國文人阮尚賢，六十年前亡命中國，逃避法酋鷹犬也。他旅居中國約二十年，久已謝世。（其遺著《南枝集》，有章太炎所作序文，浙江省立圖書館有藏本。按：張君曾在該館工作，故知之）阮尚賢去國不久，其妻在家逝世，聞訊哭以聯云：

仰觀天，天已雲霾四塞，俯觀地，地已荊棘叢生，幾千里臥雪餐風，滄海未能填，誓我壯心，無復香閨縈旅夢；

幼從父，父以王事出亡，長從夫，夫以國事遠適，數十載含辛茹苦，白頭應更甚，多卿早覺，先離濁世斷愁根。

以上數聯，皆二十年前張君在茶座中錄示，藏書篋中，近日始無意中發見，亟錄充我聯話。可惜其他數聯所說的「某名士」、「某世家子」是甚麼人，他都忘記了。

張君一名因明，一九四〇年在香港賣文時即用此名，而固定的筆名則為阿因。我主編《中國晚報》副刊，他也在《中國晚報》繙譯電報，投來的稿件很多，我完全不知道他是越南人。他的中文很好，日文、法文略懂一些，英文較佳。十年前任香港越南總領事館秘書，死時七十四歲。

吳芝瑛、廉南湖

吳芝瑛女士以收葬秋瑾烈士一事，最為國人稱讚。吳女士頗有學問，寫得一手很好的字，又最喜歡寫瘦金體，當時有些妒忌才女的人就說她哪裏會寫字呢，其實她所寫的都是一個無錫人孫寒崖代筆的。這個謠言說來也頗有道理的，因為孫寒崖在社會上稍有名氣，完全是吳芝瑛和她的丈夫廉泉（字惠卿，號南湖，無錫人）所提攜的。

一九三四年，吳芝瑛死於無錫水獺橋家中，孫寒崖有聯輓之云：

碧血話軒亭，湖上相逢應舉酒；
清輝照潭柘，山中卻喜有歸魂。

上聯指吳女士葬秋瑾烈士於西湖，並為建祠事。軒亭在紹興縣，當年紹興知府滿人貴福，在此殺害秋瑾烈士的。下聯的「潭柘」，指北京西山潭柘寺。南湖晚年佞佛，借居潭柘寺，一九三一年十一月逝世，享年六十四歲，遺體即葬寺中。

孫寒崖後來因事和廉南湖失和，孫就常對人說吳女士的瘦金書完全是他代寫的，他還怕人家不相信，故意寫了很多瘦金體的字，懸掛在無錫的梅園，公開展覽，來證實他所說的話沒有假。

廉南湖以舉人在北京戶部當郎中，性好風雅，因為北京城外有萬柳堂，是元朝一個大官廉希憲的別業，南湖後來在南方的別業叫小萬柳堂，無非景仰廉希憲之意。（萬柳堂清初歸馮溥，朱彝尊為作記，見《曝書亭集》。）

某年南湖在北京潭柘寺，得吳芝瑛女士病重之訊，南湖一時著急，竟服安眠藥自殺，幸得及時遇救，不致枉死。他服藥之前，豫撰自輓聯云：

流水夕陽，到此方知真夢幻；
孤兒弱女，可堪相對述遺言。

聯後有跋語云：

得劭兒書言母病垂危，商及後事，余前夕夢見萬柳夫人坐帆影樓，誦余「夕陽穿樹補花紅」之句，醒時月落參橫，不覺涕淚滿懷抱也。兒與姊紹華，妹硯華先後歸里侍疾，余因病不克遽南，豫撰輓聯，所謂夢中說夢，恐萬一不幸，噩耗傳來，痛極不能下一字也。靜言孔念，人生若寄，尚望天與善人，夫人所苦，從此化險為夷，使余得破涕為笑，則斯聯其贅矣。

其實在舊時代裏，有學問的女子，只要她天資過得去，肯用功，學習詩文書畫，並不困難。吳女士是才女，從小受其父悉心教養（她的父親吳寶三，安徽桐城人，久任山東州縣官，僅此一女。她又是吳汝綸的姪女，故家學有淵源也），寫寫字並沒有甚麼困難，何況她真是下過一番寫字的功夫呢。也許她已享書法盛名，求書的人太多，不勝其苦，請孫寒崖代筆，也是有的事。但能寫字與代筆是兩件事，孫寒崖不能因為曾為她代筆就說她不會寫字的。

吳芝瑛在光緒末年因為庚子賠款四萬萬兩之巨，曾倡議女子國民捐，以紓國難，此舉雖未能普遍生效，但也收集了一大筆現金，捐給清政府。她又影印小萬柳堂字帖出售，賣得款項，亦撥入女子國民捐內，因此義聲遠播，為人欽仰。

小萬柳堂是廉南湖在上海曹家渡所築的小園，頗有風景，其中有名帆影樓者，皆藏古今名人書畫，四王吳惲精品百餘件，明清人扇面數百件（文明書局曾影印行世），後來南湖欠債，小萬柳堂兩處（另一在西湖售與南京人蔣蘇盦。稱蔣莊，今已改為公園）皆出售還債，書畫精品亦易主人矣。

又有一聯云：

我實負君，回頭事事應追悔；
生不如死，此恨綿綿那得知。

跋語云：

萬柳夫人將先我而去耶？繼書廿二字，不知是淚是墨。古人云：既痛逝者，行自念也。

按南湖夫婦的兒女四人，一男三女，上揭跋語，只舉三人之名，另一女兒未見提及。這四個兒女都是吳芝瑛女士在四十一歲以前所生的，這個時候，都已長成了。南湖死後三年，吳女士亦逝世，享年亦六十四歲。

梁紹壬輓妻

杭州人梁紹壬（字晉竹，道光間舉人，會試屢不第，考內閣中書，能文事）的夫人黃巽，字蕉卿，浙江蕭山人，工詩，著有《聽月樓稿》。道光十年（一八三〇年）病死廣東，紹壬輓之云：

四千里累爾遠來，父在家，母在殯，翁姑在堂，屬纊定知難瞑目；
廿三年棄余永訣，拜無兒，哭無女，繼承無姪，蓋棺未免太傷心。

紹壬之父祖恩，在道光七年（一八二七年）到廣東做知縣，紹壬陪行，黃蕉卿因為母親有病，沒有同往。下一年的冬天，紹壬忽患咯血，黃蕉卿聞訊大驚，趕快到嶺南侍疾。到後未半年就得中風病，醫治一年多才死去，享年只四十二歲，無兒女。

壽酒商

清同治三年甲子（公元一八六四年），曾國藩攻破了太平天國的天京，滿清王朝，一時反危為安，一班無恥文人與官吏，居然叫這個時代為「同治中興」，其實滿清王朝從這時候起種下了覆滅的禍根了。既然粉飾「中興」，人民就受了麻醉，這時候，杭州有個酒商鍾澄清者，家頗富有，自己開釀酒廠，又酒量極宏，附近的人沒有一個能敵得過他的。

這一年恰值鍾澄清六十生日，生於甲子年，又應了「澄清天下」的好意頭，鍾澄清就邀請鄰居一個文士孫彥和吃酒。這個孫彥和酒量很大，像李太白那樣，喝八分就有八分的才情。壽翁覷著喝到八九成就請他撰壽聯為贈。孫彥和仗著酒意，一手拿著筆，一手掀鬚笑問道：「鍾老哥，你想活到多大年紀才滿意呢？」壽翁笑道：「二百歲好嗎？」孫彥和大笑，隨即撰聯，大書蠟箋上云：

君是酒中仙，定此後稱觴，還須一百四十度；
我為坐上客，似今朝大醉，何妨三萬六千場。

但這年的除夕，鍾澄清中風逝世，善頌善禱的吉祥語，多不可靠。

徵聯佳構

友人羅溪醉石（江蘇人，一九三八年在香港中國保險公司任職，已廿餘年不通音問矣）曾寫一聯給我，謂四十年來從無人能對。他說，他的故鄉中有個八十歲老婦，年少時很美艷，且又很熱情。十八歲那一年出嫁，因為熱情，所嫁之夫皆死，死後又再嫁，前後已嫁了十七個，到八十歲又再嫁，但這個丈夫是個騙子，婚後三年，盡把太太一生積蓄席捲而逃。她一時悔恨，急得氣塞痰壅，就此一病不起。死的日子恰是她的生日八月十八日，一時傳為怪事。好事者摭其事製為聯徵對，但數十年來無人對出，亦可謂絕對矣。上聯云：

八十歲婆婆，憶當年十八成親，回溯八十年來，自幼到今十八嫁，可惜壽高八十，遭逢騙竊，八十年積蓄一朝空，生時十八，死時八十。

這一聯頗難對，姑不管是否有此事，但單是以十八、八十連續倒用若干次，也就不容易找到下聯來對了。

王人美為舊日著名的女明星，有人曾以：

美人王人美；

徵對，此聯迴環可誦，其友諸斗星對以：

奇士楊士奇。

旋又對曰：

才子袁子才。

楊奇士為明朝初年人，永樂間官至左春坊大學士，謚文貞，但楊士奇的名頭沒有袁子才那麼多人知道，仍以後聯為上。（士奇江西泰和人，單名寓，以字行，亦明代名臣也。）

舊有：

六木森森，松柏梧桐楊柳，

久稱絕對。此對之難，蓋在「森森」二字恰為六個木字，而松柏梧桐楊柳，又皆適為木旁。曩有某君對以：

四竹竺竺，箜籬籮筍籚篁。

不特生硬牽強，而且句尾六個竹頭字，不能與句首「四竹」二字相符。有畫家謝濠忱（字了塵）對之云：

四山出出，泰華嵩嶽崑崙。

按上聯「森森」二字作茂盛解，自有意義，謝了塵「出出」二字，似乎未見經傳，終嫌其未能銖兩悉稱，然而較諸某君一聯已差勝一籌了。

舊日上海有「名流」王曉籟者，頗通文墨，他是浙江紹興人，其故里吼山，有一煙蘿洞，風景幽美。民國廿三年（一九三四年）王曉籟打算在煙蘿洞建造一所別墅，以為避暑之用。因為上海的七八月，天氣炎熱，常常熱至華氏一百度左右，有錢人多往別處消夏。他的別墅尚未造成，而已經自擬一下聯徵對，能對出上聯者，將來別墅落成，即請其人為坐上客。其下聯云：

客來皆洞賓。

當時王曉籟以此下聯揭諸《新聞報》徵對。洞賓二字，意義雙關，頗難獲對。某君見之，以示諸斗星，數日後，諸斗星給他復信，對以：

君去為巢父。

出對雖然也工整，但可惜「巢父」二字未能雙關，以洞賓為人名（呂洞賓），客到煙蘿洞旁的別墅，皆洞中賓客也。

王曉籟的別墅似乎沒有築成，徵聯亦一時興到玩玩就了事。他素有「多子大王」之稱，前幾年在上海逝世，年近八十。

周善培輓劉嘉琛

民國廿五年（一九三六年）十月，劉嘉琛在故鄉天津逝世，其摯友周善培輓之云：

共危舟，值大波，權活草間，零落已無幾老；
舍此都，適樂國，知從煙外，欷歔時數九州。

嘉琛字藎南，號幼樵，光緒廿一年乙未進士，授職編修，官至四川提學使。周善培字孝懷，浙江諸暨人，宣統末年，與劉嘉琛同官四川，孝懷任勸業道，署提法使（因四川爭路一案，被革職）。二人氣味相投，為患難之交。上聯首二句，指辛亥（宣統三年，公元一九一一年）四川爭路案。

一九四九年人民政府成立，周善培為當局所重，受聘為政協特邀委員，上海文史館成立，又為文史館館員。一九五八年九月三日，在上海逝世，年八十二歲。

周善培是光緒二十年甲午科副榜，詩文皆有相當造詣，尤工聯語，每一聯出，輒為人傳誦。一九五四年著有《辛亥四川爭路親歷記》一書（重慶人民出版社出版），記述辛亥年四川人民爭取自修鐵路和清政府展開的一場激烈鬥爭，周善培當時任職四川勸業道（約略與後來的建設廳廳長同性質），修建鐵路事，即由勸業道掌管。

王蘊章輓徐致靖

民國六年丁巳（一九一七年）八月十八日，戊戌維新黨人徐致靖在杭州逝世，王蘊章輓之云：

尊酒昔從遊，檀板清歌，此曲祇應聞天上；
湖樓才小別，幔亭餘韻，可哀空與唱人間。

上聯指死者自庚子（光緒廿六年，公元一九〇〇年）被釋出獄後，隱居西湖，一腔忠憤，悉寄之於崑曲。下聯言作者於是年春間，和他在西湖酒樓重遇，豈意數月之後，就永無相見之期了。

徐致靖字子靜，順天宛平人（原籍浙江宜興），光緒二年丙子科進士，授編修，戊戌維新時，他上疏密保人才，所舉者為康有為、黃遵憲、譚嗣同、張元濟、梁啟超等五人，到西太后重出聽政，大殺黨人，致靖因此革去禮部右侍郎之職，監禁在刑部監獄，八國侵略軍攻入北京後，把他釋放，但他不想有辱國體，隨即前往西安，請政府繼續執行刑罰，到西太后大赦戊戌黨人後，他就卜居杭州。

致靖家世清華，他本人是翰林，長子仁鑄，字研甫，光緒十五年己丑科進士，翰林院編修，當戊戌行新政時，他在湖南做學政，因與梁啟超等新派有密切關係，革職，庚子年十二月死，年僅三十四。次子仁鏡，字瑩甫，光緒二十年進士，翰林院編修，民國四年（一九一五年）逝世，年四十六。兄弟皆死於其父之前。父子兄弟，功名通顯，而年壽不永，甚可惜。王蘊章，字蒓農，江蘇無錫人，舉人，時任商務印書館編輯。

方爾咸

揚州人方爾謙、方爾咸是一對才子兄弟，他們很小年紀便中了舉人，而爾咸又是解元。（兄弟同中光緒十五年鄉試）。爾謙號地山，爾咸號澤山，因為他們有才名，所以文化界人士稱之為大方小方。地山以製聯見稱於時，有「聯聖」之目。但澤山卻以詩見長，偶爾為聯，亦極可誦。他倆都是喜歡冶遊的文士，終日在秦樓楚館中胡混，自以為風流才子應該如此也。某年澤山在鎮江遇一妓，名小銀，據她說是揚州人，與小方同鄉。小方即席作嵌字聯贈之云：

見說是鄉親，何明月二分，小時不識？
誰能免離別，正秋星一點，銀漢無聲。

將小銀二字嵌入聯中，不算怎樣難，難在有情致，此聯用問的口語，謂：既然是同鄉，何以小時候不相識呢？這一問就問得有趣了，真有餘音裊裊之概。小方又有贈妓數聯，皆嵌名字。贈金紅云：

爾我多情，恨無金屋；
古今薄命，偏屬紅顏。

贈醉紅云：

醉墨吟箋，借卿一席；
紅燈綠酒，話我三生。

贈小杏云：

出岫笑閒雲，居然太白狂浮，小紅低唱；

入簾憐瘦燕，卻好桃兒粉薄，杏子衫輕。

袁寒雲（克文。世凱第二子）是方地山的學生，後來兩人結為親家，地山之女嫁寒雲長子家嘏。民國十六年（一九二七年）七月，澤山在揚州逝世，寒雲輓以聯云：

悴以擾傷，抱絕世文章，公真嘔血；
竺於敬順，看慈兄慟哭，我更心悲。

輓聯之外，寒雲又有《金縷曲》一闋輓澤山，兼述舊遊唁地山，詞云：

把手江天曙，憶當時金焦縱賞，倚花停麈。星火瓜州纔過了，還趁平山煙雨。供酬唱，一舟容與。十載前遊彈指耳，忍回頭鄰笛遂成凄楚，長已矣，一抔。君家兄弟今龍虎，但何堪，元方老去，脊令悲賦。我昔曾依春風座，況又姻聯兒女。愴幾度相逢酸語。檢到遺書惟痛哭，看婆娑老淚揮如許。知己者，不堪數。

寒雲死於一九三一年三月廿二日，虛歲四十一歲，實歲四十歲（生光緒十六年七月十六日），他寫此聯時，不過三十六七歲罷了，而老氣橫秋如此，舊時中國文人早衰，亦此一例。方地山則後死寒雲五年（一九三六年死於天津），年六十餘。

左宗棠與陶澍、林則徐

左宗棠未發跡時，以舉人主講澧陵的淥江書院，值兩江總督陶澍請假回鄉，縣令為設行館，請左老師撰聯。左為撰句云：

春殿語從容，廿載家山，印心石在；
大江流日夜，八州子弟。翹首公歸。

原來陶氏故鄉的老家門前有一塊大石，形似印章，陶澍顯達後，建書樓曰印心石屋。道光皇帝也聞知此事，所以在某次陶覲見時，曾問及此石，陶以實對，道光帝很歡喜，便寫一「印心石屋」額賜之。上聯「春殿語從容」云云，記恩遇也。陶氏字子霖，號雲汀，湖南安化人，嘉慶七年進士，授編修，道光十年以江蘇巡撫升兩江總督，一直做到十九年以病免職，死後謚文毅，著有《印心石屋文集》等。他在兩江時，以「印心石屋」四字刻石，置督署西花園，到一九四五年，此石尚存在假山洞中，近年如何就不知道了。

相傳陶見此聯，大為贊賞，詢知為舉人左宗棠所作，就請他相見，傾談之下，左宗棠大展他的抱負，陶便認為天下奇才，將來名位必在己之上，遂與之聯兒女之親，為互相援結之地。陶左兩人這個遇合，曾傳為一時佳話，在此前後，左宗棠亦嘗以聯語為林則徐賞識。據說，左以舉人會試下第後，回湖南老家，道經洞庭湖君山，謁君山龍女廟，撰廟聯云：

迢遙旅路三千，我原過客；
管理洞庭八百，汝亦書生。

聯中大意指唐代的柳毅考試下第，為洞庭龍君之女寄書，締婚龍女事，以下第自況。林則徐遊君山，見此聯，大加贊賞，問廟祝左宗棠是甚麼人，對乃落第舉子。後來林則徐對陶澍説：「你的同鄉左宗棠，將來一定大有成就的，你認識他嗎？」陶説不識，問林何以知之。林説：「我也不識他，但在君山廟中見他題龍女廟聯，極具懷抱，他日功業不在我輩之下。」陶素重林則徐，便緊記他的話。世人僅傳陶見行館一聯而賞識左宗棠，不知使陶能識左者林則徐也。

後記

春風廬聯話是我在一九五八年首先在新加坡《南洋商報》副刊「商餘」所寫的一專欄，斷斷續續的寫了差不多十四年，同期也在香港《星島日報》副刊「星座」和《大華月刊》先後登載，總計起來大約有二三千則左右。一九六二年曾選出一小部份交上海書局出版，頗為愛此道的讀者所喜，不到一年，便已賣光，後至者不無向隅之感。根據新加坡、泰國的讀者來信建議，促請早日再版，以應市場需求。但當時我打算將來自己出版，不把版權賣給任何出版機構，所以六七年來都沒有再出版這部書的打算。直到大華出版社成立後，出版的機會漸多了，於是選出數十則，編為《春風廬聯話二集》，以滿足愛好聯話的讀者需要，十年前的序文是八十六歲的文壇前輩包天笑先生所寫的，關於對聯的應用，發揮得很詳盡，現在「二集」出版（希望以後每年出版一集，因此追封一九六三年出版的一冊為第一集），又承包先生賜寫封面書簽，以九十六歲老人而能寫得一手精神飽滿的簪花格的楷書，真難能可貴，實為本書生色不少，謹向包先生致深厚謝意。

一九七一年八月十六日，林熙記於聽雨樓中，

寫完後，檢第一集自序，亦於八月十六日寫成，何巧合也！

讀小說札記　《水滸》小考據

自序

這本書所收的幾十篇文章，都是我近五年在香港和新加坡刊物上發表過的，內容談的是兩部舊小說。第一部是施耐菴的《水滸傳》，第二部是吳沃堯的《二十年目睹之怪現狀》。

關於《水滸》那一部分的文字，多是考證的，當一九五三年九月在香港發表之時，就用「水滸小考據」來做專欄的題目。因為每篇都在三五百字左右，又以輕鬆態度出之，故曰小考據，實在是欲以別於學術大宗匠的大考據也。

《怪現狀》這部分文字，多偏重於人物故事的索隱，材料的來源，多從書本上摭拾或聞諸熟於故事的老輩，然後再從其他方面求取證據。所得的證據，雖不敢說一定無誤，但目前我的見聞止此，學力止此，再過十年八年，我也許另有新發見，把現在的推翻了也未可知。本書題作〈讀小說札記〉，無非是說我在讀這兩部小說時，偶有所得就隨隨便便記了下來，不敢作為學術的著作，我希望將來我能夠知得更多，研究得更深入，然後再寫一部有學術氣味的書出來。

我生平最喜歡讀這兩部小說，尤其是喜歡《怪現狀》，對於它的人物故事的索隱，二十年來下過不少功夫，但慚愧得很，所得的成績僅此而已！南來香港之後，很少有機會碰到能談舊聞的老輩，參考書更是缺乏，所以欲再作進一步的研究，就不免有點困難了。

這部書出版後，希望讀者多予指正，更希望此書能引起讀者研究這兩部小說的興趣，寫出一部比此書更好的大作，於是我這部書就可以覆瓿，我也不必在十年八年後再花心血來寫一部了。

一九五七年七月二日，伯雨記於燈下。

汴京城楊志賣刀

汴京州橋與楊志

張擇端寫的那幅《清明上河圖》，是宋朝人描繪北宋都汴京時的盛狀，是一幅著名的寫實畫。圖中有州橋（又名天漢橋）、狀元坊、天官第、錦雲樓、浣花亭等地方。要考見北來汴梁風物，此畫正是最好的史料了。我們讀《水滸傳》那一回「梁山泊林沖落草；汴京城楊志賣刀」，就有州橋這個名稱。書中寫道：

楊志將了寶刀，插了草標兒，上市去賣。走到馬行街內，立了兩個時辰，並無人問，轉來天漢州橋熱鬧處去賣……

孟元老的《東京夢華錄》和明末無名氏的《如夢錄》都有說到州橋和馬行街。《夢華錄》說：

州橋較之馬行街又盛百倍，車馬闐擁，不可駐足，都人謂之裏頭。

楊志在馬行街站了兩個時辰，並無人問，可見馬行街並沒有州橋那麼熱鬧了。施耐菴寫《水滸傳》時，一定曾參考過《夢華錄》的。

《如夢錄》對於州橋的寫法是這樣的：

自縣角往南是州橋，又名天漢橋，下即汴河。橋高水深，最宜月夜。汴梁八景之一所謂「州橋明月」也。

現在從《清明上河圖》看來，州橋左右有很多大商店和衙署，行人擁擠，確是繁盛非常，所以楊志到了後就有機會碰到人來問刀價了。

楊志此人，在黃泥岡的一回裏是個重要人物，後來又是梁山泊的大將，在《大宋宣和遺事》中，他坐的是第三把交椅，僅次於吳加亮、李進義而已。

在史籍上，確有楊志其人。據宋人徐夢莘（臨江人，字商老，紹興年間進士）所作的《三朝北監會編》說：

宣和四年（公元一一二二年）六月，童貫至河間府，分雄州、廣信軍為東西路。以种師道總東路之兵，屯白溝。王稟將前軍，楊惟忠將左軍，种師中將右軍，王坪將後軍，趙明、楊志將選鋒軍。

《宋會要》第一百七十五冊云：

> 宣和四年，三月二十七日，遣童貫為陝西、河東、河北路宣撫使，勒兵十五萬巡邊。五月十八日……續遣種師道總東路之眾……種師中將右軍，王坪將後軍，趙明、楊志將選鋒軍……

這是宋人伐遼的大軍，青面獸楊志在其中擔任的是選鋒統制的職位。楊志本是梁山泊的大將，招安後，攻方臘曾立下戰功，所以才有選鋒之職。但楊志在伐遼一役中，以援太原竟然首先潰退，陷右軍主將種師中於死。《三朝北盟會編》卷四十七引《靖康小雅》說：

> 公諱師中。始斡離不（「斡離不」，人名）擁眾北還，公尾襲其後，因令公留屯真定。未幾，趣公援太原，乃由土門下井陘王榆次。金人先屯兵縣中，公遣擊走之，遂入縣休士。時軍中乏食三日矣，戰士人給豆一勺，皆有飢色。翌日，賊遣重兵迎戰。招安巨冠楊志為選鋒，首不戰，由間道徑歸。前軍參謀官黃友戰沒。胡騎四集，官軍潰敗。公（指種師中）獨與親兵小校數百搏戰，遂力戰而死。

楊志本是北宋末年的草莽英雄，招安後曾立功，但後來卻因為小事鬧意氣，而陷主將於死。據《三朝北盟會編》引《傳信錄》說：

> 師中至榆次，輜重犒賞之物，悉留真定，不以從行。金人乘間衝突，諸軍以神臂弓射卻之。

欲賞射者，而行司銀盌數十枚，庫吏告不足而罷。於是皆憤怨，相與離去。

由此看來，楊志之遁走，大概是因為飲食（人給豆一勺）和犒賞未能滿其所欲，才沒有鬥志的。楊志後來的下落如何，史籍中不再見提到了。

「河北玉麒麟」

梁山泊忠義堂前有繡着的紅旗兩面，一面是「山東呼保義」，一面是「河北玉麒麟」。這兩人是梁山泊的大領袖，所以得特別把他們的渾號標明出來。

盧俊義之名不見於《宣和遺事》，但有「玉麒麟」李進義。《癸辛雜誌》與《水滸傳》才有盧俊義，那麼，盧俊義就是《宣和遺事》中的「玉麒麟」李進義了。

《宣和遺事》既無盧俊義其人，《宋史》當然也不會有的，但《宋史》有「河北王九郎」王友直其人，為當日忠義軍的領袖。施耐菴寫盧俊義也許是受到「河北王九郎」的啟示，而標「河北玉麒麟」的。據《宋史》卷三百七十〈王友直傳〉說：

王友直，字聖益，博州高平人，父佐，以材武稱。友直年十二，隨父遊，諳兵法。紹興三十一年，金人渝監，友直結豪傑，志圖恢復。謂其眾曰：「權所以濟事，權歸於正，何害於理？」乃矯制自擬承宣使、河北等路安撫制置使，餘擬官有差。遍諭州縣勤王。未幾得眾數萬，制為十三軍，軍置都統制、提舉、提點、提轄訓練統之。九月戊子，進攻大名，一舉而克，撫定眾庶⋯⋯〔後來宋朝以友直為〕忠義軍統制⋯⋯援海州⋯⋯友直張一旗，大書「宋忠義將河北王九郎」以自表。

王友直是克復大名府的英雄，因他有「河北王九郎」的渾號，施耐菴寫盧俊義時，就標他為「河北玉麒麟」，又說他是大名府的員外，於是就有火燒大名府的一段精彩的描寫。

吳用智賺玉麒麟

高太尉與楊太尉

《水滸傳》裏有兩個太尉，一個是第二回裏的高俅，一個是第七十二回裏楊戩。這兩個太尉都是宋徽宗駕下得寵的臣子，歷史上確有其人，並非是施耐菴隨便捏造出來的。《水滸傳》第二回說高俅本是小蘇學士介紹到駙馬王晉卿那裏去做侍從的，因為送鎮紙獅子給端王，恰好過到端王在踢氣毬，高俅一時技癢，便也踢一腳，給端王賞識了。後來端王做了皇帝，高俅便紅起來。

高俅靠小技出身，確有共事。據宋人王明清的《揮麈續錄》說：

> 高俅者，本東坡先生小史，筆札頗工。東坡自翰苑出帥中山，留以予曾文肅，文肅以使令已多辭之，東坡以屬王晉卿。元符末，晉卿為樞密都承旨。時祐陵為端王，在潛邸日，已自好文，故與晉卿善。在殿廬待班解後，王雲：「今日偶忘記帶篦刀子來，欲假以掠鬢，可乎？」晉卿從腰間取之。王雲：「此樣甚新可愛。」晉卿言：「近創造二副，一猶未用，少刻當以馳內。」至晚，遣俅賫往，值王在園中蹴鞠，俅候報之際，睥睨不已。王呼前來，詢曰：「汝亦解此技耶？」俅曰：「能之。」漫令對蹴，遂愜王之意，大喜，呼隸輩雲：「可往傳語都尉，既謝篦刀之貺，並所送人皆輟留矣。」由是日見親信。逾月，王登寶位。上優寵之，眷渥甚厚，不次遷拜，其儕類援以祈恩，上雲：「汝曹爭如彼好腳跡耶？」數年間，

宋江三敗高太尉

建節，循至使相，遍歷三衙者二十年，領殿前司職事，自俅始也。父敦復，復為節度使。兄伸自言業進士，直赴殿試，後登八坐，子侄皆為郎潛延閣。恩幸無比，極其富貴。然不忘蘇氏，每其子弟入都，則給養問恤甚勤。靖康初，祐陵南下，俅從駕至臨淮，以疾為解，辭歸京師。當時侍行如童貫、梁師成輩，皆坐誅，而俅獨死於牖下。

施耐菴説高俅是小蘇學士（東坡之弟子由）介紹給王晉卿的，其實不是，是東坡本人。施耐菴大概參考過王明清的筆記加以增飾才寫成這一段的。

《水滸傳》第七十二回寫李逵在李師師家裏，拿起把交椅，向楊太尉劈臉打過去。這個楊太尉，書中沒有點明他的名字，其實此人就是楊戩，直到第七十五回才説到他的名。

楊戩本是宦官，做了宦官，就要努力巴結皇帝，他巴結得到家，因此做了大官。政和年間，官至彰化軍節度使，歷官至太傅，宣和間逝世（政和、宣和都是徽宗年號，其時在公元一一一一至一一二五年）。

凡讀過《封神榜》説部的人，總不會不記得那個有三隻眼會祭起吼天狗咬人的那個楊戩罷。《西遊記》中也有楊戩，《封神榜》和《西遊記》裏的楊戩，就是《水滸》裏的楊太尉。《西遊記》和《封神榜》寫成的時間，都比《水滸傳》後一些，這兩部小説都把楊戩寫入書中，原因是楊戩的故事，在北宋時極為流行，而且這些故事，都帶有神話性的。宋人洪邁《夷堅乙誌》卷十九，有「楊戩二怪」一段云：

宣和中，內侍楊戩方貴幸，其妻夜睡覺，見紅光自牖人，徹帳燦爛奪目。一道人長七尺許，繞帳乘空而行。徐於腰間取一盂，髻中取小瓢，傾酒滿之，其香裂鼻。笑顧戩妻曰：「能飲此否？」妻疑懼不應。道人旋繞數匝，再三問之，終不應。道人曰：「然則我當自飲。」一飲而盡，倏然乘紅光復出，遂不見。其家聞酒香，數日乃歇。

另一記載是明人馮猶龍的《醒世恆言》，據云：

徽宗宮內韓夫人，因病遣至楊戩太尉府中療養，韓於二郎神廟中還願時，竊慕神貌。至夜中，果有二郎神來私會。事為楊戩所知，請真人誅之，擊落一皮靴，遂由此靴勘出，原係廟官孫神道藉妖所為，因奏聖上，梟妖人於市，並遣韓夫人別嫁。

這些傳說故事，在北宋平話盛行時，久已傳遍民間了。二郎神本是李冰的第二子，稱為灌江口二郎神，前人筆記屢有記載。《西遊記》只說二郎神姓楊，並沒有說出他的名字。因為宋朝民間的傳說及平話所說的故事，把楊戩神化起來，使他變成李冰的兒子，在灌口顯靈。

楊太尉是徽宗的寵臣，當然是不時陪着皇帝出去冶遊的，徽宗到李師師家裏去，楊戩也跟着保駕去了。

《水滸傳》裏有四個太尉：高俅、楊戩、童貫、蔡京。高與楊戩都沒有甚麼大劣蹟，所以還能老死牖下。

老種經略

《水滸傳》時時提到延安府老種經略，第三回有魯智深說：「他在延安府老種經略相公處勾當，俺這渭州卻是小種經略相公鎮守。」

魯智深口中的「老種」「小種」，不知是甚麼人，並無點出其名。考種姓來源，據說是周朝仲山甫之後，因避仇人，改姓種（音蟲）。我們初讀《水滸》，見「老種」二字，以為是一般人叫姓王的做老王，姓張的老張，以示老友之意。我今日翻讀《宋史》，才知道這個老種是大有來歷，並非是施耐菴隨便揑造出來的。

《宋史》卷三百三十五，有種氏一家的傳，計世衡，世衡之子古、諤、誼、孫朴、師道、師中。師道就是人們所稱的老種。他們是宋朝名將之後，師道之被稱「老種」，是一種尊稱，也許是別於其弟師中的「小種」。

據《宋史》載，師道字彝叔，少時從張載讀書，累官至撿校少傅、同知樞密院、京畿兩河宣撫使。師道善用兵，有奇謀，金人入侵，他領兵入衛，《宋史》說：「時師道春秋高，天下稱為老種。欽宗聞其至，喜甚。」他向欽宗所建議的計策不能行，後來汴京失陷，帝搏膺曰：「不用種師道言，以至於此！」師道死時六十七歲，贈開府儀同三司，建炎（高宗年號）中，加贈少保，謚忠憲。

魯提轄拳打鎮關西

師道之弟師中，字端孺，也是宋朝名將，金人內侵，朝廷派他率兵援中山、河間，屢責他出戰。這時候，師中向朝廷有種種建議，皆為謀國大臣所不取，只催促他出戰。他只得出兵，輜重賞犒之物，都來不及攜以偕行，師至壽陽的石坑，被金兵所襲，五戰三勝，距太原百餘里，可惜古灝失期不至，又以兵士饑甚，敵兵知他無後援，又缺糧，就傾巢來攻，師中奮不顧身，力戰而死，贈少師，謚莊愍。

師道的祖父世衡，字仲平，官至成州團練使。他守邊數年，深得人民愛戴，《宋史》說他：「在邊數年，積穀通貨，所至不煩縣官，益兵增饋，善撫養士卒，病者遣一手專視其飲食湯劑，以故得人死力。及卒，羌酋朝夕臨者數日，青澗及環人皆畫像祀之。」

他們一家都是宋朝的忠良，《宋史》論之曰：

種氏自世衡立功青澗，撫循士卒，威動羌夏，諸子俱有將材，至師道師中已三世，號山西名將。徽宗任宦豎，起邊釁，師道之言不售，卒基南北之禍，金以孤軍深入，師道請遲西師之至而擊之，長驅上黨，師中欲出其背以掩之，可謂至計矣。李綱、許翰顧以為怯緩逗撓，動失機會，遂至大衂，而國隨以敗，惜哉！

世衡、師道都與延安府、渭州有關，他們雖非做該兩處經略，但也有關係，所以《水滸》就寫他們進去了。

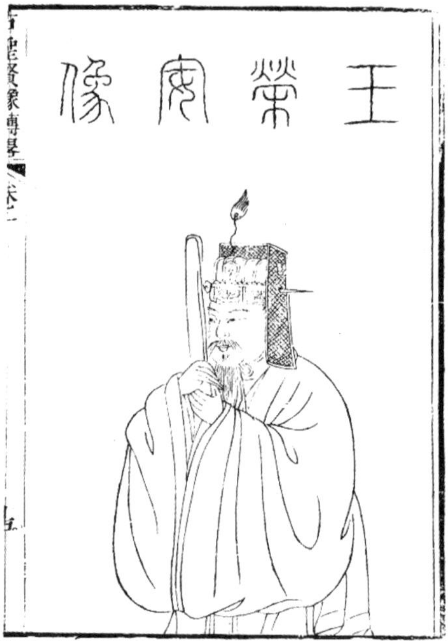

王晉卿像

駙馬都尉王晉卿

《水滸傳》第一回柳大郎柳世權把高俅介紹到董家，董家認為高俅是閒漢，不敢養在家中，便轉介紹給小蘇學士。小蘇學士也一樣不敢收留他，又把他介紹去駙馬都尉王晉卿。這個王晉卿單名一個詵字，是河南開封府人，英宗的女婿。《水滸》說他是「喜愛風流人物」，這是不錯的。他如果不是喜愛風流人物，便不會和蘇東坡那麼要好，後來竟以因黨於蘇東坡等人而致被謫而死了。

《宋史》說王晉卿能詩，善畫，工弈棋。他所築的寶繪堂，收藏大批書籍字畫於其中，蘇東坡為之作記。

書中第一回說：「送高俅去那小工都太尉處。這太尉乃是哲宗皇帝妹夫，神宗皇帝的駙馬。」這是不對的。其實王晉卿是神宗的妹夫，哲宗的姑丈。後來王晉卿請端王吃飯，這個端王就是徽宗皇帝，《水滸》說他叫王晉卿做姐夫，也是錯的。同一回中又說哲宗皇帝忽然死了，「冊立端王為天子，立帝號曰徽宗。」這更是大錯特錯。徽宗是死後的廟號，只有死後才有此稱的。施耐菴不知何以會這樣大意。

王晉卿寫的畫，在我國美術史中有極崇高的地位，寫山水最好，在北宋是一代宗匠。

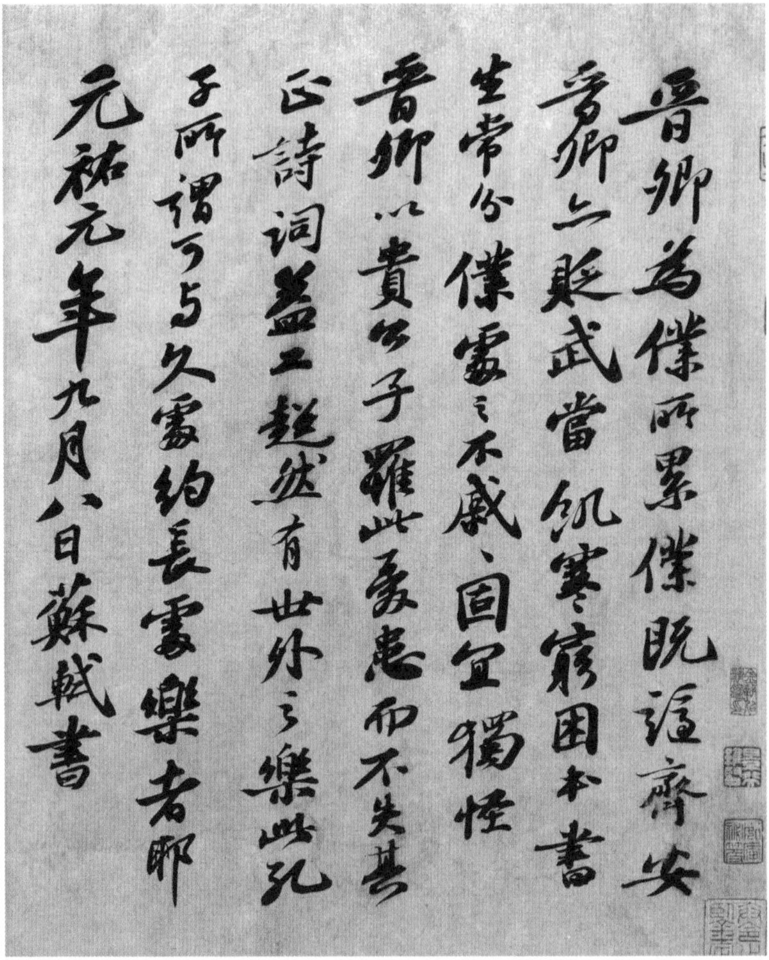

晉卿為僕所累僕既謫齊安
晉卿亦謫武當飢寒窮困本書
生常分僕處之不戚戚固宜獨怪
晉卿以貴公子罹此憂患而不失其
正詩詞益工超然有世外之樂此孔
子所謂可與久處約長處樂者耶
元祐元年九月八日蘇軾書

蘇軾《王晉卿帖》

大刀關勝

《水滸傳》第六十三回有人向蔡京推薦關勝去收捕梁山泊好漢，那個人說陰勝是「漢末三分『義勇安武王』嫡派子孫，姓關名勝；生的規模與祖上雲長相似，使一口青龍偃月刀，人稱為大刀關勝……」

就是因為關勝「幼讀兵書，深通武藝，有萬夫不當之勇」，所以施耐菴才把他排在五虎將的第一名。當南宋和金兵作戰時，有民間英雄魏勝者，善用大刀，金兵最怕他，一碰到拿大刀的魏勝，金兵就大敗特敗的。到底魏勝是甚麼人呢？據《宋史》三百六十八〈魏勝傳〉說：

魏勝，字彥威，淮陽軍宿遷縣人，多智勇，善騎射，應募為弓箭手，徙居山陽。紹興三十一年金人南侵，聚芻糧，造器械，籍諸路民為兵。勝躍曰：「此其時也。」聚義士三百，北渡淮，取漣水軍，宣佈朝廷德意，不殺一人，漣水民翕然以聽，遂取海州……金人望見勝，知其為將也，以五百騎圍之數重，勝馳突四擊……無敢當者……勝善用大刀，能左右射，旗揭曰「山東魏勝」。金人望見即退走，勝為旗十數，書其姓名，密付諸將，遇鏖戰即揭之，金兵悉避走。……〔魏勝後來在淮陰與金人作戰，中矢墜馬死，年四十五，贈保寧軍節度使，謚忠壯。〕

宋朝有這個在山東河北威震一時的英雄魏勝，而他又與「山東忠義」之輩有關係（《宋史》三百七十〈李寶傳〉說：魏勝得海州，遣辯者四出招納降附，聲振山東，豪傑如王世修輩，各罷旗集義勇爭援，多至數萬人），於是施耐菴便把他拉出來，取他的「商標」大刀二字，創造一個大刀關勝出來。但關勝也實在有其人的，他是大漢奸劉豫手下的大將，《宋史》《金史》的〈劉豫傳〉都說關勝屢抗金兵，劉豫立心降敵，準備做賣國勾當，就先把關勝殺了，以去心腹之患，這樣才可以表現他死心塌地的去做敵人的走狗，博得主子信任。從這一點看來，關勝一定是劉豫手下一員重要的大將，在北方一帶是有很大名氣的。

關勝既然是抗敵英雄，施耐菴就把他說成是關羽之後，關羽有青龍偃月刀，關勝既然是他的後人，怎可無刀以增其聲價？於是就聯想到一位山東路忠義軍都統魏勝身上了。魏勝善用大刀，施耐菴便把他的大刀借過來給關勝，把他稱為「大刀關勝」。這樣一來，《水滸》裏的關勝，就有了魏勝和劉豫大將關勝的人格了。作者把魏勝的大刀拿來放在關羽後人關勝身上，這樣，關勝在小說裏的英雄氣氛就更濃厚了。

宋朝末年有個高士龔開，以書畫名，宋亡不仕，他曾寫《水滸》三十六英雄像，每像有一贊，其贊關勝云：「大刀關勝，豈雲長孫；雲長義勇，汝共後昆。」施耐菴也許見過此贊，就真個把關勝說成關羽的後人了。

宋朝四絕——蘇、黃、米、蔡

梁山泊的好漢要救宋江，由軍師吳用想出了一條妙計，假蔡九知府的父親蔡京的信，教他把宋江押解東京。「晁蓋道：『好卻是好，只是沒人會寫蔡京筆蹟。』吳用就說：『我思量心裏了。如今天下盛行四家字體—是蘇東坡、黃魯直、米元章、蔡京四家字體——蘇、黃、米、蔡、宋朝四絕。』」

吳用所說的蘇、黃、米、蔡，在當日確實盛行，天下人幾乎都摹仿這四家的字體。《水滸》的作者說的對，「蔡」是指蔡京，而不是現在的人所說的蔡襄。後人因為蔡京是奸臣，所以把「宋朝四絕」中的蔡京改為蔡襄。（襄，字君謨，福建人，與歐陽修同時，比蘇東坡稍為前輩）後人勉強把蔡襄換了蔡京，那是太過做作的。從書法上的藝術來說，蔡京的字，確實比蔡襄好得多了。後人以政治觀點來評書法，硬把彼蔡易此蔡，這是不好的。

所謂「蘇、黃、米、蔡」的「蔡」是蔡京，大概在明朝初年還是如此的，施耐菴的小說可證。至於何時才以襄易京，則至早也在明末清初。光緒初年海內的文壇巨鎮潘祖蔭，向有正人君子之目，他是喜歡學蔡京、蔡忭兄弟的書法的，他不惜違俗，主張以蔡京易回蔡襄。

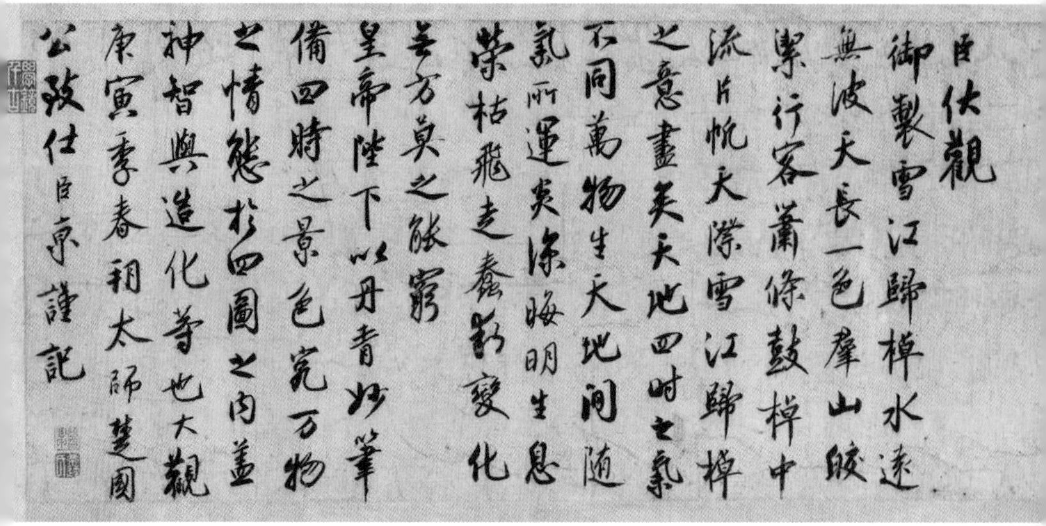
臣伏觀
御製雪江歸棹水遠
無波天長一色羣山皎
潔行客蕭條鼓棹中
流片帆天際雪江歸棹
之意盡矣天地四時之氣
不同萬物生天地間隨
氣所運炎涼晦明生息
榮枯飛走蠢動變化
無方莫之能窮
皇帝陛下以丹青妙筆
備四時之景色究萬物
之情態於四圖之內蓋
神智與造化等也大觀
庚寅季春朔太師楚國
公致仕臣京謹記

蔡京跋趙佶雪江歸棹圖

「狄青夜奪崑崙關」

宋江受招安後，去到東京，徽宗皇帝在文德殿賜宴，一百零八位英雄都飽飫天廚，還有各種音樂歌舞雜劇助興。《水滸傳》第八十二回描寫他們飲宴作樂和演劇各種熱鬧情形，又說到「搬演的是《玄宗夢遊嚴寒殿》、《狄青夜奪崑崙關》。也有神仙道侶、孝子順孫。」這一大段文章，寫來十分喧鬧，有如火如荼之象，讀起來也很覺得有趣味。我現在只想談談這一段所說的搬演的戲劇。

《唐明皇夢遊廣寒宮》，是宋朝挺流行的戲劇，也是為一般人所歡迎的。它的故事，多數人都知道，這裏不必細表，倒是《狄青夜奪崑崙關》這齣戲，可以談談。狄青是宋仁宗時的大將，他的時代去徽宗時不很遠，所以宋朝演雜劇的人，最喜歡拿他的故事來搬演。（宋代的雜劇，喜演時人時事，蔡京、童貫、蘇東坡等人時時被搬上舞台，演給皇帝看而加以諷刺。「東坡巾」一段笑話，就是在戲台上演給哲宗皇帝笑的。南宋時代的大權奸史彌遠，伶人竟以「鑽之彌堅」來開他的玩笑。）狄青是一個英雄，人們把他的事蹟搬上舞台，這完全是人們崇拜英雄的反映。當日狄青智取崑崙關，把那個不可一世的儂智高平服了，宋朝的聲威，遠達邊域，所以民眾就喜歡聽這個故事，平話也說這個故事，可說這是北宋民間最盛行而又最受人歡迎的。至於狄青夜奪崑崙關，也確有此事，並非施耐菴安個戲名出來的，這個故事的內容，知者甚多，可不贅。

徽宗帝夢遊梁山泊

李師師府的隧道

《水滸傳》第七十二回有一段描寫宋江和東京名妓李師師會面的事。《水滸》裏有好幾處寫到著名的妓女的，一個是被宋江殺死的閻婆惜（宋朝妓女中，有很多名叫婆惜的，《東京夢華錄》中，似乎也有閻婆惜一名，現在一時記不起，待檢閱一下），一個是被雷橫打死的白秀英，而最著名又實在有其人的就是李師師了。李師師身遭亡國之慘，所謂「檀板一聲雙淚落，無人知是李師師」，其身世之可憐，較諸小說中的白秀英、閻婆惜為甚。

《水滸》有宋江在李師師家中題了一首詞，也許有人認為此詞是施耐菴所作的，其實不是，施耐菴也有所本的。據清初人褚石農《堅匏補集》卷五「李師師」一條所載，則此詞確是出於宋江之手，現在把褚氏的原文錄此，以為讀者參證：

李師師汴京名妓，徽宗微行幸之，見《宣和遺事》。《甕天脞語》：宋江潛至李師師家，題念奴嬌詞於壁云：「天南地北，何處可容狂客？借得山東煙水寨，來買鳳城春色。翠袖圍香，鮫綃籠玉，一笑千金值。神仙體態，薄倖如何銷得！回想蘆葉灘頭，蓼花汀畔，皓月凝碧，六六雁行連八九，只待金雞消息。義膽包天，忠肝蓋地，四海無人識！閒愁萬種，醉鄉一夜頭白！」小詞盛於宋，而劇賊亦工章句如此！

按《水滸》說，宋江此詞，寫後遞給李師師，只要等她問其備細，才把心腹衷曲的事告訴她。只見嬭子來報：「官家從地道中來至後門。」（李師師和宋徽宗、周美成那一段故事，知者已多，可不論，現在我只想談談徽宗微行到李師師府的隧道，這倒是個有趣的問題。）

從前讀《水滸》所說徽宗由隧道去李師師家中，我總以為是小說家言，不大可信的。後來讀了一本可靠的書，才相信可能有這件事。從宮禁到李師師家的路程是頗遠的，那時候的汴京，妓館多集中在朱雀門外一帶，離御街正遠得很。李師師府在哪裏，《水滸》中並沒有點明，《東京夢華錄》也沒有說。不過《水滸》說宋江四人轉過御街，見到李師師的家，也許李師師府就在朱雀門了。徽宗時時要從地道到李師師處，那地道一定是相當長，還要建造得很堅固。我當時曾發生疑問，那時候是否具有這樣偉大的工程？後來讀無名氏的《如夢錄》說：「大梁驛，原是宋時小御巷風鈴寺故基，徽宗行幸李師師處，僭稱『師師府』。下有地道，直通宮院，明改為大梁驛。」那麼，李師師家中有隧道直通宮院，明朝人已言之鑿鑿了。不過這件事的證據還太少，仍以存疑為是。

蔡京、高俅住宅

《水滸傳》中有好幾回是提到蔡太師府的，但太師府在甚麼地方，施耐菴沒有說明。據孟元老的《東京夢華錄》說，蔡京的住宅在御街附近太師橋前，是一個熱鬧的所在。

東京有很多橋，最熱鬧繁盛的是州橋和金梁橋，金梁橋也在太師府附近，《水滸》寫高俅得赦回東京，柳大郎柳興權寫信把他介紹到金梁橋下開生藥舖的董將仕。在宋朝時代，能夠開設生藥舖的人，一定是相當有些資產和地位的，所以他才能養得起閒漢，又能交官結府欺壓平民（土霸西門慶也是開生藥舖的）。董將仕的藥舖開設在金梁橋熱鬧的地方，那是必然的，因為這樣才便於和官府來往，也有光輝。

高俅的住宅在東京太平橋。燕青、戴宗因為蕭讓、樂和陷在高殿帥府裏，他們想把蕭、樂二人救出來，就依舊扮作山人去高太尉府前伺機會下手。《水滸》八十一回寫燕青、戴宗去救二人云：「當時兩個換了裝束，帶將金銀，逕投太平橋來，在衙門前窺探了一回。」

的確，高俅的住宅是在太平橋的。《東京夢華錄》卷一〈河道篇〉說，太平橋在高殿帥宅前。可見高俅的私邸當然就在太平橋了，《水滸》說的一點都不錯，作者大概在寫此書時，曾參考過不少宋朝典籍的。

高太尉大興三路兵

東京大相國寺

百二十回本的《水滸傳》，描寫魯智深奔投東京大相國寺，有很好的寫法，施耐菴寫道：

魯智深問大相國寺在何處，街坊人答道：「前面州橋便是。」智深來到寺前，端的一座大剎！但見山門高聳，梵宇清幽。當頭敕勒寺分明，兩下金剛形猛烈。五間大殿，龍鱗瓦砌碧成行；四壁僧房，龜背磨磚花嵌縫。鐘樓森立，經閣巍峨。觀音殿接祖師堂，寶蓋相連，水陸會通羅漢院……

把大相國寺寫得如火如荼，不愧是帝京一大剎，七十回本的《水滸傳》，只輕描淡寫的說魯智深問街坊人後，持了禪杖就走到寺裏，對這個名聞國中的大相國寺，一點都不描寫一下。

大相國寺在今日河南省的開封縣，現在已成為一個人民市場和文化活動之區了，但寺內的大殿及各建築都保存得很好。宋朝的開封府是汴京，「街坊熱鬧，人物喧嘩」，所以魯智深到了城中，也得暫時收斂起野性，陪個小心問問路人大相國寺在哪裏。

這個大相國寺的來頭也真大。它是汴京最大的寺院，相傳它的前身是戰國時魏公子無忌的府第。傳說唐太宗時，尉遲敬德監工築造此寺，但不見於文獻。據高承所著的《事物紀原》卷七

「相國寺」一則說：

> 唐房僚《石幢記》曰：「相國寺肇自中宗葉夢，始置於茲。」宋敏求《東京記》曰：「本北齊大建國寺，後廢。唐為鄭審宅，因病，捨為招提坊。神龍二年，僧惠雲建為寺。延和元年，睿宗以舊封相王，因改為相國寺。」《宋朝會要》曰：「至道中，太宗御題額，易曰大相國寺。東塔曰普滿，唐至德二年載建。開寶六年，太祖修西塔曰廣願。元祐元年，僧中慫立。」《會要》又云，咸平五年，名後閣曰資聖，東京記則云景德五年賜名也。神宗熙寧間，重修飭之，併諸院為八。東曰寶嚴、寶梵、寶覺、惠林；西曰定慈、廣慈、普慈、智海。《東京記》又云：仁濟殿天聖八年建，後與寶奎殿同賜名也。

這就是大相國寺的簡史，不見說是尉遲恭監造。從前有唐睿宗御書「相國寺」榜額，《水滸傳》說：「當頭敕勒額分明」，指的是宋太宗寫的「大相國寺」額，而不是前朝皇帝所寫的那一個了。

明末無名氏所作的《如夢錄》，對於大相國寺描寫得很詳細，《水滸》說的「五間大殿」、「四壁僧房」、「四大金剛」、「鐘樓」、「經閣」等，一一見於書中，汴梁八景之一的「相國霜鐘」，即指鐘樓裏面的太鐘。孟元老的《東京夢華錄》說到大相國寺的五百羅漢堂、觀音殿、地藏王殿五間，《水滸》一一與之吻合，可見施耐菴下筆時，是參考過這些書的。

八百多年以來，大相國寺都有廟會，每月開放五天，開放之日，即有廟會。廟會的攤位，在民國七八年間，已改築為固定的市肆了。近四五年，更進一步，由一月五次的廟會，改為天天有

「廟會」了（好像北京的隆福寺廟會一般，隆廂寺現改為人民市場）。

根據《如夢錄》所說，大相國寺不止有廟會，還可以「擺酒接妓，歌舞追歡。」寺裏的和尚專門招待來往官商，凡有讌會，就是筵開三五百席，莫不咄嗟立辦，其規模之大，真足驚人。至於寺內的組織，更是龐大非常，我們試看那個知客僧對魯智深說吧：

僧門中職事人員，各有頭項。且如小僧做個知客，只理會管待來往客官僧眾。至如維那、侍者、書記、首座，這都是清職，不容易做得到。都寺、監寺、提點、院主，這個都是掌管常住財物……

於是這個知客僧就列舉許多職銜，如：藏主、殿主、閣主、化主、浴主，中等的職事有：塔頭、飯頭、茶頭、淨頭、菜頭等名目，其組織之大，儼如衙署。魯智深「上任」去看管菜園之前，還要由長清長老升法座，押了法帖，委他管理菜園。事前還要寫了榜文，拿去菜園張掛，定了日期，前後任交割。一切手續，活像官場體制。魯智深所管的菜園，《水滸傳》說在酸棗門外，此門在汴梁城北，志書中也有提到這個菜園的。

大相國寺舊藏有「中州三傑」石刻，久已馳聞於世。所謂三傑，是大殿裏有石碑刻明朝畫家張路（字平山，開封人，精寫人物）所寫的布袋佛，碑陰刻觀音像，李夢陽題贊，左圓璣書。李、左二人也是開封人，李擅詩文，左工八法，所以稱為中州三傑。此碑久已毀，不知有重刻否。

又，開封有一俗稱東相國寺者，正名是景德寺。周世宗顯德五年（公元九五八年），因大相國寺僧眾多，地方隘小，就以寺中的菜園建一院以居僧眾。到宋真宗景德二年（公元一〇〇五年）改名景德寺。

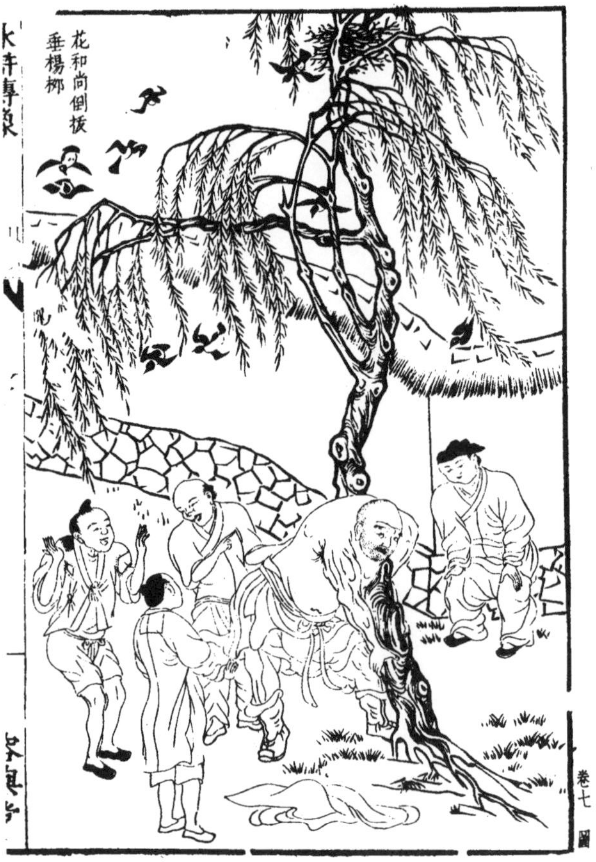

花和尚倒拔垂楊柳

岱廟、蒿里山、閻羅廟

宋朝時代，泰安州進香是一件盛事。因為泰安有一所岱嶽廟，為天下東嶽廟的總機關，所以在東嶽大帝的誕辰，特別熱鬧。《水滸傳》第七十四回寫李逵和燕青來到岱嶽廟裏看時，果然是天下第一，但見：

廟居泰岱，山鎮乾坤。為山嶽之至尊，乃萬神之領袖。……五嶽樓相接東宮，仁安殿緊連北闕。蒿里山下，判官分七十二司……

岱廟是建造得像皇宮一般的，施耐菴也把它描寫得很是壯麗莊嚴，還順便說到它附近的蒿里山。作者在落筆寫這一回之時，一點都不肯鬆懈，凡與岱廟及東嶽進香有關的一切事物都寫進去了。為了要使讀者了解這兩處地方，我得詳細介紹一下。這兩個地方現在還存在着的，讀者如有機會到山東旅行，一定可以看見。

漢朝末年，鬼神之說大盛，漢魏六朝的詩文，常說到人死之後，魂歸泰山，所謂泰山主死，於是就有東嶽大帝出來召人的魂魄之說。（應璩詩有「年命在桑榆，東嶽與我期」之句，就是詩人也不能免俗的。）

至於蒿里山那就更有趣了。一九三三年九月我往遊之時，山上的閻羅廟已經荒廢了，七十二司神像也被軍隊斬首了。閻羅廟在元初已有的，所以施耐菴文中有「蒿里山下，判官分七十二司」之語。山在今日泰安縣城外火車站對過，如果火車停留的時間稍長，旅客是來得及上山一行的。其實這個山並不高，不能叫做山，只可叫做丘罷了。蒿里山之名甚古，有人說田橫死後，他的門客所作的輓歌，一曰「蒿里」，所謂「蒿里誰家地，聚斂魂魄無賢愚，鬼伯一何相催促，人命不得少踟躕」就是指此地而言（歌詞或有誤，因為讀過到現在已三十多年了）。但清初顧亭林考證，蒿里山不是這個山，這個山應叫高里山。他的《山東考古記》說：

> 泰安州西南二里，俗名蒿里山者，高里山之訛也。《史記．封禪書》：「十二月甲午朔，上親禪高里。」《漢書．武帝紀》：「太初元年十二月禪高里。」《注》伏儼曰：「山名，在泰山下。」乃若蒿里之名，見於古輓歌，不言其地。《漢書．武五子傳》：「蒿里傳兮郭門閱。」《注》師古曰：「蒿里，死人里。」審若此，山為死人之里，武帝何所取而禪祭之乎？自晉陸機泰山吟，始以梁父蒿里並列，而後之言鬼者因之，遂令古昔帝王降禪之壇，一變而為閻王鬼伯之祠矣。
>
> 《漢書》：「上親禪高里。」師古《注》曰：此高字自作高下之高，而死人之里，謂之蒿里，其字為蓬蒿之蒿，或者誤以高里為蒿里，誤同一事，陸士衡尚不能免，況餘人乎？

所論甚確，但千餘年來都叫蒿里山，也無須改叫了。古代帝王大概不少在蒿里山作封禪之舉的，民國十七年（公元一九二八年），蒿里山閻王廟駐軍，就在廢塔下掘出唐開元十三年（公元七二五年）玄宗封禪玉冊，文字完好，當時報紙曾載其事。由此說來，這個山與中國的歷史、文物卻有大關係呢。

《水滸傳》曾說到山下的閻羅廟七十二司，關於這件事，也頗可一說。蒿里山一向就是迷信的大本營，那部傳說是蒲松齡所著的小說《醒世姻緣》第六十九回「蒿里山希陳哭母」，有云：

> 這蒿里山離泰安州有六七里遠，山不甚高，也是個大廟。兩廊塑的是十殿閻君，那十八層地獄的苦楚，無所不有。傳說普天下凡是死的人，沒有不到那裏，所以凡是香客，定到那裏，或是打醮超度，或是燒紙化錢。看廟的和尚道士，又巧於起發人財，置了籤筒，籤上寫了某司某閻王位下的字樣，燒紙的人，預先討了籤，尋到那裏，看得那司裏是個好所在，沒有甚麼受罪苦惱，那兒孫們就歡喜。若是甚麼上刀山，下苦海，碓擣磨研的惡趣，當真就像那亡過的人在那裏受苦一般，哭聲震地，好不凄慘。
>
> 天氣起於人心，這樣一個鬼哭神號的所在，你要他天晴氣朗，日亮風和，怎麼能勾？自然是天昏地暗，日月無光，陰風颯颯，冷氣颼颼，這是自然之理。人又愈加附會起來，把這蒿里山造成當真的酆都世界……

這是明末清初蒿里山的迷信情形，假定這部小說真的是蒲松齡所作（胡適寫〈《醒世姻緣傳》考證〉時，說是出於蒲氏之手的），則蒿里山的閻羅廟在明清之際是香火大盛的。此廟到同治初年已破壞不堪，只存正殿，道士也不容易生活了。到光緒十九年，四川人毛澂（仁壽縣人，字蜀雲，光緒六年庶吉士）來做知府，上任後不到幾天就覺得神魂顛倒，病起來了。他以前做過山東幾個著名盜匪允斥之區的州縣官，殺人無數，現在病倒了，難道是冤魂索命嗎？於是心理作用，越想越駭怕，有人勸他修葺閻羅廟以為禳解，他馬上大破宦囊，花了一萬二千兩銀子，重修閻羅廟，山門、儀門都塑了神馬、鬼王等像，又在兩廡分塑七十二司神像，大小以千計，塑工精美栩栩如生，為一時山東有名的美術品，可惜也被當時政府以破除迷信為名，於一九三八年把所有神像都斬首了。

花石綱與沙門島

《水滸傳》第十一回，寫青面獸楊志對林沖道：

> 洒家是三代將門之後，五侯楊令公之孫……年紀小時，曾應過武舉，做到殿司制使官。道君因蓋萬歲山，差一般十個制使，去太湖邊採運花石綱，赴京交納。不想洒家時乖運蹇，押着那花石綱來到黃河裏，遭風打翻了船，不能回京赴任。

太湖石是天下著名的，宋徽宗崇尚道教，在汴京要建造萬歲山（又名艮嶽），就派人到太湖取石，我們知道「花石」是太湖石了，但為甚麼要加多個「綱」字在「花石」之下呢？有了這個字，倒使我們搞不清楚了。原來宋仁宗時，每廿五隻運貨船叫做一綱。後來凡是貨物結隊而行的都叫做綱，不限於水運了。（唐時大批貨物分批啟行，叫做綱）例如後來楊志為梁中書送壽禮給蔡太師，壽禮就叫做「生辰綱」，這就是陸路運貨結隊而行也叫做綱之證。後世有「綱鹽」、「綱岸」、「綱商」、「綱地」等名目，是為綱法。

提到楊志失落生辰綱，順便一說《水滸》中的沙門島。梁中書失去這批禮物後，限府尹十日內捉到楊志等人，如辦不到，就要請府尹「去沙門島走一遭」，換句話說就是刺配沙門島。

沙門島是宋朝流放罪犯的地方，流犯多刺配該島（《水滸》中的盧俊義也是刺配該島的）。這個島在山東省蓬萊縣西北海上，離岸數十里，形如紗帽，因此也叫紗帽島。古時北船南下，多望此島以為海上標記。島上不生草木，土地斥鹵，犯人到此，絕少機會生還，舊小說中常常提到此島的，但其可怖之狀，遠比不上今日法國的魔鬼島。

犯人到了沙門島後，一超過原定人數，就要把一個犯人擲入海中，這樣才能夠使糧食均衡，這實在是宋朝一大秕政，到了神宗時才予以改善，假如盧俊義等人真個配到該島，就可免擲海之厄了。奏請改善的是馬處厚（默），據宋人王鞏（字定國）的《甲申雜記》說：

沙門島舊制有定額，過額則取一人投之海中。馬默處厚知登州，建言朝廷既貸其生矣，即投之海中，非朝廷本意。今後溢額，乞選年深自至配所不作過人移登州。神宗深然之，即詔可，著以為定制。

這是馬處厚親自對王定國說的，當然可信。近代的舊小說很少提到沙門島，這個在《水滸傳》中煊赫一時的「魔鬼島」，不再在中國的文學中出現了。

北京、大名府

《水滸傳》中的玉麒麟盧俊義是北京的員外。這裏所說的北京，並不是我們今日的首都北京，而是宋朝的北京。盧俊義有「河北三絕」之稱，他祖居北京，可說是北京世家了。當日北宋的國都在河南，號汴京（也稱東京），而以河北的大名府為北京。《水滸傳》寫吳用和李逵到北京誆盧員外，他們離開了店門「望北京城南門來……此處北京是河北第一個去處，更兼又是梁中書統領大軍鎮守，如何不擺得齊整？」可見北京在當時的重要。

這個北京，在三國時代是魏國的陽平郡，唐朝是天雄軍，五代北漢改為大名府，此為得名之始。宋朝統一天下，仍稱大名府，建為北京，領元城、莘、成安、魏、館陶、臨清、宗城、夏津、清平、冠氏、內黃十一縣。府治在今河北省大名縣。元朝改大名府為大名路，明朝又復舊稱，民國成立廢府改縣。

宋江兵打北京城

東京元宵燈市

《水滸傳》描寫元宵燈市的共有三回，第三十三回「宋江夜看小鰲山」，寫的只是清風寨上一個小去處的元宵燈市，但也有種種花燈、社火、百戲。第六十六回「吳用智取大名府」，寫的是北京大名府的元宵燈市。大名府是「依照東京的體例通宵不禁，十三至十七，放燈五夜」（聞逵對梁中書說的話）。第七十二回寫的是東京的燈市，其熱鬧情形，又遠過大名府和清風鎮了。

聞逵所説「依照東京體例，十三至十七放燈五夜」，這是宋朝元宵的通例。唐朝的年宵，只許放燈三日——十三至十五——無夜禁，宋初也循舊例。宋太祖乾德五年，蜀主孟昶來降，恰好他在正月行抵東京，太祖大喜，又值豐年，為與民同樂起見，令開封府增加燈市二夜。從此都邑燈市皆五夜，後遂為例，即今日北京燈市，也是鬧到正月十七才止的。

宋代東京的燈市是怎樣熱鬧的呢？《水滸傳》七十二回寫宋江、李逵等入封丘門來，「遍玩六街三市，果然板暖風和，正好遊戲……家家門前扎縛燈棚，賽懸燈火，照耀如同白日，正是樓台上下火照火，車馬往來人看人。」

孟元老《東京夢華錄．元宵篇》所寫東京的燈市，正和七十二回所寫的相同，不過《夢華錄》寫的更詳細，我順便抄一些給讀者欣賞，以見古代帝都元宵的盛況，《夢華錄》卷六云：

正月十五日元宵，大內前，自歲前冬至後，開封府絞縛山棚，立木正對宣德樓，遊人已集御街兩廊下。奇術異能，歌舞百戲，鱗鱗相切，樂聲嘈雜百餘里，擊丸蹴踘，踏索上竿。……其餘賣卦賣藥，沙書地謎，奇巧百端，日新耳目。至正月七日，人使朝辭出門，燈山上綵，金碧相射，錦繡交輝。面北悉以綵結，山沓上皆畫神仙故事。或坊市賣藥賣卦之人，橫列三門，各有綵結金書大牌……上有大牌曰「宣和與民同樂」。綵山左右，以綵結文殊，普賢跨獅子白象，各于手指出水五道，其手搖動。用轆轤絞水上燈山尖高處，用木櫃貯之，逐時放下，加瀑布狀。又于左右門上，各以草把縛成戲龍之狀，用青幕遮籠，草上密置燈燭數萬盞，望之蜿蜒如雙龍飛走。

寫得如火如荼，極繁華之能事，這裏燈市，恐怕在南宋的臨安已經沒有這樣熱鬧，明以後更少見了。

《水滸》中的酒樓

《水滸傳》裏所寫的較為瑰麗的酒樓，不止在京城裏有，就是其他較大的州、縣也有的。最著名的就是北京大名府那個翠雲樓了。第六十六回〈時遷火燒翠雲樓；吳用智取大名府〉所寫的翠雲樓熱鬧的情形，有云：

時遷……踅入翠雲樓後，走上樓去，只見閣子內，吹笙簫，動鼓板，掀雲鬧社，子弟們鬧鬧穰穰，都在樓上打鬨賞燈。時遷上到樓上，只做賣鬧鵝兒的，各處閣子裏去看。

這座翠雲樓當然也是酒樓，唐宋時代，在通都大邑都設有規模閎麗的酒樓，內有歌舞女伎，以誘集四方商旅來繁榮市面。其中有許多酒樓還是國營的，明太祖朱元璋後來在南京設十六樓，是仿自唐宋遺制的。

宋朝的酒樓，在宋、明人筆記中時時見到它們的名稱，但在《水滸傳》裏只有樊樓見於孟元老的《東京夢華錄》，而且「樊」又寫作「礬」（見卷三〈馬行街鋪席篇〉）。卷二的〈酒樓篇〉有白礬樓，後改名豐樂樓。第七回林沖的婢女錦兒對他說：「我在樊樓前過，見教頭和一個人入去吃酒」，這個樊樓，就是後來七十二回宋江大鬧東京那個樊樓。

時遷火燒翠雲樓

《東京夢華錄》說，凡是酒樓都有濃粧伎女數百，聚於主廊，兩廊皆有小閤子，那就是時遷上翠雲樓去各處閤子裏看的那些閤子了。《夢華錄》列舉東京的酒樓名稱及其形式云：

> 豐樂樓，宣和間更修三層相高，五樓相向，各有飛樓欄檻，明暗相通。
>
> 而其中的內西樓，則以其第一層可以下視禁中，後來禁人登覽，可見其高。此外又有仁和店、姜店、宣城樓、八仙樓、長慶樓等不下十餘家，而最大最瑰麗的則無如白礬樓的後身豐樂樓。

南宋時范成大的《攬轡錄》說：

> 過相州市，有秦樓、翠樓、康樂樓、月白風清樓，皆旗亭也。

所謂旗亭，必是歌伎，相州離汴京不遠，是一大市，已經有這幾個酒樓了。《水滸傳》裏翠雲樓之名，不知是否施耐菴見《攬轡錄》中有翠樓，就製造出一個翠雲樓之名，抑或宋時的大名府果真有一個翠雲樓，還要待找到了資料才可以證明。

插翅虎枷打白秀英

宋朝歌場的規矩

雷横打死白秀英是第五十一回的事。那時候，宋朝人叫歌伎做「行院」，凡做行院的人都要會唱，還要會吹彈，所以白秀英未登台之前，她的父親白玉喬，拿把扇子上班開呵道：「老漢是東京人氏……如今年邁，只憑女兒歌舞吹彈，普天下伏侍看官。」接着就是鑼聲響處，白秀英早上戲台，參拜四方，拈起鑼棒，如撒豆般點動，拍一下界方，念了四句七言詩，便說道：「今日秀英招牌上明寫着這場話本，是一段風流蘊藉的格範，喚做豫章城雙漸趕蘇卿。」

這裏描寫的是宋朝時代歌女登台演唱前後的規矩。例如秀英的父親白玉喬「拿把扇子上來開呵」，扇子的作用，就是寫上了各種詞曲的名稱，讓客官們點唱的，二十年前，我在江南和山東一帶所見的歌場大都如此。這個規矩相沿了差不多一千年，可謂源遠流長了。

白秀英所唱的《豫章城雙漸趕蘇卿》在元曲中名叫「趕蘇卿」、「泛茶船」，在元朝是非常盛行的曲子；北宋時是否也盛行，不可知。施耐菴是元末人，把元朝最盛行的曲本寫入小說，是方便不過的（「趕蘇卿」出於《青泥蓮花記》，寫廬州娼妓蘇小卿與雙漸戀愛的一段故事。）

王教頭私走延安府

三瓦兩舍

《水滸傳》第一回說高俅「因幫了一個生藥王員外兒子使錢，每日三瓦兩舍，風花雪月。」這個「瓦」字頗令人費解。北方有叫一座房子為一瓦的，但此處的瓦，指的是勾欄地方，所以下句有「風花雪月」字樣。孟元老《東京夢華錄》就說汴京妓館云：「近北則中瓦，次裏瓦，其中大小勾欄五十餘座。」又列舉妓女之名，其中還有一個李師師。

錢舜舉《蹴鞠圖》

踢氣球

《水滸傳》第二回說高俅的出身是靠使個鴛鴦拐把氣球踢還端王。這個端王後來就是宋徽宗趙佶，端王賞識了高俅打球的技術，便留在身邊使喚，從此一帆風順，做到殿帥府太尉。

這兒所說的氣球，並非現代人那種會升高的輕氣球，但頗像足球，宋朝入無分貴賤都很喜歡這種運動的。我見過趙子昂、錢舜舉所繪的宋太祖踢氣球的畫，那個氣球，就和現在的足球一模一樣。為甚麼要加個「氣」字在球上呢？我猜這也和現代的足球一般，非吹氣進去不能踢的。

北宋時代，汴京人士，在平常日子都踢氣球，遇到令節佳辰，更是處處都有球戲，熱鬧非常，其舉國若狂之概，恐怕不下於今日的球迷呢。孟元老的《東京夢華錄》卷七就有說到踢球之戲，有軍士在馬上打球等等。又說宴殿之西有射殿，殿之南有橫街、牙道、柳徑，乃都人擊球之所。書中還有描寫怎樣擊球，因文字太長，不引述了。

宋元時代，擊球的人也有團體組織好像今日的甚麼足球總會之類，但它的名稱不叫做會，而是「社」，宋朝的球社就有齊雲社之名。《水滸傳》端王對高俅道：「這是齊雲社，名為天下圓，但踢何傷？」後來元曲中常見此名，例如無名氏的《一枝花．蹴踘》套詞有云：「富貴齊雲」；又《圓社》套詞云：「四海齊雲會」，可證。

擊球是我國發明的一種遊戲運動，本叫蹴踘，劉向的《別錄》說是黃帝發明的。《漢書．

霍光傳》也見此名詞，其時擊球之戲，分為兩隊，每隊六人，一人為評判員，頗與今日的足球相似。

唐宋時代，擊球之風最盛，我們可以在古畫中見到。《宋史》卷一百二十一，禮志七十四，關於軍禮的打球，宋太宗令有司詳定其制，每年三月，在大明殿比賽，其文云：

有司除地豎木，東西為球門，高丈餘，首刻金龍，下施石蓮花座，加以綵績，左右分朋主之，以承旨二人守門，衛士二人持小紅旗唱籌……

這是一種軍中的遊戲，《宋史》還說：親王、近臣、節度、觀察等官，悉預兩朋，帝親率擊球。可見當時打球是一種很隆重的典禮，寓有提倡運動及練習戰術之意。這本是很好的，不知後來怎的漸漸失傳。現代人竟要向外國人學回來，也可謂數典忘祖了。

清朝諸帝，每於冬季北海結冰時，在冰上作球戲比賽，也和宋帝擊球之法差不多，不過那是在冰上玩的罷了。

相撲

《水滸》第七十四回〈燕青智撲擎天柱〉，描寫燕青和那個撲手任原相撲，很是有聲有色。燕青為甚麼會和任原相撲呢；第七十三回最後一段說，有幾個彪形大漢被捉到梁山泊忠義堂上，他們對宋江說：

小人等幾個直從鳳翔府來，今上泰安州燒香。目今三月二十八日天齊聖君降誕之辰……今年有個撲手好漢，是太原府人氏，姓任名原……聞他二年前曾在廟上爭交，不曾有對手，白白地拿了若干利物。

於是燕青就稟知宋江要去和任原一見雌雄。所謂撲，就是角觝也叫摔跤，在古時是一種很流行的遊戲，含有體育意義的。

高承《事物紀原》說：

角觝，今相撲也。《漢武故事》曰：「角觝，昔六國時所造。」《史記》：「秦二世在甘泉宮作樂角觝。」《注》云：「戰國時增講武以為戲樂相誇角其材力以相觝鬥，兩兩相當也。

燕青智撲擎天柱

漢武帝好之。」白居易《六帖》曰：「角觝之戲，漢武始作，相當角力也。」誤矣。

我們不管角觝是六國已有，還是漢武帝創造，總之這種遊戲，起碼已有二千年（有一說是黃帝所造的，那就是更不止二千年了），為一般人所喜歡玩的。相撲之戲，在唐宋間極盛行，好漢相撲時，必有彩物，所以任原跑上獻台後，就對觀眾說：「四百座軍州，七千餘縣治，好事香官，恭敬聖帝，都助將利物來，任原兩年白受了……」等到任原被燕青摔下獻台後，任原的徒弟們見摔翻了師父，就亂搶彩物了。

《東京夢華錄》有說到相撲，還說彩物中有珍寶、匹錦、車馬、田宅、茶酒器物、歌姬舞女。撲勝的人可以拿走彩物，或折取現金。該書說，北宋時代著名的相撲好漢，有任大頭、快活三等人。我猜任原也許就是任大頭，施耐菴見北宋有此好漢，心目中有任大頭其人，就創造一個任原出來了。

南宋的國都在臨安（今日的杭州），當時的相撲名手有：周急快、王急快、賽關索等人，比賽的地方在護國寺、南高峰等處，各地的選手雲集臨安，參加盛舉。獎品有綵緞、錦襖、馬匹、旗帳等，有時候還會給成績第一的人一個軍佐之職。十年前，我國人練習摔跤的人很少，只有蒙古人擅長此道，近年練習的人多了。

宋江夜看小鰲山

跳鮑老

《水滸傳》第三十三回〈宋江夜看小鰲山〉，是寫宋江到清風鎮探花榮，元宵晚上，就在鎮上看燈。他看到一夥舞鮑老的，那個跳鮑老的身軀扭得「村村勢勢」的（即土頭土腦，廣州俗語「大鄉里」之意），不覺呵呵大笑起來。這一笑，可笑出禍端了。

我們讀到這裏，不知道跳鮑老是甚麼東西，宋江見那人跳得「村村勢勢」，必定是一種頗惹人笑的百戲。《水滸》裏有好幾處提到鮑老的，例如第八十二回宋徽宗大宴梁山泊好漢，百戲雜陳，「舞的是：醉回回，活觀音，柳青娘，鮑老兒淳正之態。」

考鮑老的名稱，在唐朝名叫婆羅，與鮑老音相近，本是古代一種雜劇裏一個腳色之名。近人王國維《古劇腳色考》說：

> 鮑老之名，分而為三：其扮盜賊者謂之「邦老」，扮老人者謂之「孛老」，扮老婦者謂之「卜兒」，皆鮑老一聲之轉。

這是說得很清楚的。《東京夢華錄》說：

百戲有假面披髮，口吐狼牙煙火，如鬼神狀者，上場着青帖金花短後之衣，帖金皂褲，跣足攜大銅鑼，隨身步舞而進退，謂之「抱鑼」……

「抱鑼」就是鮑老，舞的人抱着大銅鑼，所以人們就把「抱鑼」訛作鮑老了。

簪花、大內、官家

《水滸傳》第七十二回〈柴進簪花入禁院〉寫得很有趣。這一回，作者必定參考過孟元老《東京夢華錄》卷六〈元宵篇〉及〈大內篇〉才下筆的。

書中說柴進和燕青打扮作主僕到了東京，他們行到御街上，找個小小酒樓，臨街占個閣子，憑欄望見值班人等多從內裏出入，襆頭邊各簪翠葉花一朵。後來燕青用計騙了一個王觀察到酒樓，拿蒙汗藥迷了他，柴進就穿了王觀察的服色進入大內。

王觀察對柴進說這朵翠葉花的用意道：

> 今上天子慶賀元宵，我們左右內外共二十四班，通類有五千七八百人，每人皆賜衣襖一領，翠葉金花一枝，上有小小金牌一個，鑿着「與民同樂」四字，因此每日在這裏聽候點視。如有宮花錦襖，便能夠入內裏去。

《夢華錄》的〈元宵篇〉，就有大內宣德樓下兩邊皆禁衛排立，錦袍、襆頭、簪賜花。這是禁衛軍在元宵佳節所穿的服色。

柴進有了這種服色，但遇禁門都通行無阻，「直到紫宸殿，轉過文德殿，殿門各有金鎖鎖

柴進簪花入禁院

着，不能夠進去，且轉過凝暉殿，從殿邊進將入去，到一個偏殿，牌上金書『睿思殿』三字，此是官家看書之處……」

睿思殿確是宋朝禁中的書閣。據《夢華錄．大內篇》說：

宣佑門外西去紫宸殿（正朔受朝於此），又次曰文德殿（常朝所御），次日垂拱殿……

《水滸傳》所寫這些殿的次序，與《夢華錄》正合，其他垂拱殿之後，還有皇儀、集英、崇政、保和等殿，然後到睿思殿的，作者為了節省筆墨起見，略去了。《夢華錄》的作者是北宋末年的人，他所說的總比較可靠的。

書中說「此是官家看書之處」，誰都知道「官家」就是皇帝，我們會誤會為這是宋朝人背地裏稱皇帝的一種諢號，大概是不大好的稱呼，頗等於清朝紀曉嵐之流背後叫乾隆帝為「老頭子」相同（關於老頭子之稱，有謂係何義門稱康熙帝，與乾隆帝無涉，現在這裏暫不作考證）。後來再仔細研究一下。則「官家」之稱，是宋人對皇帝的尊稱，並無不敬之意，上自當朝王公大臣，下至販夫走卒，莫不如此。《水滸傳》第十九回阮小七唱道：「打魚一世蓼兒洼，不種青苗不種麻；酷吏貪官都殺盡，忠心報答趙官家！」梁山泊的好漢也是這樣稱趙宋天子的。又如第七十二回宋江在李師師家中題詩，只見嬭子來報：「官家從地道中來至後門。」妓館的人也是這樣叫這個皇帝大嫖客的。

宋人筆記及小說，多以官家呼皇帝，其例多至不勝枚舉。到底官家之義何在，它的來源何自，我很少見到有滿意的考證。宋朝有個和尚名叫文瑩，他的《湘山野錄》說，宋真宗的酒量很大，群臣中只有李仲容一人能和他較量。有一晚，君臣已喝到大醉，李仲容說：「請官家撤巨器。」真宗問他何以叫天子做官家。他說他記得蔣濟的《萬機論》說過，三皇「官」天下，五帝「家」天下，兼三皇五帝之德故曰官家。以這樣來解釋官家，還可以勉強說得過，後來紀曉嵐解釋「老頭子」也學了這一套了。

唱喏

《水滸傳》常見有「唱大大一個肥喏」之語，初看時，不知這是甚麼意思，再看一下上下文的行文，所謂「唱喏」，一定係打躬作揖之類無疑。顧野王的《玉篇》說：「喏，敬言也。」但對於唱喏還得不到完全了解。現從宋人陸放翁的《老學庵筆記》抄一些出來，以釋此語。

按古謂揖，但舉手而已。今所謂喏，乃始於江左諸王，方其時，惟王氏子弟為之；故支道林入東，見王子猷兄弟還，人問諸王何如，答曰：「一群白項烏，但聞啞啞聲」，即今喏也，故曰唱喏。

又云：

先君言，舊制朝參拜舞而已，政和（按：宋徽宗年號，共七年，始於公元一一一一年至一一一七年）後，增以喏。然紹興（宋高宗年號，共三十六年，一一二七年至一一六二年）中余造朝，已不復喏矣。淳熙（宋孝宗年號，共十六年，公元一一七四年至一一八九年）末還朝，則迎駕起居闔門，亦唱喏，然未嘗出聲也……

關勝議取梁山泊

這是來人唱喏的故事，放翁引支道林之説，就斷定那是唱喏，説是始於晉朝，是否屬實，我們可不必理到這麼遠，只知宋朝已大興唱喏就夠了。喏有聲，必是唱無疑，何孟春的《餘冬敍錄》說：「揖，相傳曰唱喏，想古人相揖，必作此聲。」可見作揖時，必有聲。宋人記《虜廷事實》云：「虜揖不作聲，名曰『啞揖』。」（不過現在「虜」揖必作聲，常曰：How do you do 等寒暄語，可發一笑）。那麼，宋朝以前的人作揖必有聲，其聲必為頌詞或問安之詞，正如今日外國人與人握手常問「你好嗎？家人好嗎？健康好嗎？」等客套語。這本是民間一種禮節，行之已久的。到明朝，反以此為古禮，大概元人入治中國，盛行胡禮，經過六七十年，漢族已忘記了唱喏是甚麼了。

施耐菴是元末人，去宋還不十分遠，而淮河流域一帶唱喏之風最盛，今日淮安、常熟的人叫細小的蠟燭做「唱喏蠟燭」，其意是指這種蠟燭小得太可以，還未拜跪完畢，只作一個揖就滅了。

林教頭風雪山神廟

頭腦酒與按酒

《水滸傳》裏有很多諺語、土話和物名到現在還流行着的，但有大部分早已不傳了。現在我想談談《水滸》中兩件有趣的與食有關的事。

頭腦酒—這個酒名，在《水滸》中是最奇特的了。我們讀《水滸》時，如果留心一下它的酒名，則二十三回中有透瓶香酒，三十二回有茅柴白酒，三十六回有渾清白酒，三十八回有玉壺春酒，三十九回有藍橋風月酒。

第五十一回的頭腦酒最有趣，假使我們直覺地，望文生義，很容易誤以為這種酒是用人的頭腦來釀製，用以治頭風的，在江湖上一定很風行，其實非也。五十一回雷橫到行院聽自秀英歌唱，有云：

那李小二人叢裏撤了雷橫，自出外面趕碗頭腦去了。

這裏的「頭腦」就是頭腦酒，是一種名貴的酒，望文生義來說，它是可以驅風寒或治頭風的，但不是用人的頭腦去製的。這種酒，大概在宋朝已經盛行，但我還未有找到可靠的資料來證明，倒是明末人朱國楨的《湧幢小品》有一段說到它：

凡冬月客到，以肉及雜味置大碗中，注熱酒遞客，名曰「頭腦酒」，蓋以避寒風也。考舊制，自冬至後至立春，殿前將軍甲士，皆賜頭腦酒，祖宗之體卹人情如此。想宮中進膳後出視朝，遍用之近侍，推己及人，無內外貴賤，一也。景泰初年〔按：景泰為明代宗年號，共七年，公元一四五〇至一四五七年〕，以大官不充，罷之，而百官及民間用之不改。

這是明朝人吃頭腦酒之法，以肉放入酒中一起吃，頗奇特。也許明朝才興這樣的罷。現在這種酒已經不見有了。

第二件與酒有關的是「按酒」。這是一名詞。

《水滸傳》第十回〈林教頭風雪山神廟〉寫林沖熟識的一個酒店掌櫃李小二，有一天，李小二店裏來了兩個軍官打扮的客人，取出一兩銀子給李小二。那來人約計吃過數十杯酒，「再討了按酒，鋪放桌上」。我們看了「按酒」，簡直不知它是甚麼東西，但再三研究一下，「按酒」者，殺饌也，不論甚麼可吃的東西，凡可以幫助喝酒的都可以叫做「按酒」，與現在上海、寧波一帶的人叫殺饌為「下飯」同其義，因為飯菜是用來「下飯」的，「按酒」之「按」，有「下」字在，即「抑」下之意。第二十九回「武松醉打蔣門神」，施恩只給武松幾杯酒吃，「下飯按酒，不計其數。武松正要吃酒，見他只把按酒添來相勸，心中不在意……」這裏「下飯按酒」並舉，那就是一些吃飯用的肉食，一些是吃酒用的肉食，下飯一詞至今尚通行，按酒就久已不用了。

衙門前的戒石

小時候，在縣衙門前看戲，見有一座似牌坊的石建築，上面刻有「爾俸爾祿，民膏民脂；下民易虐，上天難欺！」這八個字。當時我的文理已經稍通，知道它說的是甚麼意思，和它立在這裏是甚麼目的。但我讀了之後，會發生過疑問，人們說衙門是老虎，俗語說得好，「衙門八字開，有理無錢莫進來」，難道那些官僚真的會顧念到「下民」麼？恐怕這也是一種官樣文章，做給人看而已！

過多三四年，年紀稍大，會讀《水滸傳》了，其中有一回寫玉麒麟盧俊義的管家李固因為和盧員外的太太通姦，陷害盧員外，因此，盧員外被捉坐牢。李固就找那個禁子蔡福，送五十兩蒜條金，請他結束盧員外的性命。

蔡福笑道：「五十兩黃金就想買河北盧員外的性命麼，你不見正廳戒石刻着『下民易虐，上蒼難欺』，你那瞞心昧己勾當，怕我不知！」

於是李固就添到五百兩，蔡福也答應了。所謂戒石，是舊日封建時代各州縣衙門前樹立的座右銘，目的在使大大小小官員想做枉法昧心事之時抬頭見了會吃了一驚，良心發現，不敢貪污枉法的。

戒石上所刻的字數，不止是蔡福所說的這八個字的，它一共十六個字已如上文所說。其實也不

衙門前的戒石

止這十六個字，最初之時是二十四句，每句四字，共九十六字，後來才減為十六字的。

南宋人洪邁的《容齋續筆》卷一「戒石銘」條云：

「爾俸爾祿，民膏民脂；下民易虐，上天難欺！」太宗皇帝書此以賜郡，立於廳事之南，謂之「戒石銘」。按成都人景煥，有《野人閒話》一書，乾德三年（宋太祖年號，三年乃公元九六五年）所作，其首篇頒令箴，載蜀王孟昶為文頒諸邑云：「朕念赤子，旰食宵衣，言之令長，撫養惠綏。政存三異，道在七絲。驅雞為理，留犢為規。寬猛得所，風俗可移。無令侵削，無使瘡痍。下民易虐，上天難欺。賦輿是切，軍國是資。朕之賞罰，因不踰時。爾俸爾祿，民膏民脂，為民父母，莫不仁慈。勉爾為戒，體朕深思！」凡二十四句，昶區區愛民之心，在五季諸僭偽之君為可稱也。但語言皆不工，唯經表出者，詞簡理盡，遂成王言，蓋詩家所謂奪胎換骨法也。

這是說得頗詳盡的。宋神宗時，戒石銘的字多是大書法家黃山谷所寫的。歐陽修的《集古錄》說戒石銘始於唐明皇，但未見其文，陳眉公則說始於宋太祖。到底誰說得對，姑勿論，只是這種官樣文章，在宋初已頒行天下了。明朝的戒石立在甬道，宋朝的立在廳事之南，恐係同一地方。

清初褚稼軒的《堅瓠集》說，明太祖下令把「爾俸爾祿，民膏民脂；下民易虐，上天難欺」四句，刻石立於衙門的甬道，面鐫「公生明」三字，以為一班守令警戒。

明人郎瑛的《七修類稿》說，元朝至元年間，浙西的「戒石銘」又另有四句，與上舉的不同，那四句是：「天有昭鑒，國有明法；爾畏爾謹，以中刑罰。」

明太祖的「公生明」三字，早在宋朝初年已有的了。宋人馬永卿的《嬾真子》說：司馬光的私第在縣宇之西北數十里，各處榜額都是司馬光所寫的，字大尺餘，好像常見的「公生明」字一般。

清人俞曲園（樾）的《茶香室叢鈔》，有記「戒石銘」一事，今錄如左：

朱象賢《聞見偶錄》云：今凡府州縣衙署，於大堂之前正中，俱立一石，南向刻「公生明」三字，北向刻「爾俸爾祿，民膏民脂；下民易虐，上天難欺」十六字，官每升堂，即對此石也。或惡其中立出入必須旁行，意欲去之而不敢擅動，欲駕言稟於上臺，又難措詞。曾見易以牌坊者。南北兩向照依石刻字樣書寫以代立石，按此知公生明坊舊時本是立石，猶有古人中庭立碑之遺制，今則無不易以牌坊，無復有立石者矣。

丹書鐵券

《水滸傳》第五十一回「柴進失陷高唐州」，説到柴進對殷天錫道：「我家也是龍子龍孫，放着先朝丹書鐵券，誰敢不敬？」

甚麼是丹書鐵券呢？這是封建時代的帝王賜給功臣或擁護者的一種免死牌。舊小說裏時時見到的。柴進祖先柴世宗降宋後，是否得到丹書鐵券，現在無可證明，不過宋朝確是有這種東西。最先搞丹書鐵券的恐怕是漢高祖了，漢書高祖紀作「丹書鐵契」。劉邦得天下後，就拿一種契券賜給功臣，它的樣子像符契，一半藏內府，一半交功臣收執，用到時，就兩邊碰合起來，「若合符節。」

宋朝的丹書鐵券是怎樣子的，可見於程大昌（南宋人）的《演繁露》。它說：

鐵券半缺，形如小木甑，上有四竅，可以穿絛，凸面鐫字，陷金以煥之。……是券也，鐵質金字，正圓而空虛其中，鐫勒制文於外，分其器為二，一以藏官，一以授諸得券之人。故今存者形如半甑。

鐵券上是刻有功臣本人免死九次，子孫三次，如犯常刑，有司不得加責等句。我國現在還存

丹書鐵券

有唐末一個鐵券，是唐昭宗賜給錢鏐的，今藏浙江博物館，我見過的。明朝還興這種把戲，清朝就沒有了。

家生

《水滸傳》第三回寫魯智深下山，問打禪杖戒刀的工人道：「兩件家生要幾兩銀子？」這裏的家生作用物解。宋朝人呼家用雜物的總名。又有一解是奴婢所生的子女，仍在主人家中做奴婢的。《漢書注》云：「奴產子，猶今人云家生奴也。」《水滸》第六十回有「卻是家生的孩兒」，這和魯智深所問的「兩件家生」就完全不同了。

宋朝人吳自牧的《夢粱錄》說：「家生動事，如桌凳、涼床、交椅、杌子。」（按：杌子一名，在《水滸》中常見到的。這是一種方形無背的椅子，宋人最通行的坐具。《宋史．丁謂傳》有「乃更以杌進。」）

廣州、香港一帶的工人，叫他們所用的工具做「架生」，潮汕一帶叫「家伙」。架生就是宋人所叫的家生。

花和尚大鬧杏花村

報曉頭陀

讀《水滸傳》的人，對於石秀殺死報曉頭陀這一件事都會覺得很有興趣的吧。報曉頭陀在《水滸》中的作用是使姦夫「出鈸」，但在當日宋朝的社會中，他就是一個活鬧鐘。那時候，凡是比較大的城市，都僱有專人在每日五更時分，在大街小巷報曉。俞曲園《茶香室續鈔》，宋張來有《贈鐵牌道者》詩云：

徼官待旦亦朝天，賴爾絕勝鐘鼓傳。舉世昏冥竟難警，憐君常負五更眠。

宋人孟元老（清人考證，有謂此乃孟揆之筆名。孟揆為宋徽宗督造艮嶽者）的《東京夢華錄》說：

每日交五更，諸寺院行者打鐵牌子或木魚循門報曉，亦各分地分，日間求化。諸趁朝入市之人，聞此齊起。

這是北宋汴京的情形。到南宋時候，國都設在臨安（杭州），也有報曉頭陀之制，宋人吳自牧《夢粱錄》卷十三說得更詳細，他說：

每日交四更，諸山寺觀已鳴鐘，菴舍行者頭陀……沿街報曉。若晴則曰：「天色晴明」，……陰則曰：「天色陰晦」，雨則言「雨」。……雖風霜雨雪，不敢闕此。

石秀智殺裴如海

火家

魯智深打鄭屠（第二回）「眾鄰舍並十來個火家那個敢上前來勸。」這裏的「火家」，即是鄭屠店裏的夥計。廣東叫夥計做「火記」，這是最恰當的。古人叫夥計做「火計」或叫「火伴」。（如《木蘭辭》「出門看火伴，火伴始驚惶」，這火伴又是同伴，同在一處做事的人了。）現在的人寫火計或一火人的火字，多加人字旁作「伙」，那是無中生有的。所謂火，因為是共竈共食之故（廣州諺語有「同撈同煲」，即有火字之意），加人旁，便失了意義了。

浪裏白跳水上報冤

太醫

宋江得病，浪裏白條張順說：「小弟舊在潯陽江時，因母得患背病，百物不能得治，後請得建康府安道全，手到病除。」

張順所說的這個安道全，自然是醫生中的大國手了。後來張順對救他命的老丈說：「小人姓張，建康府安太醫是我兄弟。」我們讀到這裏，一定以為「太醫」就是當日帝皇太醫院裏御用的醫生。其實不是。「太醫」不過是宋人對一般醫生的通稱罷了，這和後來北方人稱醫生為大夫，南方多稱為郎中差不多。又明清時代的人多稱理髮師為「待詔」，廚師為「大司務」，這些都是小官兒。

潘金蓮毒死武大時，煎了藥，對武大說：「這帖心痛藥，太醫教你半夜裏吃。」可見「太醫」一詞是醫生的通稱。（神醫安道全這個人不知有否其人。但四十年前，日本人賣藥，還有標榜「神醫安道全秘方」的，可見《水滸傳》影響之大。）

鄆哥不忿鬧茶肆

馬泊六與不忿

《水滸傳》第二十四回〈鄆哥不忿鬧茶市〉，寫小鄆哥和王婆相罵，王婆罵他小猢猻，「鄆哥道：『我是小猢猻，你是馬泊六！』」

「馬泊六」是甚麼，初看很費解，這一定是江淮地方的俗語，也許就是鄆哥罵王婆扯皮條。我們看王婆一聽此言，馬上生氣，揪住鄆哥，鑿上兩個粟暴，這當然是不好聽的話了。同一回中，王婆對西門慶說：「老身為頭是做媒，又會做牙婆，也會抱腰，也會說風情，也會做馬泊六。」從文氣看來，「馬泊六」是扯皮條無疑。

日前偶然看到清初褚稼軒的《堅瓠廣集》卷六，有云：

俗呼撮合者曰「馬泊六」，不解其語，偶見《群萃錄》：「北地馬群，每一牡將十餘牝而行，牝皆隨牡，故稱婦曰媽媽。愚合計之，亦百牝馬用牡馬六匹，故稱馬泊六。……蟻亦不入他群，故曰馬蟻。」

此說似乎牽強一點，姑錄於此，以待再考。

「鄆哥不忿」這「不忿」二字，就是廣州語「唔忿」，即不服氣之意，唐人李端《閨情》詩云：「披衣更向門前望，不忿朝來喜鵲聲。」那麼，不忿也是唐朝的俗語了。

鄆哥不忿鬧授官廳

團頭

潘金蓮毒死武大郎後，「王婆取了棺材，去請團頭何九叔，但是入殮用的，要買了。」（《水滸》第二十五回）我們都知道何九叔是人名，但「團頭」是甚麼，就頗令人費猜了。接着看下去，我們也許會直覺地以為何九叔是製殮工人，所謂仵作也，這一行業，自必有一頭人，「團頭」之義，就是這團的頭目吧？其實不然，如果這樣望文生義，那就有點錯了。

「團頭」是北宋年間的乞丐頭目之稱，現在讓我抄《今古奇觀》一段來說明吧。它的第三十二回〈金玉奴棒打薄情郎〉有云：

> 話說南宋紹興年間，臨安雖然是個建都地方，富庶之鄉，其中乞丐卻依然不少。那乞丐中有個為頭的名曰團頭，管着眾丐。眾丐叫化得東西來時，團頭要收他日頭錢；若遇雨雪時，沒處叫化，團頭卻熬些稀飯，養活這夥乞丐。

讀這一段，我們可知道團頭的來歷了。宋朝時代，在大地方的團頭，有不少發了財置下很多產業的。但何九叔在小縣中做團頭，當然沒有機會發大財，所以他就兼做仵作的頭目。團頭的組織，一直到清朝還有很多地方存在着，北京叫團頭做「杆兒」，但與團頭有些不同了。這個機關規模很大，到庚子年（一九〇〇年）義和團運動時才關門的。

黑旋風鬥浪裏白跳

「牙人」和柳條穿魚

李逵初次跟宋江見面，在琵琶亭上一起吃酒。他聽到宋江想吃鮮魚辣湯，便走到江邊向漁船要魚。「那漁人道，我們等不見魚牙主人來，不敢開艙。」

所謂「魚牙主人」，就是魚行的經紀人，大概那一區漁船的魚都歸他一人經手賣出的。古時候，代客人買賣貨物而取「牙錢」的叫做牙行，自漢朝以來即有此名稱，也叫做「駔儈」，或單一個「儈」字。到唐朝以後，這種經紀人才稱為牙人，也稱牙郎。

為甚麼叫經紀人做牙人呢？據我看來，必與禡牙祭有關。現在有些商店還很與「造牙」（廣東與香港尤盛），每月初二、十六，在店中拜神，必設盛饌，古時叫作禡牙祭。因此一般人就以「牙」來稱商人和經紀人。

宋朝的薦頭店介紹女僕的，也叫做牙人，見宋人孟元老的《東京夢華錄》。

《水滸傳》李逵把漁船裏的魚放走了，和魚牙主人張順大打一頓後，知道都是自己人，張順就選了四尾大鯉魚，折柳條穿了交給李逵，給宋江帶回軍牢煮湯來吃。用柳條穿魚，是宋朝魚行賣魚的一種習慣，正和廣東魚市一樣，以草穿魚。這習慣在《東京夢華錄》卷四「魚行」一條有說及，可見《水滸》所寫的多合宋朝的風俗。

豹子頭誤入白虎堂

閒漢

《水滸傳》寫林沖與高衙內爭口，眾閒漢勸了林沖，一方面又哄高衙內出了廟門。這裏的「閒漢」，是指幫閒的人，第一回中已見此名詞了（如開賭坊的閒漢柳大郎柳世權）。大概閒漢與幫閒都是同一樣人物。孟元老《東京夢華錄》說：

更有百姓入酒肆見子弟少年輩飲酒；近前小心供過，使令買物，命妓取送錢物之類謂之閒漢。

可知「閒漢」一語，是北宋時代東京的口頭語。

公孫勝應七星聚義

奢遮

《水滸》裏有很多方言是江淮、山東一帶的，如第十五回「晁保正敢有件『奢遮』的私商買賣」，很不易懂得是何意思。又如何濤受了上司責令捉捕梁山泊好漢，正在納悶間，他的弟弟何清來找他，對嫂子說：「哥哥忒殺欺負人，我不中用，也是你一個親兄弟。你便奢遮殺，到底是我親哥哥。」第三十四回宋江在客店遇見石勇，石勇說他生平只佩服二人，一個是柴進。宋江問另一個是誰。石勇說：「這一個又奢遮！」其意是「這一個比柴進更了不起」也。

所謂奢遮，就是「了不起」、「偉大」（「奢遮的私商買賣」，作偉大解）之意，如以廣州口頭語來說，即是「架勢」。

魯智深大鬧五臺山

「兀那漢子」

舊小說中常見有「漢子」這個名詞，《水滸傳》中更是常見。據南宋人陸游（放翁）的《老學菴筆記》說：「今呼賤丈夫曰漢子。」但漢子之稱，在某一場合中不見得就含有鄙夷之意，大概五胡亂華之時，胡人呼中國人做漢手，以別於胡人，後來就變成男子之稱了。

《北齊書．魏蘭根傳》說，蘭根的堂弟魏愷，不肯做官，顯祖罵他道：「何物漢子，我與官不肯就！」在這一語氣中，「漢子」實有「賤丈夫」之意。

《水滸傳》裏如果含有鄙夷對方的稱呼，常在「漢子」之上，再加「兀那」二字，成為「兀那漢子」，或「兀的漢子」，如沒有甚麼鄙屑之意，則只稱「漢子」而已，陸放翁說：「今呼賤丈夫曰漢子，」在宋朝大概是有這個涵義的。

《水滸傳》的「兀那」一詞，也很有趣的。「兀那」、「兀的」都含有「這個」及「彼」之意。「兀那漢子」，就是這個漢子。這種發語詞，在元曲《陳州糶米》就有「兀那斗子，與我砮些酒肉與那牽驢的老兒吃。」又有「衙內，兀的便是紫金鎚。」

今人朱居易的《元劇俗語方言釋例》及徐嘉瑞的《金元戲曲方言考》，都不見收「兀那」和「兀的」兩個例，朱氏的書中收有「兀的不」一詞，作「怎的不」解，與「兀的」不同。

李逵壽昌喬坐衙

「喬家公」與「喬坐衙」

《水滸傳》寫潘金蓮戲叔，給武松搶白了幾句，老羞成怒，走到半扶梯發話道：「你既是聰明伶俐，卻不道長嫂為母，我當初嫁武大時，不曾聽得說有甚麼阿叔，哪裏走得來是親不是親，便要做喬家公？自是老娘晦氣了。」

「喬家公」這個「喬」字頗令人費解。照潘金蓮的意思是：她嫁武大時，知道他沒有甚麼親人，現在突然有個小叔出現，而這個小叔居然擺出家公（家翁也，廣州人現在叫家翁仍是家公）樣子，而實他並非家公，所以罵他為「喬家公」。「喬」是有「假」和「滑稽」之意的。宋朝的俗語，常有喬甚麼等名詞，元曲中更常見到。周密《武林舊事》卷二〈元夕篇〉有：「載舞隊有喬三教、喬迎酒、喬親事、喬樂神〔原注云馬明王〕、喬捉蛇、喬學堂、喬宅眷、喬像生、喬歸娘」等。其釋「喬宅眷」云：

> 國忌樂日，則有喬宅眷，燈籠前引，珠翠盛飾，少年尾其後訶殿而來，卒然遇之，不解真偽。

這是宋朝雜技命名取義於「假」之證。《水滸傳》又有李逵喬坐衙一回，寫李逵穿起官服，坐堂審案的趣事，所謂「喬坐衙」就是「假」做官，而又含有滑稽之意。

孟元老《東京夢華錄》卷五〈京瓦伎藝篇〉有「弄喬影戲劉百禽」，是劉百禽這個人專做滑稽影戲。那時候的影戲有很多種，喬影戲怎樣上映，不在這話題內，可不談它。

舊小說和戲劇裏有「喬裝」一名詞，含有假裝、化裝之義，這一名詞到今日還通行。洪邁《夷堅支志》乙集，有一條說：江浙間路歧伶女。有慧黠知文墨，能於席上指物題詠，應命輒成者，謂之「合生」。其滑稽含玩諷者，謂之「喬合生」。

這是說藝人能滑稽者，故加一「喬」字於上。

讀小說札記　《二十年目睹之怪現狀》索隱

1866——1910

吴趼人像

《二十年目睹之怪現狀》的作者吳沃堯

最近出版排印的《二十年目睹之怪現狀》小說，書中沒有序文，只引了十九年前阿英先生的《晚清小說史》裏關於《二十年目睹之怪現狀》的一段，來作代序。

這部小說，我從一九一九年會讀小說始，一向就愛讀它了。阿英先生說：

《二十年目睹之怪現狀》，也實在是包含了一部新《儒林外史》，吳趼人寫官僚，未必有超《官場現形記》之成就，但在寫當時的洋場才子上，確是成功……如他寫一個蘇州的畫家，專門偷人家的詩題畫，算是自己的著作……

這是說得對的。他寫官場的黑暗及其怪狀，確沒有李伯元《官場現形記》那麼成功，但他這部小說是寫社會一股的怪現狀的，有時不知不覺就形容得過火，魯迅先生把它列入「譴責小說」一類。他的《中國小說史略》評此書云：

《二十年目睹之怪現狀》……雜集《話柄》與《官場現形記》同。……相傳吳沃堯性強毅，不欲下於人，遂坎坷沒世，故其言殊慨然。惜描寫失之張皇，時或傷於溢惡，言違其實，則感人之力頓微，終不過連篇《話柄》，僅足供閒散者談笑之資而已。

這評論是很精當的，不過吳沃堯寫這部小說，在結構上比李伯元的比較嚴緊，所以稱它為「新《儒林外史》」也可以。

此書的人物很多，又極複雜。人物中，有很多是作者捏造出來的，但又有很多卻是實有其人。記得一九四一年我在香港問葉恭綽先生，該書所寫的旗人苟才（狗才的諧音）到底是哪一個人。葉先生熟於晚清人物掌故，但他說苟才可列入吳趼人捏造這一類的。此書的人物既然那麼多，而又是很有趣的，讀者必會起了個疑問，好像我問葉先生苟才是甚麼人一樣的。我在初讀該書之時，對於葉伯芬、焦侍郎、裘致祿等人，都不知道是誰。後來年事較長，讀書較多，才一一給我考證出來。誠如阿英先生說：

但此書並非全無所本，蔣瑞藻《小說考證》引缺名筆記說此書云：「書中影託人名，凡著者親屬知友，則非深悉其身世者莫辨。當代聞人如張文襄（按：張之洞）、張彪、盛杏蓀（按：盛宣懷）及其繼室，聶仲芳及其夫人（即曾文正之女）、太夫人、曾惠（紀澤）、邵友濂、梁鼎芬、文廷武、鐵良、衛汝貴、洪述祖等，茍細讀之，不難按圖而索也。」此中有人，固呼之欲出也。

關於作者吳沃堯的歷史，阿英先生的《晚清小說史》云：

《二十年目睹之怪現狀》初發表於《新小說》（一九〇二年）。光緒三十三年（一九〇七年）至宣統元年（一九〇九年）先後印成單本八冊，釐為四卷。全書以自號九死一生者為線索，歷記其在二十年中所見所聞事，所記極為廣泛。故先寫九死一生在官家做事，後又寫其為官家經營商業，以店鋪遍全國也，又時時至各處察看。二十年中，始終在船唇馬背衙門店鋪中生活，因而各種事件，均易於聯繫。至全書將盡，又佈置一商業上大失敗局面，使九死一生不得不走，而故事遂於此戛然而止。此幹線佈置的可謂極精當，在結構上優勝於李伯元《官場現形記》處當在此。

至於吳趼人的歷史，阿英先生書中說得很簡略，只引李懷霜在《天鐸報》所作的〈吳趼人傳〉稱其「生負盛氣」及「其富材藝，自金石篆刻，以至江湖食力之伎，亡所不能，亦無所不精。」現在我從李氏所作的傳，用語體文譯寫出來給讀者參考：

吳沃堯字小允，又字趼人，是廣東佛山人，因此自署「我佛山人」。他的祖父吳榮光以翰林出身，精於金石、書法，為海內大收藏家之一。他的父親允吉，在浙江做候補巡檢，死在任上。死時，以其遺產數千金交給他的弟弟（沃堯的叔父，小說裏寫作伯父）管理，但給他拿去捐官用了。他的另一個叔父在北京逝世，趼人便打電報問他的做官的叔父，三次都沒有覆電。過了一個月，叔父電來了，說的是兄弟既已分家，不管這許多事了。他很生氣，便向江南製造局借了幾個月薪水（每月八元）到北京帶了他叔父的遺孤二人回故鄉。後來他在漢口美國人所辦的《漢報》任主筆，遇到美國排華工之事發生，他憤恨美國人虐待華僑，辭職歸滬，與華僑共籌抵制美國之策，他善於演說，於是以演說激動同胞，勸同胞不要與美國人合作，促美國人覺悟。受他感動的有數十人之多，他們都是受僱於美商的，都紛紛辭職他去了。他的小説有十幾種，最為人所愛的是《二十年目睹之怪現狀》，「蓋低回身世之作，根據昭然」也。一九〇六年陰曆九月十九日死於上海，年四十四歲。死後靠各方面的朋友貲助才能辦理身後事。

這是吳趼人的簡單歷史。我們看到他毅然脱離美國人的報館，不肯做他們的傳聲筒，這是何等有正義感，何等的愛國啊！

名畫的故事

吳沃堯的小說《二十年目睹之怪現狀》第四十五回〈評骨董門客巧欺矇〉，這一段故事是極有趣的。書中人文述農對「我」（此人乃書中的主人翁，據說就是吳沃堯本人）說揚州鹽商買古畫的事。有人拿一幅畫去賣給鹽商，要價一千銀子，鹽商的門客要他二成回佣，那人不肯。門客說，如不就範就買賣不成。

我們現在且看那門客怎樣破壞這件買賣來從中取利了。鹽商見了那幅畫很好，就說一千銀子不貴。

那門客卻在旁邊說道：「這幅畫雖好，可惜畫錯了，便一文不值。」東家問他怎樣畫錯了。他說：「三顆骰子，兩顆坐了六，這一顆還轉着未動，喝骰子的人，不消說也喝『六』的了。他畫的那喝骰子的張開了口，這『六』字是合口音，張開了口，如何喝得『六』字的音來？」

於是東家不買了。賣畫人一場沒趣，只得又去求那門客設法子。這回門客可拿腔做勢了，他非要三成回佣不可。我們現在看他怎樣挽回吧。

他卻拿了這幅畫，仍然去見東家，說：「我仔細看了這畫，足值千金。」東家問有甚憑據。他說：「這幅畫是福建人畫的，福建口音叫六字，猶如揚州人叫落字一般，所以是開口的。他畫了開口，正是所以傳那個六字之神呢。」他的東家聽了，便打着揚州話「落落」的叫了一兩聲，果然是開口的，便樂不可支，說道：「虧得先生淵博，不然幾乎當面錯過！」馬上兑了一千銀子出來，他便落了三百。

宋人張擇端寫的那幅《清明上河圖》，據明人徐樹丕的《識小錄》說：

湯裱褙善鑒古，人以古玩賂絡世蕃，必先賄之。世蕃令其辨真偽，得其賄者，必曰真也。吳中一御史，偶得張擇端清明上河圖臨本，饋世蕃，而賄不及湯。湯直言為偽。世蕃大怒。……余聞之先人曰：清明上河圖……中有四人樗蒲，五千皆六，而一子猶轉。其人張口呼「六」。湯裱褙曰：「汴人呼六當撮口，而今張口，是操閩音也，以是識其偽。」……〔按：湯裱褙確有其人，名勤，蘇州著名的裱畫匠。他死後的墳墓在蘇州橫塘湯家山，但早已無遺址可尋。蘇州土人誤指湯渭父母之墓為湯裱褙之墓，殆誤。光緒十年九月廿二日，金石家葉昌熾曾說土人誤指為湯勤之碑，實則為成化年間的湯渭父母之墓。見《緣督廬日記鈔》。〕

二十年來，我讀過很多明、清人的筆記，都有這樣相似的故事，我猜一定是有所本的。關於畫家呼「六」傳神這件事，最有趣，這不止見出我們的藝術家一支活生生的筆能寫其真，同時，賞鑒家也細心到能從其中辨出真偽，這種賞鑒家也是了不起的（姑勿論他受賄）。

我記得宋朝有過這件相同之事，與蘇東坡、李公麟有關的。這兩人都是宋代偉大的藝術家。其事極有趣。岳飛的嫡孫岳珂，於南宋年間著有《桯史》，其卷二有一則《賢已圖》云：

> 元祐間，黃、秦（按：黃山谷、秦少游）諸君子在館，暇日觀畫。山谷出李龍眠（即李公麟）所作《賢已圖》，博弈樗蒲之儔咸列焉。博者六七人，方據一局，投迸盆中，五皆黑而一猶旋轉不已。一人俯盆疾呼，旁觀皆變色起立。纖穠態度，曲盡其妙，相與歎賞，以為卓絕。蘇東坡從外來，睨之曰：「李龍眠天下士，顧乃效閩人語耶？」眾咸怪，請共故。東坡曰：「四海語音，言六皆合口，惟閩音則張口。今盆中皆六，一猶未定，法當呼六，而疾呼者乃張口，何也？」龍眠聞之，亦笑而服。

這是李公麟一時失察，沒有留意到這一層，給蘇東坡指出的趣事。後人就把這件事輾轉相傳，便走了樣了。

在岳珂的同書中第四卷，有「壽星通犀帶」一則，說到太監因得不到賄賂，破壞了古玩客的一件趣事，因與鹽商的門客之事頗相類，附述於此。

話說宋高宗禪位給孝宗後，孝宗買很多珍品去巴結太上皇。恰好北方有一商人拿了通犀帶一條，託一個太監進呈孝宗。帶共十三銙，皆透明，有一壽星扶杖立。孝宗甚喜，打算正月初一進上父皇。此帶索價十萬緡，也答應了。另一太監向那商人索賄不得，他就對孝宗說，凡壽星的枴杖，必高過人的頭，現在這一個的杖，只及人身之半，這是不祥之物也。孝宗視之果然，就不要了。此帶終於在國內賣不去。這太監雖然進讒，但他的鑒賞能力甚高，尚可取。

旌表「孝子」

《二十年目睹之怪現狀》第八十五回〈戀花叢公子扶喪〉和第八十六回〈旌孝子瞞天撒大謊〉，都是寫清末一個大官僚的公子從雲南送他的母親的靈柩歸故鄉，一路從漢口吃花酒吃到上海，終於在上海戀着一個妓女林慧卿，把癆病弄得更加深重了，他還在妓院養病，不肯遷出去，結果死在上海。

這個風流公子死了後，因為他的父親是方面大員——一省的藩司，上海那一班官僚就和他出了個知啟，說他以身殉母，預備奏上朝廷，請旌「孝子」。這兩回的內容大略如此。

在舊時代的社會裏，上下互相欺騙矇混，於是孝子節婦多到不可勝數。一鄉一縣出了個孝子、節婦，地方官報上朝廷，皇帝照例下個諭旨，教鄰縣或鄰省的地方官去查一下是否屬實。舉命調查的官員，無非向當地的紳士、父老查詢，他們就算不受了出孝子、節婦之家的賄賂，也得為了桑梓之光死勁說確實有這回事的。調查的官員只得據實復奏，於是一鄉一里的牌坊就林立，好像擺陣一般了。如果揭穿孝子節婦的內幕，也是兒戲得很的。

吳沃堯生平最恨這種吃人的禮教，他在《怪現狀》一書中，遇到有機會他就攻擊之不遺餘力，例如五十六回「翻新樣淫婦起牌坊」就是他譏諷社會的虛偽的禮教。

現在我先把吳沃堯所描寫的那個「孝子」陳稚農的趣事摘抄一些來。書中的主人公——

「我」正在上海做買賣，他認識雲南藩臺的公子陳穉農從雲南帶了一批白銅到上海，就想買他的。

我道：「他（指陳公子）這回是運他的娘的靈柩回福建原籍的。他帶的東西，自然各處關卡都不完釐上稅的。從雲南到這裏，就是那一筆釐稅就便宜不少。我在漢口和他同過好幾回席，總沒有談到這個上頭。」繼之道：「他是個官家子弟，扶喪回里，怎麼沿途赴席起來？」我道：「豈但赴席，我和他同席幾回，都是花酒呢！終日沉迷在南城公所一帶……」

後來「我」查出陳穉農住在妓院養病，也曾介紹過一個中醫去給他診治。看過一次後，那醫生便來謝絕介紹人，說這個公子哥兒本來沒有甚麼大病的，只是色癆，如果他肯清心寡慾，搬回自己的旅館養病，三兩個月就會調理好的。過了不久，陳穉農真的病死了。「我」在書中把上海那班官僚給死人弄的知啟寫了出來，其文如左：

穉農孝廉，某方伯之公子也，生而聰穎，從幼即得父母歡。……方伯歷任各省，孝廉均隨任……以故未得預童子試……某科方伯任某省監司，為之援例入監，令回籍應鄉試。孝廉雅不欲，曰：「科名事小，侍親事大，兒不欲暫違色笑也。」方伯責以大義，始勉強首途。榜發，登賢書。孝廉泣曰：「科名雖僥倖，然違色笑已半年餘矣。……越歲，入都應禮闈試，沿途作思親詩八十章，一時傳誦都下，故又有才子之目。及報罷，即馳驛返署，問安侍膳，較之夙昔，益加敬謹……去秋，其母某夫人示疾，孝廉侍奉湯藥，衣不解帶，目不交睫者三閱月。及冬遭大故，孝廉慟絕者屢，賴救得蘇，哀毀骨立。潛告其兄曰：「弟當以身殉母，兄宜善自珍衛，以奉嚴親！」兄大驚，以告方伯。方伯復責以大義，始不敢言。然其殉母之心已決矣。故今年稟於方伯，獨任奉喪歸里，沿途哀泣，路人為之動容。甫抵上海，已哀毀成病，不克前進，奉母夫人柩厝於某某山莊，己則暫寓旅舍。……至某月某日，竟遂其殉母之志矣！臨終遺言，以衰絰斂。嗚呼，如孝廉者，可謂孝思不匱者矣！查例載：孝乎順孫果有瓌行奇節，得詳具事略，奏請旌表，某等躬預斯事，不便湮沒……伏望海內文壇，俯賜鴻文鉅製，以彰風化。無論詩文詞誄，將來彙刻成書，共垂不朽，無任盼切！

「我」的朋友吳繼之看了還好，但「我」看了差不多腸都笑斷了。繼之問他笑甚麼，「我」道：「大哥沒有親見他在妓院裏那個情形，對了這一篇知啟自然沒得好笑。」讀者讀過這兩回的小說，然後讀這個知啟，果然是會笑斷腸的。讀後，他們也許會說吳沃堯造謠，天下哪裏會有這種事的！然而確有其事，確有其人！這個「孝子」「才子」是清兩廣總督岑春煊的兒子，名叫岑德固，字子恒（他的兄弟岑德廣，字心叔，汪精衛組偽府於南京，曾一任「次長」，今隱居香港，六十多歲了），在小說裏叫陳稺農。他在漢口死時，吳沃堯恰好在漢口一家美國人開的報館做事，他知得此事是頗為清楚的，他寫入小說不算，還在他的筆記《趼廛續筆》卷二記云：

以吾所見，堂堂顯宦之子，明明以嫖死，以色癆死，且死於通都大邑眾目昭彰之下，猶得以殉母聞於朝，特旨宣付史館，列入孝子傳者矣，遑論鄉曲小人哉！

文中沒有說明這個「孝子」是誰，但與《二十年目睹之怪現狀》的陳稺農事相合。書中的「方伯」就是藩司的別稱。岑春煊以門蔭出來做外官，首先就在廣東做藩司，所以書中說他是雲南方伯，岑春煊是做過雲貴總督的，宦歷也相合。岑德固是春煊元配劉氏所生的一子，二十三歲，春煊便給他捐了個京官，後來回鄉應試，中了舉人，和「知啟」所說的相符。他的母親向來有痰病的，他奉父命送母往湖北養病，她一到漢口就死了。外間就傳說德固自以侍藥無狀「遂以身殉」。其實內幕就是如吳沃堯所說的。德固著有絕命詞一首，說的甚麼我不知道，他將死前還上書他的叔父春蓂（時在湖北為道臺），說自己種種不孝，不值得歸見先人，請擲屍江中云云。當時的人給這個「孝子」做的知啟是這樣說過的。其時湖北的大官張之洞、端方等人就上奏清廷，請旌表「孝子」，並把他的事蹟宣付史館。

大名士李玉軒

晚清四大小說是吳沃堯的《二十年目睹之怪現狀》、李伯元的《官場現形記》、曾孟樸的《孽海花》和劉鶚的《老殘遊記》。這四部名著中，寫洋場才子、名士寫得最出色的，當以《二十年目睹之怪現狀》為第一。

吳沃堯在《二十年目睹之怪現狀》一書中所描寫的人物，如其人有穢德的，就用諧聲來隱射他的名字，假如沒有的話，就多直書其名或字，有時只說到他的官銜就算了事。用諧聲影射之法，在舊小說中時常見到的，曾孟樸的《孽海花》，書中的人物幾乎全是採用這個方法，例如陸仁祥為陸潤庠，馬美菽為馬眉叔（即馬建忠）等是。

《二十年目睹之怪現狀》第二十一回所寫的那個洋場名士李玉軒，是有其人的，作者用諧聲去影射他的別字。這件事說起來頗有趣的。

書中的主人公「我」（這個「我」就是著此書的「九死一生」，其實就是吳沃堯本人）從鄉間帶了母親和一位堂姊到了上海，在客棧裏住着候船入南京。他忽然聽到有爭吵打架之聲，便走出去看個究竟：

只見兩個老頭子在那裏吵嘴，一個是北京口音，一個是四川口音。那個北京口音的攢着四川口音的辮子，大喝道：「你且說你是個甚麼東西，說了饒你！」一面提起手要打。那四川口音的道：「我怕你了，我是個王八蛋！我是個王八蛋！」北京口音的道：「你應該還我錢麼？」四川口音的道：「應該應該！」北京口音的道：「你敢欠我絲毫？」四川口音的道：「不敢欠，不敢欠，回來就送來！」北京口音的一撒手，對四川口音的就溜之乎也的去了。北京口音的冷笑道：「旁人恭維你是個名士，你想拿着名士來欺我，我看着你不過這麼一件東西，叫你認得我！」

「我」和那個北京口音的請教起來，原來他們是有點親戚的，那個人名叫王伯述。「我」就問欠他錢的名士是甚麼人，王伯述說他名叫李玉軒。李玉軒是影射同（治）光（緒）年間的大詩人李芋仙（名士棻，四川忠州人），「玉」與「芋」同音，「軒」與「仙」的音也差不多，而且又是四川人。王伯述罵他是臭名士，那是一點都不錯的。且借王伯述口中說出李玉軒是怎樣的一個人吧。

伯述道：「他麼，他是一位大名士呢！叫做李玉軒，是江西的一個實缺知縣，他同我一般的開了缺了。」我道：「他欠了姻伯書價麼？」伯述道：「可不是麼？這種狂奴，他敢在我跟前發狂，我是不饒他的。藩台、撫台也怕了他，不料今天遇了我。」我道：「怎麼撫台也怕了他呢？」伯述道：「說來話長，他在江西上藩台衙門，卻帶了鴉片煙具在官廳上面開起燈來。被潘台知道了就很不樂意，打發底下人去對他說：「老爺要過癮，請回去過了再來，在官廳上吃煙，不像樣！」他聽了這話，立刻站起來，一直跑到花廳上去。此時藩台正會着幾個當要差的候補道商量公事。他也不問情由，便對着藩台大罵道：「你是個甚麼東西！不准吃煙！你可知我先師曾文正公的簽押房我也常常開燈。我眼睛裏何曾見着你來！你的官廳，可能比我先師的簽押房大？……」藩台不等說完，就大怒起來喝道：「這不是反了麼！快攆他出去！」他聽了一個「攆」字，便把自己頭上的大帽子，摘了下來，對準藩台面摔了過去，嘴裏說道：「你是個甚麼東西，你配摔我，我的官也不要了！」那頂帽子不偏不倚的，恰好打在藩台臉上。藩台喝叫拿下他來，當時底下人便圍了過去，要拿他，他越發發了狂，猶如瘋狗一般，在那裏亂叫。虧得旁邊幾個候補道把藩台勸住，才把他放走了。他回到衙門，也不等後任來交代，收拾了行李，即刻就動身走了。

李玉軒是這樣丟了個知縣大老爺的。於是他就溜到上海充名士。王伯述說他：「他到了上海來，做了幾首歪詩登到報上，有人恭維他是甚麼姜白石、李青蓮，所以他越發狂了。」

我道：「想來詩總是好的？」伯述道：「也不知他好不好！我只記得他詠自來水的一聯是：灌向甕中何必井；來從湖上不須舟。這不是小孩子打謎謎兒麼？這個叫做姜白石、李青蓮，只怕姜白石、李青蓮在九泉之下要痛哭流涕呢！」

作者這一段描寫，可把李玉軒挖苦得透了。

李芋仙確是曾國藩的學生，有詩才，有狂態。他把知縣官丟了，確實有點如作者所說的那樣子的。他到了上海後，時時拿詩交給《申報》的主筆王紫詮（即天南遯叟）登刊，兩人的交情日見浹洽。他在上海住了三年，軼事流傳得很多，大概他死後不久，吳沃堯才到上海的（芋仙死於光緒十一年即公元一八八五年，年六十五歲）。因此作者在上海必定聽到關於他的許多趣事（友人包天笑先生，今年已八十一歲，現在卜居香港，他曾對我說，他年輕時見過吳沃堯，他喜歡用一本簿子把奇奇怪怪的事記錄起來，遇到寫小說時，就拿來做材料）。他的《我佛山人筆記》有一段說：

> 李芋仙遊上海時，每出，必令僕人攜溺器相隨。其溺器盛以紅木匣。一日，入妓院，僕照例攜往，至則置於妓室中。及李欲溺，大索溺器不得，呼僕問之，則云已送堂中婢媼；問之又無有，喧嚷良久，乃得之於衣笥中。蓋婢媼輩素未經見，疑為貴品，故代珍藏之也。

李伯元的《南亭筆記》也記此事，不過把溺器易為馬桶。《南亭筆記》又記李芋仙在藩台衙門吸鴉片煙，因此去官。大概這些事都是真的。

李芋仙的生平，在黎庶昌給他所作的墓誌說得頗詳細，黎說：「君本曠達士，不拘行檢。」他是死在上海的，由上海縣莫祥芝（大金石家、古文家莫友芝之弟，友芝也是曾國藩的門生）經紀其喪，葬之於南昌城外。

芋仙著有《天瘦閣詩半》六卷，《天補樓行記》一卷。他的朋友吳熙序其《天瘦閣詩半》有：

君以狂奪官，僑居上海三年，上海南北綰轂，塗於斯者，達官秀民，無日不有，是惟非士人；士人，則無不知李芋仙者。

可見李芋仙之為人確是狂的，但不如吳沃堯所說的那樣不堪，芋仙雖狂，可絕不下流。作者把他寫成這樣，並非對芋仙有菲薄之意，不過借此來形容洋場上那班臭名士罷了。

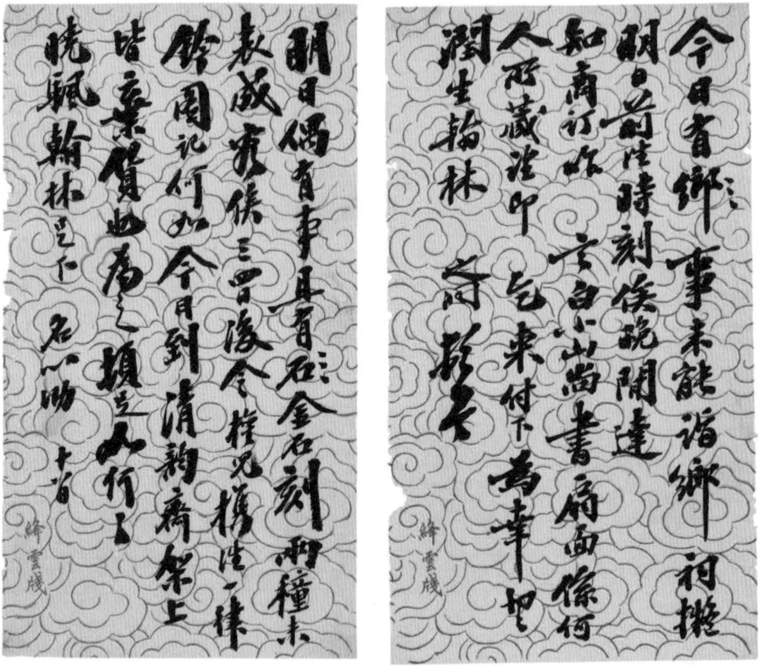
今日省鄉鄉事未能詣鄉祠擬
明日前往時刻俟晚間達
知商訂昨言白小山尚書扇面係何
人所藏注印乞東付下為幸也
潤生翰林 [illegible]
明日偶有事且有石石金石刻兩種未
裱成寶俟三四日後令椎兒搨注一律
餘園記何如今月到清韻齋架上
皆[illegible]貨也屬之頃足人行未
曉颿翰林足下 名心叻 十日
絳雲箋

張之洞信札

張之洞、張彪、洪述祖

吳沃堯《二十年目睹之怪現狀》第八十四回〈接木移花丫嬛充小姐；弄巧成拙牯嶺屬他人〉，這一回的下半回目的事，將見另文，上半回的與八十三回的〈誤聯婚家庭鬧意見；施詭計幕客逞機謀〉是有關聯的。這一回有半的故事很有趣，作者用全副精神去描寫，在這部小說中是一精彩絕倫的地方。

這個故事的人物頗為複雜，計有：湖廣總督張之洞、張的嬖人，湖北提督，兼第八鎮統制的張彪（溥儀在天津居住的張園，即每年以五萬元向張彪後人租用的）詭計多端，主持暗殺宋教仁的洪述祖，還追述到洪述祖在甲午中日戰爭時的一件有趣的事。這些故事都很長，我不便照原文全盤錄下來，只好先把小說中的大意略說一下，然後再把他所影射的人物說出來。讀者如覺得有趣，不妨再找原文去讀讀。

話說書的主人公「我」到了漢口，他們字號裏的經理吳作猷置酒為他接風，便向他說出了現任鎮台娶現任撫台的小姐做太太的一段故事。

原來湖廣總督是姓侯的，撫台姓言，鎮台也姓侯。那位侯制軍本是北方人，做過福建巡撫。那時候，侯鎮台在福州當學徒，給制軍看上了，便叫他把原來的姓朱改為姓侯，原名叫狗，改為虎，於是朱狗便變成侯虎了。侯虎跟了侯制軍到湖廣總督任上，一帆風順，由制軍一手提拔他，做到提督，是一品的武員了，所以非常感激制軍。

所指的侯制軍即張之洞，侯虎是張彪。世傳之洞是猴子轉生，因此作者即以侯字來做他的姓。之洞在山西巡撫任內時，就賞識了張彪，後來帶他到廣東，又到湖北。本來一省的提督與總督是平行的，但張彪事之洞唯謹，絕不敢搭敵體官的架子。

侯鎮台的太太本是侯制軍的丫頭，忽然死了。恰好有一天，侯制軍和湖北巡撫一班人在黃鶴樓吃酒。言巡撫吃了幾杯，一時高興，竟然把女兒許給侯鎮台做填房太太。這樣一言為定，親就結上了。卻苦了言中丞，一回到家，就給太太一連唾了他幾口，罵道：「我的女兒雖然生得十分醜陋，也不至於給兔崽子做老婆，更不至於去填那個臭丫頭的房！」但老爺在制軍面前親口許下了，太太不肯，怎麼辦？看看迎娶有日了，急到了不得。言中丞只好和他的心腹洪太守商量。這個洪太守就轉介紹一個姓陸的觀察（即道台）去給言中丞獻計。陸觀察便把自己得寵的丫頭碧蓮認作義女，送給言中丞權充小姐，嫁給侯虎。於是陸觀察有了這種種關係，官運就亨通了。

陸觀察指的是洪述祖，字蔭之，是洪北江的後人，他在朝鮮時就和袁世凱認識，也曾在葉志超幕中為「軍師」，言聽計從。宋教仁一案發生後，一直到民國八年（公元一九一九年）才把洪述祖拿到，解往北京受審，判決絞刑。

像這樣卑污齷齪的事，在舊日官場中是司空見慣，毫不為奇的。吳沃堯寫到陸觀察，就分出一筆來說一下他的出身。說他是一個不第秀才，葉軍門（指葉志超）請他做文案，恰值中日失和，葉軍門帶兵駐紮朝鮮的平壤。後來日本把平壤團團圍住，葉軍門嚇殺了。陸觀察就教他寫信給日軍，願意投降，只求他的大軍讓開一條路，等他帶了大軍退出。葉軍門道：「這怎樣對上頭說呢？」陸觀察道：「對上頭只報一個敗仗罷了。打了敗仗，還能保存士卒，不失軍火，總沒甚大處分；較之全軍覆沒總好得多。」葉軍門一想不錯。就叫他起個信稿，由他照樣描起來。描到一半，陸觀察忽然說信中有個漏洞，重新來過。信送出後，日本兵果然讓路給他全軍而退，事後，陸視察就向葉軍門借四萬兩銀子為回國川資。葉軍門當然不肯，他就在懷中取出葉軍門昨天親筆所寫那第二封信來。原來他第二封信內加入了「久思歸化，惜乏機緣」兩句。可憐葉軍門不識字，胡裏胡塗的照樣描了。他卻把第一封發了，留下這第二封，現在拿出來逐字逐句解給葉軍門聽。結果給他詐了三萬銀子，他到北京捐了個道台，是觀察大人了，就到湖北候補。

這件事未免太過兒戲一點，洪述祖在葉志超幕中曾勸志超全軍而退，那是有這件事的，但並無求日本人讓路之事。

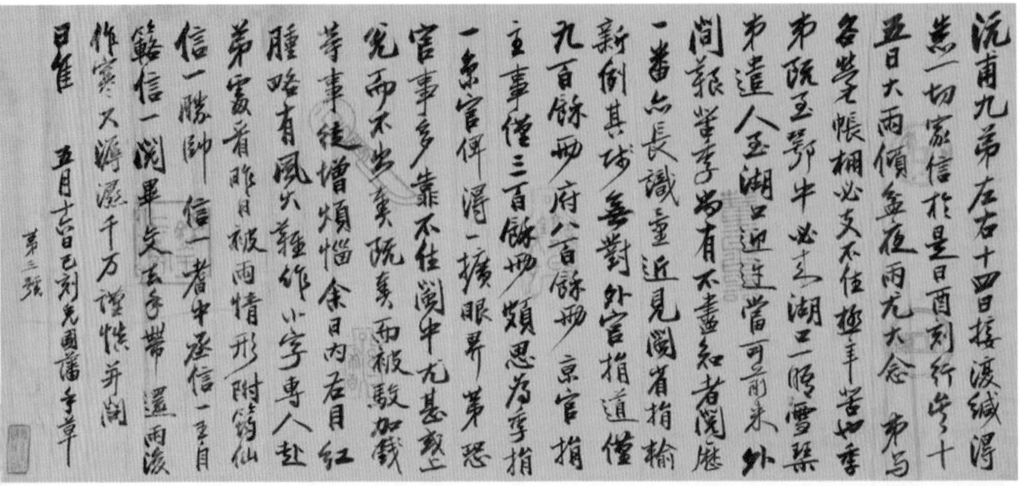

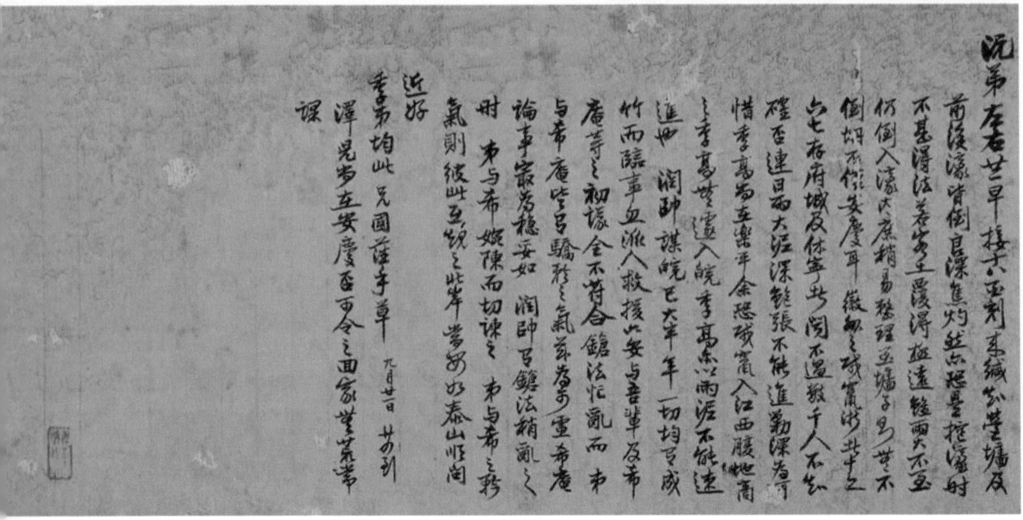

曾國藩致曾國荃信札

曾國荃

《二十年目睹之怪現狀》第五回、第七回和第五十九回、第六十回都是寫曾國荃在兩江總督任內的事。第五回說：

繼之道：「晌午時候，你走了，就有人送了一封信來，拆開一看，卻是制台衙門的幕府朋友送來的，信上問我幾時在家，要來拜訪。我因為是制台的幕友，不便怠慢他，因對來人說，我本來今日要回家，就請下午到舍間談談罷。打發來人去了，我就忙着回來。還未坐定，他就來了。我出去會他時，他卻沒頭沒腦的說是請我點戲。……因問他道：莫非是那一位同寅的喜事壽日，大家要送戲，若是如此，我總認一個份子，戲是不必點的。他聽了我這話，也好笑起來，說點這個戲。我問他到底是甚戲，他在懷裏掏出一個摺子來遞給我？我打開一看，上面開看的是江蘇全省的縣名，每一個縣名的底下分注了些數目字，有注一萬的，有注二三萬的，也有注七八千的。我看了有些明白，然而我不便就說曉得了；因此問他是甚意思。他此時炕也不坐了，拉我下來，走到旁邊貼擺着的兩把交椅上兩人分坐了。他附着我耳朵說道：這是得缺的捷徑一條。若是要想那一個缺，只要照開着的數目送到裏面去，包你不到十天就可以掛牌。這是補實的價錢，若是署事，還可以便宜些。」我說：「大哥怎樣回報他呢？」繼之道：「這種人哪裏好得罪他，只好和他含混了一會，推說此刻初接大關，沒有錢。……」我說：「果然奇怪，但是我聞得賣缺雖是官場慣技，然而總是藩台衙門裏做的，此刻怎麼鬧到總督衙門裏去呢？」繼之道：「這有個甚麼道理，只要勢力大的人，就可以做得；只是開了價錢，具了手摺，到處兜攬，未免太不像樣了！」

這個吳繼之是書中的主角之一，那時他正在南京下關當個差事。第七回，吳繼之又說：

這個大帥是軍功出身，從前辦軍務的時候，都是仗着幾十個親兵的功勞，跟着他出生入死。如今天下太平了，那些親兵……卻一般的放着官不去做，還跟着他做戈什哈。你道為甚麼呢？只因這位大帥念着他們是共過患難的人，待他們極厚……所以他們死命的跟着，好仗這個勢子在外頭弄錢。他們的出息比做官還好呢。還有一層，這位大帥因為辦些軍務，與士卒同甘苦，所以除了這班戈什哈之外，無論何等兵丁所說的話，都信以為真的。……他又是個喜動不喜靜的人，到了晚上，他往往悄悄地出來巡查，去偷聽些兵丁說的話。無論那兵丁說的甚麼話，他總信是真的。久而久之，他這個脾氣叫人家摸着了，就借了這班兵丁做個謀差使的門路。譬如我要謀差使，只要認識了幾個兵丁，囑託他到了晚上覷着他老人家出來偷聽時，故意兩三個人談論，說吳某人怎樣好，怎樣好，辦事情怎麼能幹，此刻卻是怎麼窮，假作嘆息一番。不出三天，他就給我差使的了。

繼之所說的制軍，就是兩江總督曾國荃。後來繼之做了江都縣知縣，因為不肯給錢那個制軍的戈什哈，繼之的縣大老爺便丟掉了。第五十九回是這樣寫的：

原來今年是大閱年期，這位制軍代天巡狩到了揚州，江、甘兩縣自然照例辦差。……述農查了老例去開銷一切，誰知，那戈什哈嫌錢少，退了回來。述農也不和繼之商量，再例外加豐了點送去，誰知他依然不受。述農只得和繼之商量。還沒有商量定，那戈什哈竟然親自到縣裏來，說非五百兩銀子不受。繼之惱了，便一文不送，由他去。那戈什哈見詐不着，並且連照例的都沒有了，那位大帥向來是聽他話的，他倘去說繼之壞話，撤他的任，倒也罷了，誰知後來打聽得那戈什哈並未說壞話。

接着第六十回說：

他簡直的對那大帥說：「江都這個缺很不壞，沐恩等向吳令借五百銀子，他居然回絕了，求大帥作主。」……那大帥聽了，又是奇怪，他不責罰那戈什哈倒也罷了，卻又登時大怒起來說：「我身邊這幾個人，是跟着我出生入死過來的，好容易有了今天，他們一個個都有缺的，都不去到任，都情願仍舊跟着我，他們不想兩個錢想甚麼？區區五百兩都不肯應酬，這種胡塗東西還能做官麼？」也等不及回省，就寫了一封信專差送給藩台，叫撤了吳令的任，還說回省之後要參辦呢。

以上五回裏面的那個兩江總督，就書中的時代和他的行事來看，實係影射曾國荃。章華的筆記說國荃晚年任兩江總督時，最喜歡微行，有時好幾日不回衙門，甚至與其姪孫廣鈞一起微行到漢口，偷看張之洞閱兵。這件事是曾廣鈞親自對章華說的。光緒年間，以討平太平天國有「奇功」而曾任兩江總督者為曾國荃，這六回裏寫的那個制軍，無疑就是他了。文廷式最留心掌故，他的《知過軒隨錄》說：

沅浦〔按：國荃之字〕晚年為江督，賄賂公行，女眷用事，一營之兵，不過百五十人。分棧一差，應酬督署乾脩，每年萬二千兩。昏德如此，而日事鬼神，吾以高駢比之，聞者皆深以為允。

可見國荃在兩江任內是這樣糊塗的。清廷因為他有「平亂」之功，就派他到南京坐鎮。《二十年目睹之怪現狀》所寫他縱容兵丁，及信任親兵的話，並沒有一點冤枉他的。其實晚清的大官僚沒有一個不枉法貪污的，作者所寫的曾國荃，不過是其中之一個罷了。

國荃是為曾國藩之弟，人稱九帥者。他攻入金陵時，搶了天王府很多珍寶，發了一大筆財，又升了官，正是殺同胞來染紅頂子的人物。

聶緝槼與曾紀芬

吳沃堯《二十年目睹之怪現狀》第九十回〈差池臭味郎舅成仇；巴結功深葭莩復合〉，和第九十一回〈老夫人舌端調反目〉，都是描寫曾國藩的女婿浙江巡撫聶緝槼（字仲芳，湖南衡山縣人）和他的太太曾紀芬的一段故事。小說中以葉伯芬隱射聶仲芳，寫他拜妓女為師母，因此才官運亨通起來。書裏說葉伯芬是一位「赫赫侯門的郡馬」，因為不長進，被大舅爺（即國藩長子曾紀澤，紀澤以光緒四年七月充任駐英國法國欽差大臣）瞧不起，大舅爺到了英國，他以為彼此親戚，一定破格照顧的，怎知道千山萬水到了倫敦，大舅爺給他一個不理，勒令他回國，因此恨大舅爺刺骨。後來大舅爺任滿回國，依然紅極一時，他只得盡力巴結大舅爺，希望做個大官。

第九十一回寫葉伯芬夫妻吵嘴，原來葉伯芬拜福建巡撫趙嘯存做老師，就不得不拜那個婊子出身的太太做師母，葉太太是金枝玉葉的侯門小姐，怎肯拜妓女做師母呢，因此夫妻就爭吵起來。葉老太太才走來解圍，派兒子不是，後來又對媳婦解釋伯芬不是在妓院拜她做師母，而是她的丈夫升了巡撫後才拜的，朝廷既已承認她是命婦，她此刻是嫁龍隨龍，嫁虎隨虎了。這一番話，說得媳婦啞口無言，才承認自己過失，連忙陪不是。這一回描寫得很是有聲有色，為全書中一極精彩部分。

關於這兩回的故事，我要詳說一下。曾紀澤出使英法時，委派他的妹夫陳遠濟為二等參贊

曾國藩的小女兒曾紀芬與聶緝槼的結婚照
照片由英國攝影師 Thomas Child 拍攝於1870 年代

官，紀澤對慈禧太后說：「陳遠濟係臣妹婿，臣敢援古人內舉不避親之例，帶之出洋。緣事任較重，非臣親信朋友素日深知底蘊者，不敢將就派之。陳遠濟係原任安徽池州府知府陳源兗之子，陳源兗隨江忠源在安慶廬州殉節，乃耿介忠盡之臣，遠濟係其次子，操守廉潔，甚有父風。」（見紀澤召對日記）其時，聶仲芳也請求跟大舅爺一起出洋，紀澤予以婉拒。是年九月十五日，紀澤在日記中記云：

午飯後，寫一函答妹婿聶仲芳，阻其出洋之請。同為妹婿，絜松生（遠濟之字）而阻仲芳，將來必招怨恨。然數萬里遠行，又非余之私事，勢不能徇親戚之情面，苟且遷就也。松生德器學識，朋友中實罕其匹，同行必於使事有益。仲芳年輕，而紈袴習氣太重，除應酬外，乃無一長，又性根無定，喜怒無常，何可攜以自累？是以毅然辭之。

對仲芳大有微詞，看來仲芳是一個紈袴子弟，毫無出息的人物了。（小說中也說到那位大舅爺「每日必寫日記，提到他那位葉妹夫，便說他年輕而紈袴習氣太重，除應酬外，乃一無所長；又性根未定，喜怒無常」云云，與紀澤日記中所說的相同，大概是錄自他的日記的。）但紀澤所賞識的陳松生，後來的事業，遠不如這個輕浮、紈袴習氣甚深的聶仲芳，這倒是曾紀澤所不及料，也不及見的。（紀澤於光緒十六年，其時仲芳只官蘇松太道，十九年升浙江按察使，廿二年還江蘇布政使，廿五年護理江蘇巡撫，授安徽巡撫，廿九年調補浙江巡撫。）

曾國藩向來有知人之名，何以自己選擇的女婿偏偏是「紈袴習氣，喜怒無常」的公子哥兒呢？左宗棠嘗說過：「曾文正自笑『坦運』不佳，於諸婿中少所許可。」（見致李興銳書）那又似乎聶仲芳真是紈袴一流人了。

費行簡（王湘綺學生，一九五五年死於上海，年八十餘，時為文史館館員）的《近代名人小傳》初版的一部，說曾國藩以聶仲芳端愨，妻以季女，「當官和謹，至浙日，突彈罷不職文武多人，群吏大驚，怨詈以作，然在當世官吏中，尚足稱廉靜。」這樣說來，仲芳也許不至如《怪現狀》所說的那麼卑鄙了。（老實說，仲芳並不是小說中描寫的那種人，費行簡所下的評語，尚可當之無愧。）到民國十五年（公元一九二六年）四月該書的第六版（初版刊於民國八年，平均每年一版，可見銷路尚佳，今絕版已久，成為珍本書了。）忽然又有一說，與初版的大不相同，不知是否作者所改易，現在摘錄如左，以便讀者參考

字仲芳，衡山人，曾國藩婿也。官至蘇松太道，擢至安徽巡撫，移浙江，被彈開缺，家於滬上。近人所為《二十年目睹之怪現狀》，詆緝槼甚醜，然皆事實。……湘綺嘗言，滌翁（國藩字滌生——引注）有知人鑒，而館甥乃若是才，殊令人失解。張雨珊曰：「是何足異，婦欲莊，婿欲和，宋人格言也。」聶仲芳至拜妓女，其私豈人所及哉！

對仲芳又太加譏訕了。

紀澤初時拒絕帶仲芳出國，到光緒八年（公元一八八二年），又打電報回國，招仲芳去了。

曾紀芬的《崇德老人八十自訂自譜》光緒八年壬午一條有云：

初惠敏〔紀澤諡號—引注〕之出使也，中丞公〔指仲芳，因其官至巡撫—引注〕本有意隨行，以陳氏姊婿在奏調之列，未便聯翩而往；不果。及本年春間來電調往，則以堂上年高，不聽遠離，余又方有身，不克同行，復不果。郭筠老〔郭嵩燾，字筠仙，為紀澤上任之駐英法公使—引注〕曾為往復代酌此事，其手函尚在。

據此，則紀澤後來改變對仲芳的觀感，又招他到外國了。大概仲芳為人不至如小說所描寫的那麼壞吧。

關於聶仲芳的事，也可以一說。他雖是曾家的女婿，但曾家對他似乎沒有大力予以提攜，倒是曾國藩的對頭左宗棠特別予以照顧。光緒八年，仲芳以在江寧幫辦營務處差，月支薪水八金，全恃湖北督銷局差月薪五十兩（湖廣總督李瀚章招呼的）為生活，用度不繼，這時候，左宗棠做兩江總督，曾紀芬就向宗棠的兒媳婦示意，請宗棠給仲芳一個好差使。宗棠即於是年委仲芳為上海製造局會辦。總辦是李興鋭，他不想仲芳到差，只送乾薪，宗棠不允。興鋭以紀澤日記中對仲芳有不滿之詞為疑，宗棠覆書解釋，說仲芳有志西學，所以令他入局學習，並云：

日記云云，是劼剛〔紀澤之字—引注〕一時失檢，未可據為定評。傳曰：「思其人猶愛其樹」，君子用情惟其厚焉。仲芳能，則進之；不能，則稟撤之；其幸而無過也，容之；不幸而有過則攻之訐之，俾有感奮激勵之心，以生其歡欣鼓舞激勵震懼之念，庶仲芳有所成就，不至棄為廢材，而閣下有以處仲芳，亦有以對曾文正矣。弟與文正論交最早，彼此推誠許與，天下所共知，晚歲終凶隙末，亦天下所共見，然文正逝後，待文正之子若弟及其親友，無異文正之生存也。

仲芳得到宗棠的照應，才扶搖直上，做到浙江巡撫，光緒三十一年（一九〇五年）奉旨開缺，後來卜居上海，斥資興學（辦聶中丞公學），宣統三年（一九一一年）逝世。他的兒子聶其杰（字雲臺），在二十年前是上海實業界中聞人，一九五三年十二月死於上海，年七十四歲。曾紀芬死於民國三十一年（一九四二年），年九十一歲。她的自定年譜是她的女婿瞿兑之筆錄的，出版於民國二十年。

曾紀澤日記有兩種，申報館鉛印的叫做《曾侯日記》，「曾惠敏公全集」本的叫做《曾惠敏公使西日記》，這兩種日記後來印的都不見指摘仲芳之語，大概是仲芳顯貴，曾氏後人不好意思把先人的日記中這些話公開了。

活財神胡雪巖

吳沃堯的《二十年目睹之怪現狀》第六十三回〈設騙局財神小遭劫〉，是寫同治光緒年間一個大商家胡光墉的軼事。光墉字雪巖，杭州人，他是我國第一個經手借外債的商人，當日他的財力可以影響全國，聲勢很是烜赫。到光緒九年（公元一八八三年），他的錢莊阜康號倒閉了，舉國震驚，於是一蹶不起。但他在杭州所開設的胡慶餘堂藥材店，到現在還存在，後來又在上海設有分號，講究中藥的人，非用胡慶餘堂的藥不可的。

關於胡雪巖的出身，一百年來，言者不一，現在我先摘錄《二十年目睹之怪現狀》所說的，再錄其他與此相近者和胡氏的一些有趣的事，以為小說資料及談助：

（據阿英先生所編的，《晚清戲曲小說目》第八十三頁，有《胡雪巖外傳》小說一種，共十二回，光緒廿九年（一九〇三年）愛美社刊行。作者署名大橋式羽，恐係託名日本人。又據我所知，往年上海出版有一部《胡雪巖演義》，也是十二回，作者陳得康，寫胡氏奢侈舉動和他的家中瑣事。）

吳氏的小說云：

〔我回到上海〕此時外面倒了一家極大的錢莊，一時市面上沸沸揚揚起來，十分緊急。我們未免也要留心打點。一時談起這家錢莊的來歷，德泉道：「這位大財東，本來是出身極寒微的，是一個小錢店的學徒，姓古，名叫雨山。〔按：「古」即胡字之一邊，「雨山」則雪巖也〕他當學徒時，不知怎樣，認識了一個候補知縣，往來得甚是親密。有一回，那知縣太爺要緊用二百銀子，沒處張羅，便和雨山商量，雨山便在店裏偷了二百銀子給他。後來查出是他偷的，連累保人，店裏便把他趕走了。他失業了好幾年，碰巧那候補知縣得了缺，便招呼了他，叫他開個錢莊，把一應公事銀子，都存在他那裏，他就此起了家。

這是小說裏面胡雪巖起家的小史，大致是可信的。四川宜賓人陳代卿（字雲笙，咸豐十一年舉人，同光間官山東州縣，近代大史學家柯鳳蓀就是同治四年他署理膠縣時所取的生員。）所著的《慎節齋文存》卷上，有〈胡光墉〉一篇，所說的很近事實，節錄如左：

浙江巡撫王壯烈公有齡，幼隨父觀察浙江，父卒於官，眷屬淹滯不能歸，僦居杭州。一日，有錢肆夥友胡光墉見王子而異其相，謂之曰：「君非庸人，胡落拓至此？」王以先人宦貧對。胡問：「有官乎？」曰：「曾捐鹽大使，無力入都。」問需幾何，曰五百金。胡約明日至某肆茗談。翌日王至，胡已先在，謂王曰：「吾嘗讀相人書，君骨法當大貴。吾為東君收某五百金在此，請以畀子，速入都圖之。」王不可，曰：「此非君金而為我用，主者其能置君耶？吾不能以此相累。」胡曰：「子毋然，吾自有說……請放心持去，得意速還，毋相忘也。」王持金北上，至天津，聞有星使何侍郎桂清赴南省查辦事件，乃當年同硯席友也。……即投刺謁之，何見王驚喜，握手道故，歡逾平生。問何往，王告之故。何公曰：「此不足為，浙撫某公吾故人也，今與一函，子持往謁，必重用，勝此萬萬矣。」王持書謁浙撫，撫軍細詢家世，即以糧台總辦委之。王得檄，乃出語胡，取前假五百金加息償之，命胡辭舊主自設肆，號曰阜康。王在糧台積功保知府，旋補杭州府，升道員，陳臬開藩，不數載簡放浙江巡撫。時胡亦保牧令，即命接管糧台，胡益得大發舒，錢肆與糧台互相挹注。胡又喜賈，列肆數十，無利不趨，兼與外洋互市，居奇致贏，動以千百萬計。又知人善任，所用號友，皆少年明幹精於會計者，每得一人，必詢其家食指若干，需用幾何，先以一歲度支畀之，俾無內顧憂，以是人莫不為盡力，而阜康字號幾遍各行省焉。……

後來杭州給太平天國軍隊攻克，王有齡自殺，繼任者為左宗棠。初時宗棠因為胡是前撫信任的人，不大信任他，姑且試他一試，限他十日內籌軍米十萬石，他三日內就辦妥了。從此他大為左宗棠賞識，到同治末年，左宗棠奉命去陝甘鎮壓回胞起義，缺乏軍餉，派胡雪巖向上海的匯豐銀行借五百萬鎊。其時全國皆反對此舉，《申報》反對尤力，有沈任佺者（似係松江人）方任主筆，抨擊此事甚烈，左宗棠大怒，與友人書有「浙江無賴文人，以報館為末路」之語。這時候，曾紀澤在駐英法公使任上，他的日記（光緒五年）云：「十二月初二日，葛立德言及胡雪巖之代借洋款，洋人得息八厘，而胡道（即雪巖，因為他已官至候補道也）報一分五厘。奸商謀利，病民蠹國，雖藉沒其資財，科以漢奸之罪，殆不為枉，而復委任之，良可慨已！」對胡為左借外債，也深致不滿。

我現在再抄陳代卿所記他失敗的一些瑣事。陳文云：

一日，〔胡〕與妻密計，設具內讌，夫婦上坐，姬妾二十四人左右坐，酒池肉林，間以絲竹，歡讌竟日。妻小倦思息，胡命繼燭，與諸姬洗盞更酌，夜方半，胡語諸姬曰：「吾事寖不佳，諾姬隨我久，行將別矣。汝等盛年，尚可自覓生路，各回房檢點金珠細軟，儘兩箱滿裝攜出，此外概不准帶！自鎖房門，無復再入，各予銀二千，或水或陸，舟車悉備，今夕即行，一任所之，吾不復問。」有數姬涕泣請留，胡亦不禁，餘姬一時星散。胡即赴金陵見左公，備陳且曰：「即今早計，除還公項外，私債尚可按折扣還，再遲則公私兩負矣。」左公許之。即日發電，各省號同時閉關。俟諸密友賚各號帳回，分別公私，按折歸款。事畢返杭，收合燼餘，尚有二十四萬金，贖回故宅三所，分居諸昆季。又十餘年，夫婦以壽終。……

阜康錢莊倒閉後，朝京大官有不少人受累。當胡雪巖盛時，他的同鄉李慈銘於同治五年的日記中就說他日後必敗，後十七年，胡果然敗了，也可見李氏論人頗具眼光。其敗之日，《越縵堂日記》光緒九年十一月初七日云：

昨日杭人胡光墉所設阜康錢鋪忽閉。光墉者，東南大俠，與西洋諸夷交。國家所借夷銀曰洋款，其息甚重，皆光墉主之。……故以小販賤豎，官至江西候補道，銜至布政使，階至頭品頂帶，服至黃馬褂，累賞御書。營大宅於杭州城中，連亘數坊，皆規禁籞參西法而為之，屢毀屢造。……亦頗為小惠，置藥肆，設善局，施棺衣。……阜康……出入皆千萬計，都中富者，自王公以下，爭寄重資為奇贏……〔倒後〕聞恭邸、文協揆等皆折閱百餘萬。……今日聞內城錢鋪曰四大恒者，京師貨殖之總會也，以阜康故，亦被擠甚危。此亦都市之變故矣。（「恭邸」指恭親王，文協揆乃協辦大學士刑部尚書文煜，向有富名，此次損失三十六萬兩。）

李慈銘說他所設的藥肆，就是胡慶餘堂相傳他開設此鋪的動機是因為鬥氣。有一次他親自去杭州一家大藥店配藥，夥計的工作太慢，胡和他們吵嘴。店中人說：「你要快最好就自己開一家，就可以從心所欲了。」胡一怒歸來，果然以十二萬兩做資本，開了慶餘堂對正那間大藥鋪。開張後，物美價廉，不上幾年，把對門那家打倒了。此說恐靠不住。胡雪巖發財了很久才開這間鋪的，斷沒有自己親上藥店配藥之理，即使有，杭州城內誰不識胡財神，夥計怎敢待慢他呢？據杭州一位老輩馬敍倫先生對我說，胡雪巖開此店，最大的目的是為了配製自用的房中藥，其次才是行善事。他日服補品，精力充沛，侍妾都穿開襠褲，以備突然而來，其荒淫一至於此。另一個杭州人汪康年（報界前輩，進士出身，光緒末年在北京辦京報，辛亥起義不久即逝世，有名的報人也），他所輯的《莊諧選錄》中，就有一則說到藥的趣事，今錄如左：

胡荒淫過度，精力不繼，有以京都狗皮膏獻者。胡得之大喜，蓋他春藥皆係煎劑或丸藥之類，雖暫濟一時，然日久易致他疾，惟狗皮膏只貼於湧泉穴中，事畢即棄去，其藥性不經臟腑，故較他藥為善。然京中他店所舊告偽物，即有真者，而火候失宜，皆不見效。惟一家獨得秘傳，擅名一時，而有時亦以舊物欺人，故胡每歲必囑其至戚挾巨金入都監製，以供一年之用，所費亦不貲。某年有人於津沽道中遇其戚某，詢以何往，彼亦不諱言，並告以製膏法，惜日久忘之矣。

胡雪巖之好色荒淫，是人所共知的，後來他還是因為奢淫之故受累，而致一敗塗地。左宗棠也知道他有這一短處，其家書中（同治四年致其長子孝威）有云：

胡雪巖人雖出於商賈，卻有豪俠之概。……至其廣置妾媵，乃從前杭州未復時事。古人云：人必好色也，然後人疑其淫。謂其自取之道則可耳。現在伊尚未來閩，我亦未再催。爾於此事，既有所聞，自當稟知，但不宜向人多言，致惹議論。

左宗棠之用他，也是用他的籌款長處而已。關於胡妾的趣事，李伯元《南亭筆記》記之甚詳，可作趣談：

胡有妾三十六人，以牙籤識其名，每夜抽之，得某妾乃以某妾侍共寢。……或言胡曾使諸妾衣紅藍比甲，上書車馬砲，有一台，高盈丈，畫為方罫，諸妾遙遙對峙，胡與夫人據闌杆上，以竿指揮之，謂為下活棋。……胡嘗過一成衣鋪，有女倚門而立，頗苗條，胡注目觀之。女覺，乃闔門而入。胡恚，使人說其父，欲納之為妾……許以七千金，遂成議。擇期某日，讌賓客，酒罷入洞房，開樽獨飲，醉後令女裸臥於床，僕擎巨燭侍其旁。胡回環審視，軒髯大笑曰：「汝前日不使我看，今竟何如？」已而匆匆出宿他所。詰旦遣嫗告於女曰：「房中所有悉將去。可以嫁人，此間固無從位置也。」女如言獲二萬金，歸諸父，遂成鉅富。……

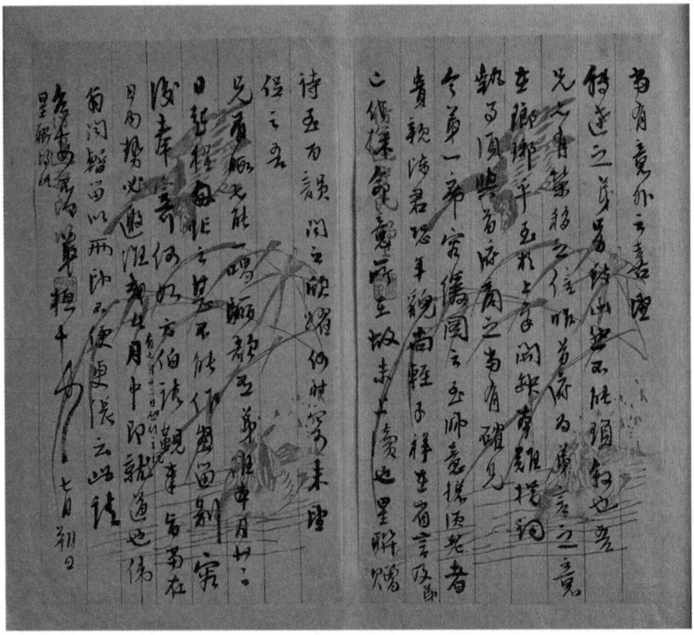

張蔭桓信札

張蔭垣的出身

吳沃堯《二十年目睹之怪現狀》第七十一回〈焦侍郎入粵走官場〉，所寫的焦理儒侍郎，就是影射南海縣佛山人張蔭垣。第七十回本來已說過這個焦侍郎是捐班出身，第七十一回接着就寫他怎樣到廣東署理了一任河泊所。書中說：

原來他〔指焦侍郎〕有一位姑丈是廣東候補知府，所以他一心要找他的姑丈去。……那姑丈只給他一個不見……〔後來他的姑丈給他纏不過，准他搬進公館同住了〕這一住又是好幾個月，喜得他還安份，不曾惹出逐客令來。他姑丈在廣東原是個紅紅兒的人，除了外面兩三差使不算，還是總督衙門的文案。……

後來這個焦侍郎因為替姑丈擬了一個摺奏稿，大為總督賞識，從此連捐帶保的，十年之間做到侍郎。這就是焦侍郎出身的小史。讀者如覺得有興趣，可檢原書一讀，我不再抄了。

張蔭垣的出身，正如書中所說的一般，吳沃堯是張蔭垣的鄉後輩，對他的出身當然是知得比較清楚的。現在我先抄一段《清史稿·張蔭垣傳》，以見其為人。

張蔭垣，字樵野，廣東南海人，性通侻，納貲為知縣，銓山東。巡撫閻敬銘、丁寶楨先後器異之，數薦至道員。……光緒十一年，命充出使美、日、秘三國大臣，踰歲赴美。……後三年還國，仍直總署（即總理各國事務衙門之簡稱，外務部前身也——引注），歷遷户部左侍郎。……先是變法議起，主事康有為與往還甚密，有為獲譴，遂褫蔭垣職，謫戍新疆。越二年，拳亂作，用事者矯詔僇異己，蔭垣論斬戍所，二十七年復故官。

《清史稿》對蔭垣出身寒微一事，沒有述及，除《二十年目睹之怪現狀》所描寫外，我們只得從野史中找一些與他身世有關的資料了。祁景頤（祁嶲藻相國之孫，民國二十年間尚健存，今不知如何）的《鞠谷亭隨筆》，對於張蔭垣的出身，和他被禍的原因，寫得很詳細，其出身的一段歷史，與《怪現狀》所寫的相同，只是說部說他出身在廣東，而《隨筆》則明言其在山東而已。現在摘錄如左：

南海張樵野侍郎，起家小吏，同光時，隨其舅氏李山農（宗岱）觀察於濟南，落寞無聊。時朝邑閻文介公（即閻敬銘）為山東巡撫，勵精圖治，留意人才，丰采凜然，屬吏皆嚴憚之。一日，有應奏之事，屬幕府起稿，凡數易，俱不愜意。公自為之，亦覺未當，因以屬李山農觀察。李歸，為張言之。張固工文詞，請於李試為之。稿成，李以呈文介，意不過塞責。文介閱竟，見其敍事明通，悉中肯綮，深為嘉許。……文介問李，何人屬稿，李以張對。遂令進見，與談大洽。文介剛傲不易相處，張乃因勢利導，倍加倚重。時各省傳教之士，驕縱不守繩檢，張承撫台命，過事操縱得宜，是為侍郎外交之發端。繼文介撫東為寧遠丁文誠公〔寶楨〕，亦激賞之，累保至候補道，分發湖北。……法越事起，文介與錢唐許文肅公〔景澄〕同兼總署，朝命與侍郎會合辦理定約畫界事……時侍郎躬操權柄，銳意任事，又恃樞援，意氣不免驕矜，為人側目。當時風尚，京朝九列清班，除滿蒙外，漢則居恆科甲出身，少則亦由門蔭，家閥豐隆，罕有雜流羼入。侍郎以外職崛起，至於卿貳，即不露鋒芒，亦難久安於位，況機鋒四露，過事任性耶？……李文忠留京入總署，翁文恭〔同龢〕亦得兼職，凡遇交涉，必使侍郎同為處理，文恭尤為推重。……侍郎在朝，資用豪奢，饌食豐美，又好收藏書畫，同列無與倫比。李文忠以舊輔再出，眷注甚隆，在總署亦唯侍郎之言是從。……侍郎翕熱功名，又恃兩宮俱有援系，德宗召見時，私有所陳，兼進新學書籍，如康南海之進身，外傳翁文恭所保，其實由於侍郎密奏也。〔筆者按：同時密保康有為者，尚有徐致靖，而翁同龢不與焉〕戊戌四月，常熟被放，侍郎詣之，告以軍機同見，上以胡孚宸參摺示之，摺仍言約二百六十萬與翁平分，上諭以極力當差。〔戊戌以下數句，多錄自《翁同龢日記》〕……侍郎不以他途進，遇德宗召對時，剴切陳言外交大事，各國情勢，徐圖更張，未始不能見功，不使昏庸妄測正人，激成庚子拳亂，清社以屋，國家亦隨之一蹶不振，則侍郎一生官蹟，於中國不無關係也。

張蔭桓的生平行誼，於此可見一斑。他雖不是科舉出身，但學問很好，詩文之外，兼擅繪事。生平最愛王石谷的畫，收藏王畫一百幅，名其齋曰百石齋。（《孽海花》說部有一回描寫他愛王石谷畫的事，甚至說他的兒子去奪人的畫。這種說法，絕不是事實）他的遺詩《荷戈集》一卷，多是遣戍西行時在關內外途中的作品，現在錄一首於此：

九月晦日渭南道中得廉生書述傚居及塏兒蹤蹟奉答一首

無限艱危一紙書，二千里外話京居。
覆巢幾見能完卵；解網何曾竟漏魚。
百石齋隨黃葉散；兩家春與綠楊虛。
灞橋不為尋詩去，每憶高情淚引裾。

蔭垣晚年自號紅棉老人，刻紅棉老人章，凡遇心愛的書畫或得意的詩篇，就蓋這一小印。他在佛山的紅棉書屋，聽說尚存。

劉學詢遇騙

《怪現狀》第五十五回下半回的回目是〈設施已畢醫士脱逃〉，這是寫廣州西醫行騙荀鷺樓的故事。據説那個荀鷺樓是一個大富翁，因為為富不仁，便有一個醫生設計騙了他十萬元。書中用廣州名利棧的一個夥計名叫何理之的，把這件行騙故事説給「我」聽。現在摘錄如左：

理之道：「倒賬的有甚希奇，這是一個為富而不仁的人，遭了個大騙子。這位大富翁姓荀，名叫鷺樓，本是由賭博起家；後來又運動了官場，包收甚麼捐，盡情剝削。我們廣東人都恨到他了不得。」我道：「他不是廣東人麼？」理之道：「他是直隸滄州人，不過在廣東日久，學會説廣東話罷了。……忽然一天，他走沙基經過，看見一個外國人在那裏指揮工匠，裝修房子，裝修得很是富麗，不知要開甚麼洋行。託了旁人去打聽，才知道開藥房的，那外國人並不是外國人，不過扮了西裝罷了，還是中國的遼東人呢。這荀鷺樓聽説他是遼東原籍，總算同是北邊人，可以算得同鄉。便又託人介紹去拜訪他。見面之後，才知他姓祖，單名一個武字。從四五歲的時候，他老子便帶他到外國去，到了七八歲時，便到外國學堂讀書，另外取了個外國名字，叫做Jame；後來回到中國，又把它譯成中國北邊口音，叫做健模，就把這健模兩字做了號。他外國書籍讀得差不多了，便到醫學堂去學西醫。在外國時，所有往來的中國人，都是廣東人，所以他倒說了一口廣東話……等到那醫學堂畢業出來，不知那裏混了兩年，跑到這裏來，要開個藥房……」〔醫生名祖武，一九二八年以後改為關良。〕

這個富翁便問那醫生藥房的利錢有多厚，醫生說平均起來，大概有七分錢。富翁一聽一萬元可以賺到七千，那有不羡慕之理？於是便和醫生拉交情，要加入股份十萬元，從此二人合作做生意。醫生就向外國定了很多藥來，還未開箱，忽然接到香港一家大藥房的總理配藥的醫生的死訊，遺命要他去暫時代理一下他的職務，三個月後才能回廣州，他便把一切手續向富翁交代清楚，提了一個大皮包，趁夜船到香港去了。這十萬塊錢當然沒有回頭。富翁打開貨倉的箱子一看，原來通通是些磚頭泥土，哪裏有甚麼名貴的西藥！

書中所指受騙的荀鷽樓，相傳是五十年前廣州的大富商劉學詢。作者把他的姓名倒過來，「詢」變成「荀」（同音）「學」變成「鷽」，「劉」轉成「樓」，這是很容易看得出的。劉學詢是廣東中山（當日叫香山）人，進士出身。學詢是正途科甲出身的人，本來大可以借此功名去做官大刮其財的。但此人有點奇怪，他老是說自己有做皇帝的福命，便不屑去做滿清的官，寧願做賭商。那時候，廣東盛行一種賭博，名叫「闈姓」，劉學詢承辦這賭博，賺了不少錢。他發財之後，在上海大買地產，上海那家著名的滄州飯店（太戈爾於一九二四年到上海，就是住在那裏，本名滄州別墅。作者說荀鷽樓是滄州人，即指其別墅之名也），和西湖的劉莊，都是他的產業。我在一九二七年四月初遊劉莊時，還見過劉學詢，過多一年，他就死了。他為人很有狂志，要做皇帝，所以作者在八十回裏寫一個成都富翁張百萬有做國丈的資格，要找個真命天子來做女婿。這也是間接影射劉學詢的，學詢為人，並不至於大壞，他在孫中山早期的革命，聽說也捐助過一點錢的。

問芻持贈

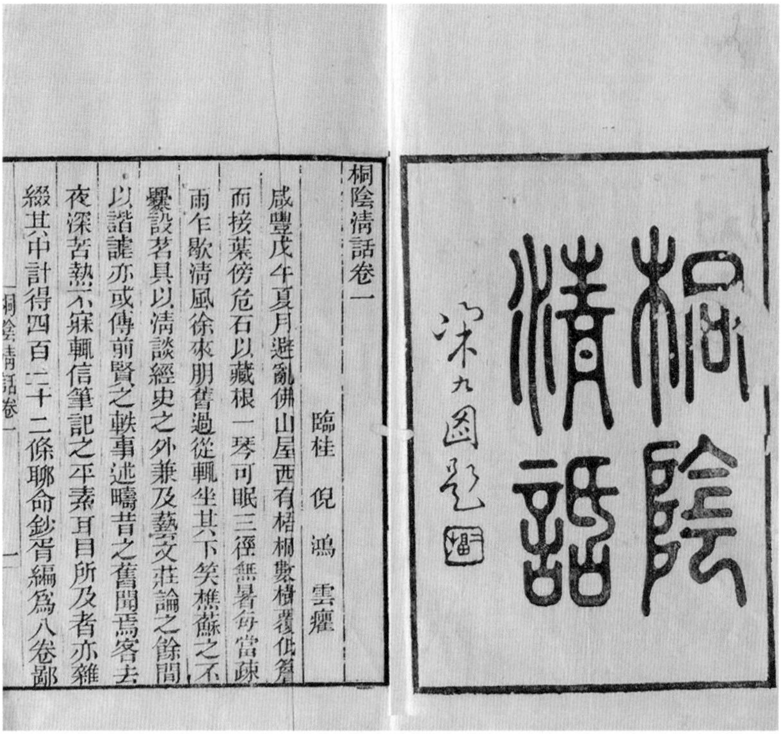
桐陰清話

宋九岡題

桐陰清話卷一

臨桂 倪鴻 雲癯

咸豐戊午夏月避亂佛山屋西有梧桐數株覆低簷而核葉傍危石以藏根一琴可眠三徑無暑每當疎雨乍歇清風徐來朋舊過從輒坐其下笑樵蘇之不爨設茗具以清談經史之外兼及藝文莊論之餘間以諧謔亦或傳前賢之軼事述疇昔之舊聞焉客去夜深苦熱不寐輒信筆記之平素耳目所及者亦雜綴其中計得四百二十二條聊命鈔胥編爲八卷鄙

桐陰清話卷一 一

倪鴻著桐蔭清話

大名士的家庭慘變

《二十年目睹之怪現狀》第三十二回〈輕性命天倫遭慘變〉，是寫一個流寓在廣州的廣西名士及其後人的故事。

這個廣西名士在道光末年跟他的父親到廣州做官，已變成廣東土著了。他姓倪單名一個鴻字，字雲渠，廣西臨桂人。道成年間，廣州人文極盛，倪鴻也是當日活躍在文壇上知名之士。他的著作有《桐陰清話》《曼陀羅盒詩集》。考這一時期廣州的遺聞軼事，這兩部書卻是相當有價值的。

倪鴻在廣東的官做得很小（順德縣江村司巡檢），曾一度到浙江做同知，又在廣州當過督署的文案，略有宦囊，就在粵秀山腳士名將軍大魚塘附近，築了一所別墅，名叫野水閒鷗館。他生平喜交友，父愛揮霍，到晚年的景況很不好，死後，野水閒鷗館風流雲散，鞠為茂草了。到光緒末年，改為隨宦學堂（許地山、周自齊都曾在此讀書），後來又改為旅粵學堂。近四十年，人事滄桑，現在就是要指出它的遺址也不容易了。

我佛山人這一回寫他們一家的事情，是相當有趣的，現在摘錄書中原文如左：

哈哈！你道那人是誰？原來是我父親當日在杭州開的店裏一個小夥計，姓黎，表字景翼，廣東人氏。我見了他，為甚吃驚呢？只因見他穿了一身重孝，不由的不吃一個驚。然而敍起他來，我又為甚麼哈哈一笑？只因為這回見他之後，曉得他鬧了一件喪心病狂的事，笑不得，怒不得，只得乾笑兩聲，出出這口惡氣。看官們聽我敍來：這個人，他的父親是個做官的，官名一個達字，表字鴻甫，本來是福建一個巡檢。署過兩回事，弄了幾文，就在福州省城，蓋造了一座小小花園，題名叫做水鷗小榭。生平喜歡做詩，在福建交了好些官場名士。那水鷗小榭就終年都是冠蓋往來，日積月累的，就鬧的虧空起來……這位黎鴻甫少尹，明知不得了，就一不做二不休，索性帶了一妻兩妾三兒子，逃了出來……走到杭州，安頓了家小……〔鴻甫捐了個知縣〕又到杭州候補了。

這是倪鴻的一篇小傳。「黎」與「倪」的音差不多，表字有個「鴻」字，明明是指倪鴻了。說他在福建做過巡檢，正是隱射倪鴻在順德縣當過巡檢。水鷗小榭則隱射野水閒鷗館。

小說裏寫這個黎景翼誤會他的胞弟黎希銓承受了老姨太太的遺產，寫信給父親，說了弟弟許多不好的話，鴻甫就寫信叫希銓快死，又另有信給景翼叫他迫着弟弟自盡。希銓死後，景翼打開他所得老姨太太的衣箱，原來是空無一物的，就大失所望。後來這個黎景翼的老婆，帶了五歲的女兒私逃了（第三十六回），搞到黎氏家散人亡。

據吳趼人說，小說裏的黎景翼賣弟婦、迫弟自盡，都是真事，他在小說中只是用假名來敍述而已。吳氏的《我佛山人筆記》卷一，有《果報》一則，就是說明這件事的，現在摘錄一些給讀者參證。

……臨桂某甲，諱其姓名，本宦家子，與其弟同寓上海，瞰其弟之私蓄，欲分之，弟不可，甲父宦天津，甲惑子婦言，密達書於父，誣其弟以穢事。父得書，大怒，馳書促其少子死。甲得父書，持以迫其弟。弟泣求免，不可，遂仰藥。甲即謀鬻其弟婦。弟婦懼，奔余求救，余許以明日往責甲。及明日往，其弟婦已在妓院矣。即走妓院，威其鴇，迫令退還，為之擇配，謂事已了矣，不數日，有人走告余，謂甲婦為人拐逃，甲已悔恨而為傖，以甲之非人也，一笑置之。閱數月，又有以異事來告者，謂某乙利甲婦之儲藏，誘拐之，既盡所有，狂恣凌虐，婦不堪其苦，已奔某妓院，即甲鬻弟婦處也。初不信，訪之果然，婦且笑語承迎，略不自愧，嗚呼，請君入甕，其報何酷且速哉！

小說中有兩回是寫這件事的，讀者有興趣，可一閱。

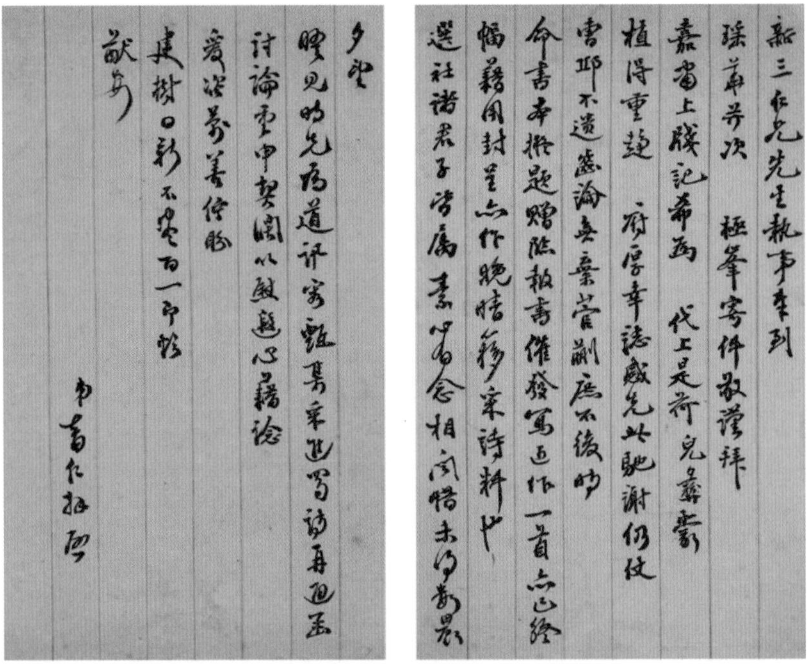

新三仁兄先生執事奉到
瑤華并次　極筆寄件敬謹拜
嘉當上牋記希為　代上是荷兄
植得重趣　府房幸誌感先此馳謝仍仗
書耶不遺慈論無棄管蒯應不後吻
命書本擬題贈陳報書催發寫直作一首亦已終
幅藉用封呈亦作晚晴簃宋詩料也
選社諸君子皆屬素心當念相關惜未
多望
晤見明先為道許案甄集未迅寫請再迴函
討論雲中契闊以叙邇心藉論
愛念善保眠
建樹日新不盡百一即頌
猷安
弟育仁頓首

宋育仁書札

煉煤油的笑話

一九五五年六月八日的某報登載了一段消息，說中國科學院石油研究所，現在掌握了一種新的煉製合成人造石油的方法，成功之後，可增產量五十倍。這是一個令人興奮而又有趣味的消息。說明我國的科學大有進步了。

關於人造石油這個理想，在六十年前，清朝科學不發達時，在無意中鬧過一個笑話，給一個外國領事嘲笑了一番，其事見於《二十年目睹之怪現狀》。這件事的經過很有趣，可拿來談一下。

該書的第八十一回回目的下聯，是〈假聰明貽譏外族〉，說的是一個留心時務的道臺，在他的故鄉四川興辦實業。他在重慶忽然大買煤斤，把重慶的煤都買貴了，小民叫苦連天。這不打緊，卻驚動了外國人了。「駐紮重慶的外國領事，看得一天天的煤價貴了，便出來查考，知道有這麼一個觀察在那裏收煤，不覺暗暗納罕。便去拜會重慶道。」這個外國領事，未免太留心中國「民隱」了。重慶道便去拜會那個觀察（觀察是道臺之別稱）問他收買煤斤為的啥事。那位觀察說，外國的煤油到四川要賣到七十多文一斤，他到外國辦了機器來，在煤裏面提取煤油，每一百斤煤至少提到五十斤油。重慶道把這番話告訴外國領事，那個領事聽了呵呵大笑，說道：「外國的煤油是從煤礦採出來的，並不是從煤塊提出來的東西。」這個領事便當面冷嘲了一下，很得意就走了。吳沃堯在書中沒有說明是哪一國的領事，他寫這一段故事，無非是想從外國人口中，描畫出一個滿清的昏庸官員。因為在光緒二十年以後，一些「開通」的官員，都講時務，興實業，但有成績的卻是很少很少。他們無非借這個名堂，來飽私囊罷了。這個觀察想從煤斤裏提取石油，我們不能說他不聰明。很多大發明家都是從幻想一件事物，從而下死功夫去研究而成功的。可惜這個觀察只會作這幻想，並不用科學頭腦去研究怎樣才可以從煤塊裏面提煉煤油，他只是以意為之，徒被外人譏笑而已。

這個道臺是王湘綺的得意門生四川人宋育仁，他比齊白石拜在王門只不過早十年，在三十年前逝世了。他是翰林出身，到過外國考察實業的。他想出這個從煤斤提煤油的方法，還比外國人早幾十年。

關於宋育仁這件事，從前在北京辦報的汪康年（一九一一年死去），曾把它寫在《莊諧選錄》裏，據說是引自四川李明智所作的，文云：

鹿芝帥任川督，開辦商務局，以川紳宋芸子〔按：育仁之字〕喬茂萱總其事。二君於商務不甚了了……與無數公司之名……在重慶開煤油公司局，集股數萬金，辦法、告示、章程散佈一省，皆指言以煤取油，用機器化之。各國煤油皆出於煤，故外洋以煤礦為要政等語。公司局則收買煤炭，堆積如山，渝城煤值日漲，民眾怨之，幾釀巨變。後英駐渝領事照會渝關道，詢中國得何法能用煤取油。外洋煤油係開井數百丈而油自出，然必有煤油礦地始可用。今中國謂煤油出於煤，而招股開辦，或亦有所驗歟？關道以詢公司，方知公司亦不知煤油之另有礦也。渝民聞之，群指煤山笑罵之。宋愧，始另作章程，然已費萬餘金。

宋育仁只是會羞愧，不會自己下死勁去研究來爭回這口氣，卻在二十年前給外國人研究出來了。一九三二年，翁文灝在《獨立評論》第廿四期發表〈中國的燃料問題〉一文，證明了從煤炭提油一事，已由研究而成為事實，他說：

汽油不但能從石油礦內提出，而且也能從煤炭內提煉。近年來以⋯⋯山西大同煤炭，用這個方法，每一噸能提出九十公斤原油。這原油內含有約百分之二十的汽油。如此計算，則每噸煤只能煉十八公斤即約四加侖的汽油。就是要得一千萬加侖的汽油，須用二百五十萬噸煤。但同時還可以得到許多如煤汽扁陳油、煤油、柏油、及半焦炭等其他產物。⋯⋯雖然各種方法發明未久，一半尚未脫試驗時期，但離成功的日子已不甚遠，只要努力研究推廣，即使不能完全解決中國燃料問題，至少可以得到一大半的解決。

一九三二年，日本也研究從石灰提煉煤油的方法，得到成功，一九三二年十月廿三日，天津《大公報》就登有這段新聞：

日本新聞聯合社廿二日東京電：前經滿鐵委託海軍之石炭液化一事，在銳意研究中，現依工業的實驗裝置，已將石炭化為液體，其二分之一以上完全為良質之燃料液體，而精製品變為汽油，是石炭之液體化事業，已由日本工業實驗而成功，可稱為燃料界一大革命，在國防上有重要意義者也。

煤炭液體化這一件事，各國研究到今二十多年，但還未有甚麼偉大成績，但我國今日對這種研究更推進了一步，在人造石油這方面能用新法子來增產了。

「弄巧成拙牯嶺屬他人」

滿清王朝的末年，外國人在我國可謂橫行霸道之至了，他們除了在政治、經濟上緊緊抓着我們的命脈之外，還挾其勢力，欺壓良民，官府是怕洋人的，只有勸同胞勿與計較，清末的小說家吳沃堯眼見這種令人髮指的事太多了，他是憎恨那些來到中國自命為「天之驕子」的外國人的，所以他在《二十年目睹之怪現狀》裏，有很多處都大力抨擊這種外國人和他的虎倀，對買辦階級更是罵個體無完膚的。

《怪現狀》第八十四回〈弄巧成拙牯嶺屬他人〉，是寫一個外國傳教士串同了流氓地痞來巧取豪奪我國的土地，書中說：

味辛道：「前兩年，有個外國人跑到盧山牯嶺去逛。這個外國人懂了中國話，還認得兩個中國字的。看見山明水秀，便有意要買一片地，蓋所房子，做夏天避暑的地方。不知哪裏來了個流跖，串通了山上一個甚麼廟裏的和尚，冒充做地主。那外國人肯出四十洋銀買一指地。那和尚流跖，以為一指頭大的地，賣他四十元，很是上算的，便與他成交。寫了一張契據給他，也寫的是一指地。他便拿了這個契據到道署裏轉道契。道臺看了不懂，問他：『甚麼叫一指地？』他說：『用手一指，指到那裏就是那裏。』道臺吃了一驚道：『用手一指，可以指到地平線上去，那可不知道是哪裏地界了，我一個九江道，如何做得主填給你地契呢？』……」

這確實是笑話，也許形容得有點過火，但小說家要形容外國人那種橫蠻無理，就不得不極力烘染了。以手一指，指到那裏就是那裏，似乎是佛教裏有這樣的一個故事。唐朝初年，六祖慧能在曹溪修真，曾請當地的大地主陳某捐出土地來擴大南華寺，陳某問要幾多地才夠，六祖就拿身上的袈裟蓋在陳某頭上說：「這許多就夠了！」陳某大悟，就把所有的地盡情獻出來，請六祖指到那裏就是那裏。吳沃堯這樣的說法，也許是從此脫胎出來的。

吳沃堯的小說攻擊那些強橫的外國人與洋奴之外，同時也盡力暴露滿清那班官僚的顢頇無能。書中接着是這樣寫下去的：

〔味辛道：〕「……〔九江道〕連忙即叫德化縣和他去勘驗，並去提那流跖及和尚來。誰知他二人先得了信，早已逃走了。那外國人還有良心，所說的一指地，只指了一座牯牛嶺去。從此起了交涉，隨便怎樣，爭不回來。鬧到了省裏，省裏達到總理衙門〔按：即外務部的前身〕，在京裏交涉，也爭不回來。此時那坐轎子出來的就是領事官，就怕的是為了這件事了。」我嘆道：「我們和外國人辦交涉，總是有敗無勝的。自從中日一役之後，越發被外人看穿了。」味辛道：「你還不知那一班外交家的老主意呢，前一向傳說總理衙門裏，一位大臣寫一封私函給這裏的撫台，那才說得好呢。這封信，你道他說些甚麼？他說：『台灣一省地方，朝廷尚且拿它送給日本，何況區區一座牯牛嶺，值得甚麼！將就送了他吧。況且爭回來，又不是你的產業，何苦呢？』這裏撫台見了他的信，就冷了許多，由得這裏九江道去搞，不大理會了。不然，只怕還不至於如此呢！」

我們讀了這段小說，沒有不罵那班官僚糊塗的。牯嶺之這樣糊里糊塗給外國人租去，就是官僚們不把國家的土地當作自己的產業所致。一九三七年六月商務印書館出版的《廬山指南》第二節〈牯嶺概況〉有云：

嶺為廬山之一部……當清光緒乙未、丙申間〔即公元一八九五至九六年〕，有外國教士李德立（E.S. Little）避暑來此，以山林之勝，氣候之佳，欲盡佔廬山而有之。鄉人某利其財，以百六十金定議，而未劃界也。地方官吏初不知李為外籍，給契與之。既察知，欲悔約，李堅執不允，而交涉以起。官吏捕售者下諸獄，鄉人火李之居以報之。九江該國領事訴諸公使，由該國政府直接向清廷交涉。會中日戰後，清廷懾於鄰威，不願開罪友邦，飭地方官和平了結；卒以牯嶺之地與之，作為九十九年之租借地，年納租金極微。——是以鄉人皆以租界稱也。

我們談了這段記載，證以吳沃堯的小說，可以知道牯嶺是這樣斷送了的。經手把牯嶺「租」給外國人的，是一個官僚名叫盛福懷。據《清朝野史大觀》（中華書局所輯）引某筆記云：

外人李德立，傳教中國，過盧山，獅子庵方丈導之登臨，直躋其巔，覺山氣高爽，泉清木秀，迥異人世，疑為仙居，羨歎不去口。時代理江防者為前九江電報局總辦盛福懷，宣懷弟也，夙性顢頇。李就與議租地為外人公共避暑場。福懷不審利害，慨然允之，期以九十九年，租值僅數百金，或言鉅萬，殆歸中飽。後為大吏偵悉，而木已成舟，無術挽回矣。

所記雖然很簡，但已確定為李德立無疑。不過是否由盛福懷經手還得再查考一下，現在只好記以存疑。

考官裝瘋

清朝承明朝之舊，以八股文取士（康熙間，雖曾一度廢八股文，但不久即恢復，大概是清帝利用八股文來麻醉知識分子也），一直到光緒末年才廢八股，試策論。因為歷代的帝王以科舉取士，於是科場作弊，就層出不窮了，雖然由明至清，幾乎每一朝都有科場大獄，但辦者自辦，作弊仍然層出不窮。

科舉制度的好壞，以現代眼光來批評，當然可以抨擊到一無是處，（其實它之不好，只是八股文不好而已），但在幾百年前，這種制度是給一班讀書人有個平等機會，讀書求上進以與靠門蔭的貴族爭一日之長短。這種平等機會，不能厚非的。但有些富貴子弟，倒吊都滴不下一點墨水，偏要求科名弄個正途出身（因為任你怎樣富貴，如不由科舉出身，終是旁門左道，為人瞧不起的），然而自己是個草包，經不起考驗的，於是只得花錢來買通主考和房考（鄉會試有正副主考官及房考官——亦稱同考官—房考官共十八人，各分派若干卷，由房考官看好後，薦給主考官批取。取中的士人，稱主考為座師，房考為房師），這叫做「通關節」。關節兩字，由來已久，宋朝包拯做開封府府尹時，人們就有兩句話讚他「關節不到，有閻羅包老」了。關節買不通，只有包拯一人，其他貪財通關節的人，可見是很多的。那時候，大概做官而納賄講人情的，都可以叫做「關節」，後來這個名詞似乎專為科場用了，別的地方頗少見。

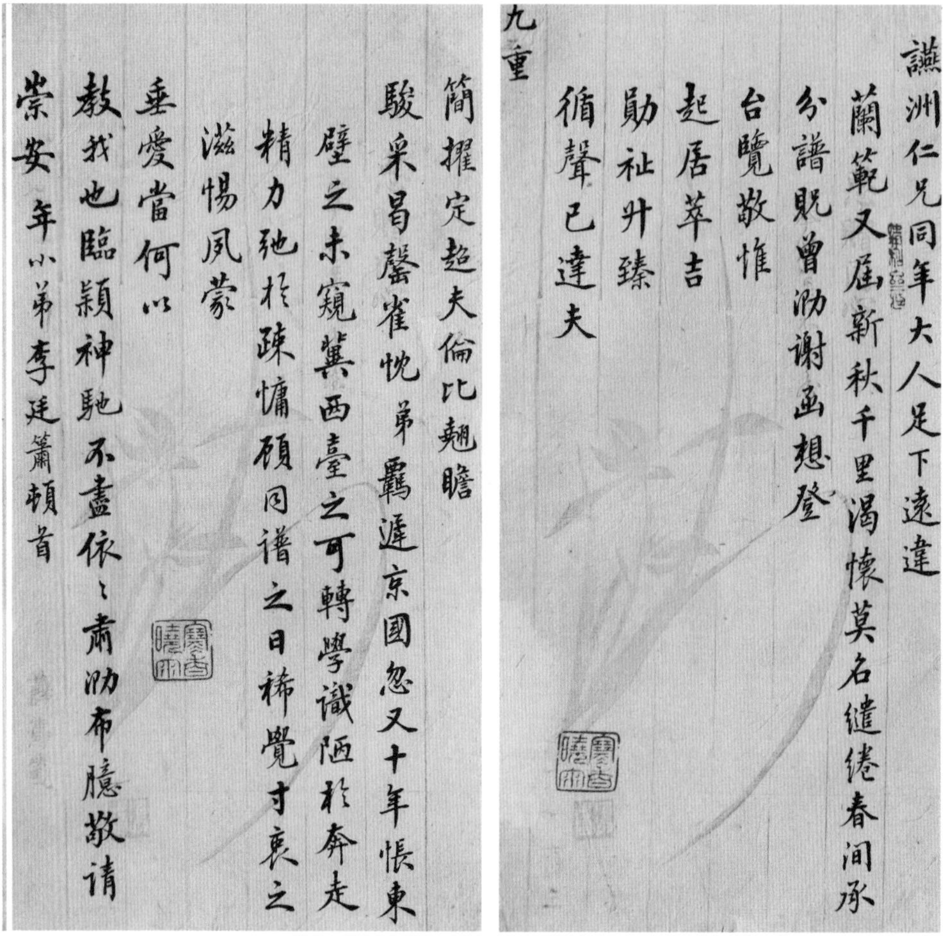

讌洲仁兄同年大人足下遠違
蘭範又屆新秋千里渴懷莫名繾綣春間承
分譜既曾泐謝函想登
台覽敬惟
起居萃吉
勛祉升臻
循聲已達夫
九重
簡擢定超夫倫比翹瞻
駿采昌鬐雀忱弟羈遲京國忽又十年悵東
壁之未窺冀西臺之可轉學識陋於奔走
精力弛於疎慵頋同譜之日稀覺寸衷之
滋惕夙蒙
垂愛當何以
教我也臨潁神馳不盡依依肅泐布臆敬請
崇安 年小弟李廷蕭頓首

李廷蕭書札

吳沃堯對於科舉是深惡痛絕的，他在《二十年目睹怪現狀》一書中，就有好些處抨擊這個制度。書中第四十二回「露關節同考裝瘋」就是描寫同考官通關節的醜事。吳沃堯寫的是吳繼之在一次的鄉試中被派為同考官，不得不入闈去看文章，便把「我」當作家人帶入闈幫他看試卷。由繼之口中說出科場作弊的趣事，據他說關節是這樣的：

我道：「這個玩意兒我沒幹過，不知關節怎末通法？」繼之道：「不過預先約定了幾個字，用在破題上，我見了便薦罷了。」我道：「這麼說，中不中還不能必呢。」繼之道：「這個自然，他要中，去通主考的關節。」

原來在科舉時代，統治者防範那班應試的似乎還甚於防賊，怕他們通關節，於是發明了「糊名易書」之法，使考官們不能知道士子的姓名和認筆蹟。怎樣叫糊名易書呢？那就是士子作好文章後，場中有人給他用硃筆再抄一遍，這叫做「易書」又叫「謄錄」。卷上作者之名糊去（但籍貫不糊），這叫做「糊名」。等到拆彌封時，才知道取中的人叫甚麼名字的。經過這一番嚴密的辦法後，才把各卷分發各房的同考官去看。想作怪的士人沒奈何只得和主考等人預通關節，在文章開首那幾句「破題」裏約好了用些甚麼字，主考們見到了就知道是誰寫的文章，就取中了他。通關節當然要把主考、房考都通了才能通天，因為房考雖然通了，他批上些好評語，薦上去，碰巧主考沒有受過考生的禮，或許是嚴正無私，擯而不取，那也是沒辦法的。

科舉時代，從秀才起，一直到考舉人、貢士，都可以作弊，但到了殿試，那是最高的考試了，要在皇帝的殿廷舉行，由皇帝出題，親自看卷（其實看卷以至定甲乙，皆由大臣一手經理的），皇帝是買不通的，關節就失靈了。

吳沃堯在這一回的小說裏，寫關節的事情很有趣，我們讀了，對於五十年前的科舉作弊情形約略可見一斑。這一回目的同考裝瘋，是有一段趣事的。

我道：「還有一層難處，比如這一本不落在他房裏呢？」繼之道：「各房官都是聲氣相通的，不落在他那裏，可以到別房去找；別房落到他那裏的關節卷子，也聽人家來找。最怕遇着一種拘迂固執的，他自己不通關節，別人通了關節，也不敢被他知道。那種人的房，叫做『黑房』。只要卷子不落在『黑房』裏，或者這一科沒有『黑房』，就都不要緊了。……你不知道，『黑房』是做不得的。現在新任的江寧府何太尊，他是翰林出身，在京裏時，有一回會試分房，他同人家通了關節，就是你那個話，偏偏這本卷不曾到他房裏，他正在設法找尋。可巧來了一位別房的房官是個老翰林，著名的『清朝孔夫子』，沒有人不畏憚他的。這位何太尊不知怎的一時糊塗，就對他說有個關節的話，誰知被他聽了，便大嚷起來，說某房有關節，要去回總裁。登時鬧得各房都知道了，圍過來看。見是這位先生吵鬧，都不敢勸。這位太尊急了，要想個阻止他的法子，哪裏想得出來。……」

何太尊通關節出破了，沒有辦法，只好裝瘋，拿起裁紙刀亂殺人，還在自己的肚上劃了一刀。眾人嚇殺了，才勸住那個「清朝孔夫子」，把何太尊扶出闈去。作者把何太尊這一段趣事，寫得十分精彩，可惜原文太長，不便在這裏多引。《怪現狀》所寫的那個何太尊，確有其人其事的。這一回是影射甘肅布政使李廷簫做京官時的一件事。同治十二年（公元一八七三年）順天鄉試，戶部郎中李廷簫為同考官。廷簫後來因病出闈，當時北京人便有通關節給人出破之謠。李慈銘同治十二年八月二十九日日記云：

聞前日順天同考官李君廷簫，以風疾出闈。此君湖北人，癸丑庶常，改户部主事，入直軍機……近日甫升雲南司郎中。月前敖金甫、鄧獻之招飲，所謂李軍機者，即此君也。……李君入闈，初無恙也，至十六日，忽覺言動稍異，然猶坐堂中閱文。二十一日遂大發狂，先持剪刀自刺其腹，不久，繼以小刀自揕其腰及胸，血滿重衣。監臨遂奏聞，舁之出，至家尚日覓死不已也。此大可異矣！

李氏日記裏沒有提到他通關節的事，大概當時是有此謠傳的，吳沃堯便摭拾此事，渲染起來寫入小說裏了。現在不管李廷簫是否有通關節，但他在闈裏發狂自刺，這件事是有的。因為人們見他瘋了要自殺，即使是關節出破，也不為已甚了。（李廷簫後來官運頗為亨通，外放布政使，護理陝甘總督。那時正在義和團運動之後，他聽說山西巡撫毓賢為外國人指名要殺，竟然正法了，他自驚不已，不久即病死，一說是自殺。）

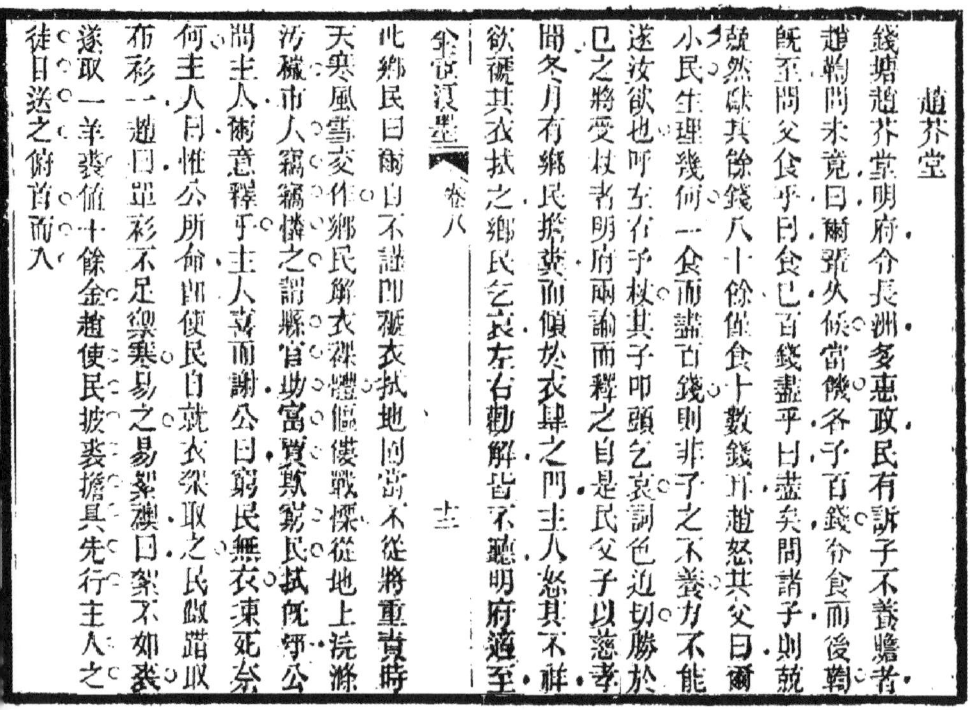

趙芥堂

錢塘趙芥堂明府令長洲多惠政民有訴子不養贍者趙鞫問未竟曰爾號久候當饑各予百錢分食而後鞫既至問父食乎曰食已百錢盡乎曰盡矣問諸子則兢兢然默其餘錢八十餘僅食十數錢耳趙怒其父曰爾小民生理幾何一食而盡百錢則非子之不養力不能遂汝欲也呵左右予杖其子叩頭乞哀詞色迫切勝於已之將受杖者明府兩諭而釋之自是民父子以慈孝聞冬月有鄉民攜裘而傾於衣肆之門主人怒其不祥欲褫其衣拭之鄉民乞哀左右勸解皆不聽明府適至

金壺浪墨　卷八　十二

叱鄉民曰爾自不謹即褫衣拭地固當不從將重責時天寒風雪交作鄉民解衣裸體傴僂戰慄從地上浣滌汚穢市人竊竊憐之謂縣官助富賈欺窮民拭既呼公問主人衛意釋乎主人喜而謝公曰窮民無衣凍死奈何主人曰惟公所命即使民自就衣架取之民躑躅取布衫一趙曰是衫不足禦寒易之易絮襖曰絮不如裘遂取一羊裘值十餘金趙使民披裘擔具先行主人之徒目送之俯首而入

黃鈞宰《金壺浪墨》中有關趙芥堂的記載

趙芥堂一趣事

《二十年目睹之怪現狀》第三十八回寫一個官吏為農民出氣的趣事。書中的主人公「我」到蘇州籌設分號，偶然碰到一個在蘇州候補佐雜的，名叫許澄波，他們在一起喝酒，「我」便問蘇州的吏治。

許澄波說到江蘇巡撫譚中丞大快人意的一件事。他說：

〔澄波道：〕「……有一個鄉下人挑了一擔糞，走過一間衣莊門口。不知怎的，把糞桶打翻了，濺到衣莊裏面去。嚇得鄉下人情願代他洗，代他掃，只請他拿水拿掃帚出來。那衣莊的人也不好，欺他是鄉下人，不給他掃帚，要他脱下上身的破棉襖來揩。鄉下人急了，只是哭求，頓時圍了許多人觀看，把一條街都塞滿了。恰好他老先生〔指譚巡撫〕拜客走過，見許多人，便叫差役來問甚麼事。差役過去把一個衣莊夥計及鄉下人帶到轎前。鄉下人哭訴如此如此。老先生大怒，罵鄉下人道：『你自己不小心，弄齷齪了人家地方，莫說要你的破棉襖來揩，就是要你舐乾淨，你也只得舐了，還不快點揩了去！』鄉下人見是官吩咐的，不敢違拗，哭哀哀的脱下衣服去揩。他又叫把轎子抬近衣莊門口，親自督看。衣莊裏的人得意揚揚。等那鄉下人揩完了，他老先生卻叫衣莊夥計來，吩咐他在店裏取一件新棉襖賠還鄉下人。衣莊夥計稍為遲疑，他便大怒喝道：『此刻冷天的時候，他只得這件破棉襖禦寒，為了你們弄壞了，還不應該賠他一件麼？你再遲疑，我辦你一個欺壓鄉愚之罪！』衣莊裏只得取了一件綢棉襖給了鄉下人，看的人沒有一個不稱快。」（據許澄波說：蘇州的大間的衣莊，不賣布衣服的，所以只得給一件綢的了。）

這件事確實是發生在蘇州的。據江蘇人黃鈞宰所作的《金壺浪墨》卷八說，為鄉民出氣而捉弄衣莊夥計的是長洲縣的縣令趙芥堂。舊日長洲屬蘇州，清亡之後，已與蘇州合併為吳縣了。趙芥堂是杭州人，傳說他在長洲做官很有德政，處事很得到人民稱讚，今看他處理鄉下人與衣莊老板一事，便知所傳不虛了。他說：

> 錢塘趙芥堂明府，令長洲，多惠政……冬月，有鄉民擔糞而傾於衣肆之門，主人怒其不祥，欲褫其衣拭之。鄉民乞哀，左右勸解，皆不聽。明府適至，叱鄉民曰：「爾不自謹，即褫衣拭地固當。不從，將重責！」時天寒，風雪交作，鄉民解衣裸體，傴僂戰慄，從地上浣滌污穢。市人竊竊憐之，謂縣官助富賈欺窮民。拭既淨，公問主人：「爾意釋乎？」主人喜而謝。公曰：「窮民無衣，凍死奈何？」主人曰：「唯公所命！」即使民自就衣架取之。民踟躕取衣衫一。趙曰：「單衣不足禦寒，易之！」易絮襖。曰：「絮不如裘！」遂取一羊裘，值十餘金。趙使民披裘擔具先行。主人徒目送之，俯首而入。

趙芥堂此舉是大快人意的，蘇州人一直歌頌他歷數十年不衰。黃鈞宰把他記入筆記中是在咸豐年間，吳沃堯大概是見到《金壺浪墨》所記才摭給它做小說的材料，不過把一個長洲縣令趙芥堂改為江蘇譚巡撫罷了。吳沃堯為人很有正義感，疾惡如仇，他在小說中時時抨擊惡勢力和惡人，稱揚良善的人不遺餘力，對於好官，能為民除害的官，他都在筆下予以稱讚的。

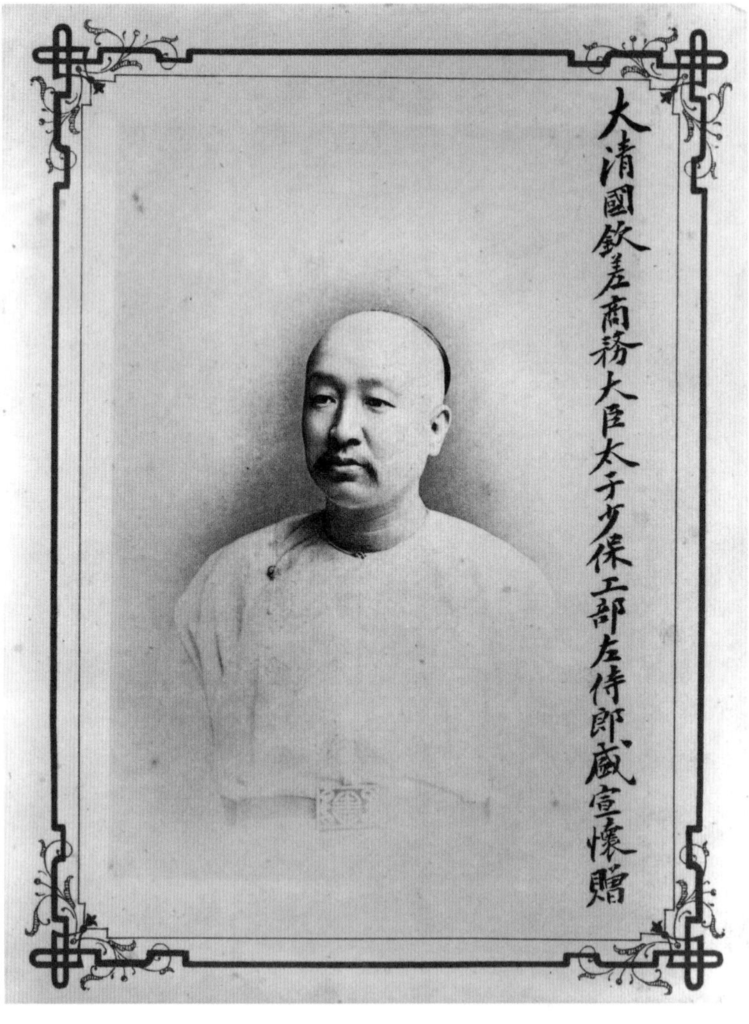
大清國欽差商務大臣太子少保工部左侍郎盛宣懷贈

盛宣懷

盛宣懷與名妓金巧林

吳沃堯《二十年目睹之怪現狀》第五十一回〈喜孜孜限期營簉室；亂烘烘連夜出吳淞〉寫的是上海一間輪船公司的督辦因公到漢口，分公司的總理要巴結他，替他設法弄到一個良家女子做妾。那個女子聽說要給總辦做小，歡天喜地的只慕虛榮，一口答應了。那個總理就花了一點小錢，給小姑娘的未婚夫退了婚。督辦就催總理早日辦妥喜事。總理說也得擇過好日子才可成親。督辦笑道：「我們吃了一輩子洋務飯，還信這個麼？說定了，一乘轎子抬了來就完了！」督辦說他吃洋務飯，不信良辰吉日那一套的，這無非是掩飾他的猴急相，其實在洋場上吃「洋務」飯的那班人，沒有一個不是挺迷信的。

漢口這邊正在趕着辦喜事，但在上海的督辦夫人得到了情報，便連忙趕到漢口阻止成親。幸得那時候中國尚未有飛機，才作成吳沃堯這段精彩的描寫。那個夫人聽說丈夫背着她毀了「不再娶姨太太」之約，「巴不得拿自己拴在電報局的電線上，一下子打到漢口去才好。」她馬上到了總公司，吩咐開一條長江輪船載她到漢口。外國籍船主不大願意，但經不起她的銀彈攻勢，許他三千銀子，連夜把貨物裝齊，把船如期開出，路經各埠不停，直趨漢口，恰好是要成親那天的下午到了，把老爺的好事拆散，像捉豬一般，把老頭兒提回上海了。

這一回的故事是很有趣的，這個督辦就是大買辦盛宣懷，輪船公司就是李鴻章創辦的那家輪船招商局。（輪船招商局創於同治十一年即公元一八七二年，李鴻章先後委唐廷樞、朱其昂、徐潤、盛宣懷等人主持局務，辦理結果，這班官僚個個都私囊充裕，而公款日虧了。）盛宣懷之富，是國中聞名的。他是江蘇武進人，生於道光二十四年（一八四四年），死於民國五年（一九一六年），年七十三歲。

他從同治九年二十六歲起，就在李鴻章手下當差，招商局成立時，鴻章委他做會辦，以後就做山東登、萊、青兵備道，東海關監督，天津海關道，郵傳部大臣，到清廷起用袁世凱時，他因為和世凱有隙，馬上辭職回上海。（他的遺著《愚齋存稿》百卷，一九三九年武進盛氏思補樓刻本。其中關於我國的建設、時事、政治都有詳述，為絕好參考資料）他的繼室莊氏，十幾年前是上海一個著名富孀，久住上海的人，無不知曉的。

關於盛宣懷的出身，第七十八回書中，給這個督辦補寫了一筆，還說到他怎樣取了一個妓女（第五十一回中稱為金姨太太）後，就宮運亨通，但後來他的官做得大了，他的老太爺不許他把姨太太扶正，才取了這一個繼室。我們現在且看吳沃堯在七十八回中怎樣描寫。

這位督辦，本是宦家公子出身……二十多歲時，便捐了個雜佐，在外面當差，老人家是現任大員，自然有人照應，等到他老太爺告老時，他已連捐帶保的弄到一個道臺了（即在山東做兵備道，與宣懷的宦歷合——引注）。他……不知怎樣，弄得失愛於父，就跑到上海來花天酒地的亂鬧。那時候金姨太太還在妓院裏做生意呢。他們兩個就認識了。後來那位金姨太太嫁了一個細緞莊的東家姓蒯的。局面雖大，年紀可也不小了。……

後來這個金姨太太就挾帶私逃，和督辦一同到了天津，她拿出私己替他在官場上打點，放了海關道。督辦對她親口許過的，他日得意，一定以嫡禮相待。怎知新道臺派轎子接金姨太太進衙門，幾次都接不着，新道臺只得去公館問她甚麼事。

姨太太惱過了半天，方才冷笑道：「好個以嫡禮相待，不知我進衙門，該用甚麼禮？就這麼一乘轎子，就要抬了去，我以為就是個丫頭，老遠的跟了大人到任，也應該消受得起的了。卻原來是大人待嫡之禮！」

這時候，老爺才知道姨太太生氣的原因，連忙吩咐預備全副執事及綠呢大轎，姨太太穿了披風紅裙到衙門去了。之後，督辦雖然另外續弦，但大太太對這個金姨太太也得另眼相看，因為他有功於老爺的。

這個金姨太太真有其人，她就是七十年前紅遍上海洋場的名妓金巧林。讀小說的人，也許會以為金姨太太是虛構的人物呢。現在我把吳沃堯《我佛山人筆記》卷四金巧林一則摘錄於此：

妓女具莫大之知識，莫大之毅力，復以無上之慧眼，能擇人而事，，以植半生之幸福者，吾得一人焉，曰金巧林。巧林本姓刁氏，享艷名於北里……時有大腹賈蔡某者，烟霞之癖甚深，短燈長夜，往往通宵，不達旦，不寢也。時人乃賜以嘉名曰「蔡天亮」。蔡乃出資脫其（金巧林）籍，位於金釵之列。亡何，巧林挾貲潛逃，乘一葉舟，泊於上海觀音閣碼頭……

時有某公子者，亦一代之偉人，隱而未顯者也，以失愛於父，茫茫無所之，於吳下買舟如滬，抵觀音閣碼頭，泊焉，與巧林舟兩舷相倚，可望而見。……巧林之居北里也，素與公子諗，至是相遇，未免有情，彼此互叩蹤蹟。公子以實告。……巧林曰：「公子苟納我，何資斧之足慮。」公子大悅，即挈之走京師。巧林盡出其資以供運動。未幾，公子得簡山東觀察使，因謂巧林曰：「非卿之力不及此，從此富貴當與卿共之。」於是乘海舟赴任，先止於行轅，公子受事訖，飭人迎眷屬，辦差者以迎如夫人之禮迎之。香輿抵署，巧林忽大怒，拊輿而叱曰：「止！止！若輩以我為何人，其速舁我返行轅！」僕僕疑懼，姑如其言，·以俟後命。公子聞之，急趨問故。巧林曰：「公子不棄葑菲而寵，我富貴與共之，豈言遂忘之耶？抑食之也？」公子曰：「唯唯，不敢食言！」巧林曰：「然則我入署而不聲砲，富貴焉在？」公子始恍然致怒之由也，急命聲砲以迎。於是隆隆然飛震海涘，如夫人入署矣。……自是而公子官運大佳，利權在握，隆隆日上，待巧林不敢稍替，芋年巧林病終於上海，公子為之服期喪，喪儀之盛，無一應有盡有，駭人耳目。嗚呼，非巧林之慧眼足以知人，曷克臻此！

筆記所述，與小說所寫的互有詳略，合而觀之，更覺有趣，金姨太太在上海大出喪，三十年前的上海人還能津津樂道，出喪之時，吳沃堯正在上海賣文呢。民國五年盛宣懷的大出喪，也是哄動上海一件大事，至今老一輩的人還能詳言之。

吳沃堯久客上海，對於這個時期上海名妓四大金剛的佚事知之極詳，他寫金巧林這一回的事極精采，值得一讀的。

鹽商被騙

《二十年目睹之怪現狀》第四十五回〈評骨董門客巧欺矇；送仵逆縣官託訪察〉。這一回寫的是揚州鹽商附庸風雅；和西太后虐待光緒帝的事。關於西太后的事，我另有一文說及，現在先講鹽商的故事。書中的主人公「我」（這個「我」就是此書的作者吳沃堯。）和他的同學吳繼之合股做生意的。吳繼之有一年署理江都縣正堂，他也到揚州遊玩。繼之的幕友文述農知道他會刻印，就請他摹一個「節性齋」的印章，來假阮元的字，打算賣給鹽商。吳沃堯是會刻印的，所以他在書中時時說到他刻印的事。因為假古人的印，便引出述農對他講一段鹽商被騙的故事了。

述農道：「有一回有個人拿了一幅畫去賣（給鹽商），要價一千銀子，那門客要他二成回佣，那人以為做生意九五回佣是有規矩的，如何要起二成來，便不答應他。他說，若不答應，便交易不成，不要後悔。賣畫的自以為這幅畫是好的，何憂賣不去，便沒有答應他。及至拿了畫去看，卻是畫的一張人物，大約是歲朝圖之類，畫了三四個人圍着擲骰子。骰盤裏兩顆骰子坐了五點，一個還在盤裏轉，旁邊一個人舉起了手，五指齊舒，又張開了口，雙眼看着盤內，真是神采奕奕。東家看了，十分歡喜，以為千金不貴。那門客卻在旁邊說道：「這幅畫雖好，可惜畫錯了。」「便一文不值。」東家問他怎麼畫錯了。他說：「三顆骰子，兩顆坐了五，這一顆還轉着未定，喝骰子的人，不消説也喝「六」的了。他畫的那喝骰子的，張開了口，這六字是合口音，張開了口，如何喝得「六」字的音來？」東家聽了，果然不錯，便價也不還，退了回去。那賣畫的人，一場沒趣，只得又來求那門客。此時他更落得拿腔了。他説，已經説煞了，挽回不了，必要三成回佣。賣畫的只得應允了。他卻拿了這幅畫，仍然去見東家，説：「我仔細看了這畫，足值千金。」東家問有甚麼憑據。他説，「這幅畫是福建人畫的，福建口音叫「六」字，猶如揚州人叫「落」字一般，所以是開口的，他畫了開口，正是所以傳那個「六」字之神呢。」他的東家聽了，便打着揚州話「落落」的叫一兩聲，果然是開口的，便樂不可支，説道：「虧得先生淵博，不然幾乎當面錯過！」馬上兑了一千銀子出來，他便落了三百。」

吳沃堯寫的雖然是小説，但這種事我們不能説沒有的。現在北京故宮博物院藏有張擇端的《清明上河圖卷》，便曾發生了同這個門客一樣的事。大概作者是摭拾前人筆記以入書，而加以渲染的。我在明清人的筆記裏讀過不少這類的記事，但記得最可靠的，是明朝末年一個秀才徐樹丕（蘇州人，明亡後不肯出仕，隱居蘇州，以著述為活），他的《識小錄》説：

湯裱褙善鑒古，人以古玩賂嚴世蕃，必先賄之。世蕃令其辨真偽，其得賄者，必曰真也。吳中一都御史，偶得張擇端《清明上河圖》臨本，饋世蕃，而賄不及湯。湯直言為偽。世蕃大怒。……余聞之先人曰，「清明上河圖」皆寸馬豆人，中有四人樗蒲，五子皆六，而一子猶轉。其人張口呼「六」。湯裱褙曰：「汴人呼六當撮口，而今張口，是操閩音也，以是識其偽。」……

吳沃堯這一段，恐怕就是從前人的筆記脱胎而來的，此亦魯迅先生所説的「話柄」之一。

西太后與光緒帝

《怪現狀》第四十五回寫的是西太后與光緒帝的事。本來吳沃堯這部小說描寫的都是民間奇奇怪怪的事，現在要描寫到「天家」了。書中說：

> 繼之道：我到任以後，放告的頭一天，便有一個已故鹽商之妾羅魏氏告她兒子羅榮統的不孝。我提到案下問時，那羅榮統呆若木雞，一句話也說不出。問他話時，他只是哭。問羅魏氏，卻又說不出個不孝的實據。只說他不聽教訓，交結匪人。……只得把羅榮統暫時管押。不過一天，又有他羅氏族長來具結保去了。……

這一段說的是羅魏氏告她的兒子羅榮統不孝，在讀者看來，以為這不過是作者描寫揚州一個已故鹽商的家庭糾紛罷了。那知作者是影射戊戌政變一事的。他在書中對那個羅魏氏雖沒有微詞，但他的一支筆卻寫出她的種種奢侈，不聽兒子勸告，後來兒子要整頓家務，卻給她先把他告了一狀，這種寫法，已經告訴了讀者曲在羅魏氏了。

繼之要把此案弄個清楚，便派文述農在外暗中查訪。到第五十三回已有個着落了。文述農便對「我」道：

這件事倒被我查得清清楚楚的了……原來羅魏氏不是東西。羅榮統是個過繼的兒子……羅魏氏本來生過一個兒子，養到三歲上就死了。不久，她的丈夫也死了，就在近支裏面抱了這個羅榮統來承嗣。魏氏自從丈夫死後，便把一切家政都用自己娘家人管了，那一班人得到事權在手，便沒有一處不侵蝕……那位羅太太還是循着她的老例去闊闊綽。只要三天沒請客，便說飢荒了，寒塵了。當時羅榮統還是個小孩子，自然不懂得……長大起來，仍然不知稼穡艱難，混混沌沌的過日子。他家裏有個老家人看不過了，便覷個便，勸羅榮統把家務整頓整頓，又把家中的弊病，逐一說了出來。

書中的羅榮統便是光緒帝，因為他姓愛新覺羅，所以榮統便姓羅。「榮」字和「光榮」有聯繫，可以射「光緒」年號。「統」字則與「緒」字有相似之處。因此榮統二字，可說是射光緒。羅魏氏是射西太后，說她姓魏，所謂偽也，這是作者對她不滿意之處，但在當日又不敢公開指斥，只得用筆誅了。羅魏氏本有一子早死，西太后親生之子同治帝養到十九歲也早死。西太后本是妾媵出身，光緒帝是從近支過繼來的。他的母親是西太后的妹子，可說是她娘家的人。老家人看不過眼，勸羅榮統振作，這個老家人射的是康有為（也可說是翁同龢）。因為康有為勸光緒帝行新政，發奮圖強，和那老家人正相似。接着第五十三回便寫羅榮統查帳，查出她外家的人種種弊病，反給她母親罵了一頓。後來那老家人勸他先把她娘家那幾個當權的人幹掉，才能大權在握。因此就擬好了狀子，告那當權的盤踞舞弊。約定了日子往江都縣去告，連衙門上下人都打點好了，只等呈子進去，即刻傳人收押，一面便好派人接管一切。怎知事機不密，給羅魏氏的哥哥知道了，向她告密。她便把羅榮統叫去罵了一頓，說他連舅娘都要告起來。於是她帶了舅爺到書房搜出那張呈子，追究起來，知道是老家人的主意，便把老家人綑了，先痛打一頓，然後送到縣裏，告他引誘少主人為非，又在禁卒身上花點錢，把他的生命結果了。

這個故事，和康有為勸光緒帝變法，譚嗣同勸袁世凱先把榮祿殺了，然後迫西太后歸政甚相似。後來袁世凱出賣了光緒帝，跑去天津對榮祿說了，榮祿馬上晉京，向西太后告密。她從頤和園趕回宮中，把光緒帝囚於瀛台，而同謀的譚嗣同、林旭等人，不經審訊，立刻斬首，只逃出了康梁師徒，我們現在讀作者描寫羅魏氏那種兇橫潑辣的狀態，還約略可以見到西太后的為人。

滿清御林軍的笑話

明朝的京師軍隊制度，分為：五軍、三千、神機三大營。神機營是專管火器的，因為明成祖征交趾得火器法，便設此營，我們可以名之曰槍炮兵。清沿明制，置管理大臣統之，選八旗、滿洲、蒙古、漢軍及前鋒、護軍、步軍、火器、健銳諸營之精銳者為營兵，當時守衛於紫禁城中及三海牆外，遇到皇帝巡幸則扈從，說起來就是御林軍，可說是全國最精銳的部隊了。但到了滿清末年，神機營辦理得很腐敗，簡直不能上陣。《怪現狀》第二十七回〈管神機營王爺撤差〉，就是寫它的腐敗情形。書中寫那些營兵的趣事，寫來十分精采，我們讀了絕不覺得有甚麼過火之處，因為到了一個王朝的末代，這種情形是應該有的。國民黨軍隊恰正是如此。

作者假他的一位同事多子明師爺之口，說出神機營的趣事來：

子明道：「外面的營裏都是缺額的，差不多照例只有六成勇額。到了京城的神機營，卻一定溢額的，並且溢額的不少，總是溢額加倍。」我詫道：「那麼這個糧餉怎麼呢？」子明笑道：「糧餉卻沒有溢額的，但是神機營每出超隊子來，是五百人一營的，他卻足足有一千人，比方這五百名是槍隊，也是一千桿槍。」我道：「怎麼軍器也有得多呢？」子明道：「凡是在神機營當兵的，都是黃帶子紅帶子的宗室，他們闊得很，每人都用一個家人，出起

波面殘陽耀碎
金炎光消盡覺
涼侵莫言倥偬
三軍事也得逍
遙一律唫碧草
馬嘶欣脫轡青
溪人坐乍開襟
雲容紈縵隨風
布念切油然早
作霖
晚操後步至長河作
醇郡王自題

御林軍的指揮醇郡王

隊來，各人都帶着家人走；這不是五百成了一千麽？」我道：「軍器怎麽也加倍呢？」子明道：「每一個家人都代他老爺帶着一桿鴉片煙槍，合了那五百支火槍，不成了一千麽？並且火槍也是家人代拿着，他自己的手裏，不是拿了鵪鶉囊，便是臂了鷹。他們出來，無非是到操場去操。到了操場時，他們各人先把手裏的鷹安置好了，用一根鐵條兒，或插在樹上，或插在牆上，把鷹站在上頭，然後肯歸隊伍。操起來的時候，他的眼睛還是望着自己的鷹。偶然那鐵條兒插不穩，掉了下來，那怕操到要緊的時候，他也得先把火槍撂下，先去把那鷹弄好了，還代它理好了毛，再歸到隊裏去。你道這操法奇麽？」……

這一段真是描寫得淋漓盡致，使我們讀起來只覺得有趣，還恨作者不再多寫一下，讓我們多點眼福。可惜作者只再寫多二百字，就把這件有趣的事結束了。現在我繼續把它抄完。

我道：「那帶兵的難道就不管？」子明道：「那裏肯管他！還不是同他們一個道兒上的人麽？那管理神機營的都是王爺。前年有一位郡王奉旨管理神機營，他便對人家説：「我今天得了這個差使，一定要把神機營整頓起來。當日祖宗入關的時候，神機營兵士，臨陣能站在馬鞍上放箭，此刻鬧得不成樣子了！倘再不整頓，將來不知怎樣了。」旁邊有人勸他説：「不必多事罷，這個是不能整頓的了。」他不信。到差那一天，就點名閲操，揀那十分不像樣的，照營例辦了兩個。這一辦可不得了，不到三天，那王爺便又奉旨撤去管理神機營的差使了。你道他們的神通大不大？」……

所謂三天便撤去王爺的差使，未免說得太過兒戲，但卻是千真萬確的事情。這裏所說的王爺，就是蒙古親王伯彥訥謨詁（僧格林沁之子）。伯彥訥謨詁在光緒六年（公元一八八〇年）奉命管理神機營的，他的撤差，據李慈銘《越縵堂日記》光緒六年十月二十九日抄錄上諭云：「伯彥訥謨詁毋庸管理神機營事務。」李氏注云：「此以南苑大操事也。自八月初，都統穆勝阿等赴南苑秋操，至是月二十一回京。聞二十六日伯彥訥謨詁奏譖誅一已革饒騎校。或云：伯王主操政過嚴，士多怨。此人以犯令革，復求見。搜其衣中有小刀，疑欲行刺，杖而後誅之。或云：此人故刁悍，橫於軍中，而為朱邸所眷，恃此屢忤犯，故被誅。誅之次日，其母及妻子皆服毒，死於伯王邸。」

我們從李氏的記載看來，伯王果然三天便撤差了。他的撤差是因為操政太嚴，要整頓一下，正和《怪現狀》所說的相合。李氏所說被殺的兵士是「朱邸」所眷，所謂「朱邸」，指光緒帝之父醇親王奕譞。據文廷式的《雲起軒隨筆》說，被伯王所誅的兵士實在想行刺的，兵士的母親是醇王府的乳媪。伯王撤差之後，醇親王再管理神機營，也發生了一件很有趣的事，可與這一回合看。

費行簡的《慈禧傳信錄》說：

當捻竄近郊，后欲遣京營兵禦寇。一日，值神機營會操，遣內侍覘之。還報：罷操後，諸兵各手一鳥籠，已徜徉於茶肆間矣。不信，更詢之內務府總管春佑。佑對：京諺有：「糙米要掉，見賊要跑，雇替要早，進營要少。」蓋指旗兵士言，謂領糧必刁難監放者；臨陣敗奔逃恐不及；值操則預僱替身，平日復鮮有到營任差也。后震怒，遂命奕譞檢閱在京旗綠各營操。譞承命大校，則士弱馬疲，步伐錯亂。有馬甲上騎輒墜，致折其股。詰之，對曰：「我打磨廠貨臭豆腐者，安能騎？」譞笑且怒，歸以告樞臣，將重劾之，文祥謂：「吾聞宿衛且然，此曹何足責！」蓋譞方為領侍衛內大臣，前鋒護軍則其屬也。譞知諷己，然諸軍實亦疲敝，不得已，匿前事不以上聞，而微言操練宜勤，且陳巡捕五營尤疲弱，宜挑改旗兵練習……然廢弛已七十餘年，積習終不可湔。嘗校查城兵，有步軍校後至，譞叱令鞭之。衣解而雕珮玉數十事墜地。問所由來，泣啟曰：「家十口，月糈五金，食莫能供，則領貨於骨董肆，自盛小攤於廟市售之。今晨會隆福寺。故赴操獨遲，無他也。」譞歎，揮令去。又火器營有弁，鎚炮使碎，而以廢鐵售之市肆，事發自盡，母妻亦縊以殉……

二十年前，一位北京老輩對我說，光緒廿五年他初到北京，有一次去看神機營會操，操到一個段落，便休息一下，忽見很多軍士跑入帳幕，他為了好奇，便走去拉開看看他們做甚麼。原來他們已躺在地上抽大煙了。

綜看吳沃堯和費行簡所寫的，我們可知滿清的御林軍，甚至皇帝跟前的侍衛都是同樣腐敗的。

裘景福與王樹枏、宋伯魯等名士的合影照
前排右一宋伯魯先生後排中間為王樹枏，裘景福後排左一伯希和後排右二

貪官裘景福

《怪現狀》第一百零三回〈溫月江義讓夫人；裘致祿孽遺婦子。〉這一回的上聯是寫梁鼎芬把太太讓給文廷式的趣事，下聯講的是廣東南海縣知縣裴景福。這件事和廣東有關，現在四十歲以上的廣東人，大都知道裴景福在廣州的軼事的。作者以裘致祿來影射裴景福，因為「裘」字和「裴」字的字形相似，乍看時，會給人誤作是「裴」的。以「致祿」對「景福」，字面上是相稱不過的。書中說的是：

亮臣道：「方才這個人是福建候官縣知縣裘致祿的妾舅。他（裘致祿）在福建甚久，仗着點官勢，無惡不作。歷署過好幾任繁缺，越弄越紅。後來補了缺，調了侯官首縣，所刮得的地皮不知多少了。後來被新調來的一位閩浙總督查看他歷年的多少劣跡，把他先行撤任，着實參了他一本，請旨革職，歸案訊辦。這位裘致祿訊息靈通，得了風聲便走到租界地方去。……後來訪着他在租界，便動了公事，向外國領事要人。……足足耽誤了半年多，好容易才把他要了回來？……把他重重的定了罪案，查抄家產，發極邊充軍。」……

裘致祿做的是侯官縣首縣，其實就是裴景福做南海首縣的影子。前清時代，來廣東南海做知縣的，無不腰纏十萬，做了一任大可以回家納福的。裴景福最懂得做官的秘訣，他先把總督、巡撫巴結得妥妥當當，其他上司略點綴一下就算了。那時候譚鍾麟做兩廣總督，他只巴結總督，對於頂頭上司的藩台岑春煊卻並不十分在意，因此岑春煊便惱了他，懷恨在心久矣。

後來岑春煊升任兩廣總督，未到任時就限令全省官員不得辭職，一到了，馬上把裴景福撤任，隨即密奏清廷，略言：「天下之貪吏莫多於廣東，而南海縣知縣裴景福尤為貪吏之首。該令才足濟貪，歷任督撫，或受其籠絡，或貪其餽送，咸相倚重。又熟習洋務，每挾外交以自重……」等語。

這樣說法是一點都沒有冤枉他的。裴景福的貪污「學問」，可說是「家學淵源」。他的父親裴大中也是此中能手，他不止是克家令子還有跨灶之稱呢。他貪污，而又有「才幹」，所以歷任督撫，無不倚之如左右手。第一，當然是靠他去刮削。第二，又要靠他去平「土匪」。所以對他都特別另眼看待。從前的官場上，大小官員都要互相勾結，才能大刮地皮，相安無事的。岑春煊在清末還算是一個清官，他是不貪污的，所以才敢辦一個知縣裴景福。

書中說到裘致祿從租界解回來後，把他充軍，以後寫的就是裘致祿寄放在親友處的家產怎樣給光棍單占光（諧「善佔光」）和在籍翰林楊堯蒿吞沒了的事。那時候中國的法律只是用來裁判平民的，對於官僚、惡霸、土豪、劣紳完全沒有效力，大小官員把刮到手的民膏民脂存在外國銀行裏，到了事急時，一溜溜入租界，或逃到港澳，逍遙自在，老百姓只有咬牙切齒，徒喚奈何。吳沃堯只好在無可奈何中寫一個總督交涉了半年多，方把犯官從租界提回，大可以快人心一下了。但等到犯官到極邊充軍後，又釋放回來，依然在故鄉大做紳士，人民又沒法奈何他，於是小說家只得用口誅筆伐的手法，在小說裏極力描寫他貪污所得的不義之財，一一給光棍和素日與狼狽為奸的在籍翰林（也就是當地大紳士）吞沒個一乾二淨，弄到他的妻兒都失了生活的倚靠，所謂「惡有惡報」是也。作者在當日只能用「報應」的方法來描寫，這樣才能滿足讀者的要求的。這也難怪，作者見到法律沒有懲治大人先生的力量，就只好出此了。

現在我來談談岑春煊怎樣收拾裴景福。裴景福被捕後，第二年（即光緒三十年，公元一九〇四年）便遵旨繳納罰金四萬元，又再繳股票衣物價值三萬元。岑春煊仍勒令他繳足十二萬元。是年三月，裴景福逃入澳門，幾經交涉，才於六月解回廣州。岑春煊又上奏清廷云：「因裴景福才足濟貪，平日彌縫，極為周密……程儀洛（案：廣東按察使）查得其收受盧華富等四案陋規賄賂有簿據者，總銀二十二萬四千二百餘元……相應請旨將已革南海縣知縣裴景福從寬發往新疆充當苦差，永不釋回。……」三月廿七日，裴景福由廣州出發，第二年四月八日到達烏魯木齊，巡撫魁聯聘他入幕府。到宣統初年，給事中李灼華上疏訟景福之冤，有旨交粵督張人駿查覆。這時候，裴景福的大敵岑春煊已失勢，隱居上海租界，他的家人代他運動，花一點錢，所謂「永不釋回」，只是官樣文章，他竟然釋回了。一回來後，他就卜居無錫，以金石書畫自娛。原來他在廣東做官時，恰值廣州大收藏家孔廣陶等人的遺物流出，有一部分被他以廉價購買，所以他收藏的書畫頗有精品，有《壯陶閣書畫錄》二十二卷，《壯陶閣字帖》六十四冊行世。一九五四年五月，他的姪子裴康侯還把他所藏的王石谷所畫的《黃河圖》、《運河圖》長卷捐給安徽省博物館籌備處，該館特發給他一筆獎金以資獎勵呢。

裴景福是安徽霍丘縣人，字伯謙，號睫闇，光緒十二年進士，在廣東做過陸豐、番禺、朝陽、南海各縣的知縣。民國三年（公元一九一四年）出任安徽省公署秘書長，政務廳廳長，一九二六年逝世，年七十二歲，能詩，著有《河海崑崙錄》等書。

溫月江義讓夫人

《怪現狀》描寫梁鼎芬的趣事有很多處，第二十四回寫他點了翰林，到福建打秋風；第六十一回，又寫「我」在上海也是園遇見了他；第一百零二回描寫得最為精采。

為甚麼吳沃堯對於他的鄉先輩梁鼎芬這樣不客氣呢？從前有些人說過，中法戰爭時，梁鼎芬上疏劾李鴻章，李氏子弟很恨他，但又如之奈何，只得拿金錢來賄吳沃堯，請他在小說裏罵罵梁鼎芬，聊以出氣。但我認為這是不可靠的，吳沃堯是一個具有正義感的人，他把金錢看得很輕，豈像洋場上那班下流文人見到金錢就好像如蠅赴羶的，來顛倒是非、製造謠言去中傷人的。作者寫梁鼎芬的趣事，不過是知得他的怪事太多，可以入《怪現狀》，便不免多說一點罷了。

書中第二十四回寫梁鼎芬事云：「繼之笑道：……有一個廣東姓梁的翰林……曾經上摺子參過李中堂（鴻章），非但參不動他，自己倒把一個翰林幹掉了。摺子上去，皇上怒了，說他末學新進，妄議大臣，交部議處，部議得降五品調用。我道：『編修降了五級，是個甚麼東西？』繼之道：『哪裏還有甚麼東西，明明是部裏拿他開心罷了！』我屈着指頭算道：『降級是降正不降從的，降一級便是八品，兩級九品，三級未入流，四級就是個平民。還有一級呢？哦，有了，平民之下，還有娼、優、隸、卒四種人，也算他四級，他那第五級，剛剛降到娼上，是個婊子了！』繼之道：『沒有男婊子的。』我道：『那麼就是王八。』」

梁鼎芬

這一段描寫得頗為輕薄，吳沃堯一支筆，很能描寫物情，而且形容得很生動活潑。梁鼎芬降官五級，實降為太常寺司樂。這個太常寺司樂是從九品的官兒，由正七品的翰林院編修降到從九品，正從並計，恰是五級，哪有不降從的？（案：《清史稿》梁鼎芬傳，只說他降五級，沒有指明降五級後是甚麼官。但梁氏死後的訃文，備列官銜，翰林院編修上即太常寺司樂，所以知道他是降到太常寺司樂了）。

鼎芬降級後，入鎮江的焦山讀書（現在焦山還有紀念他的地方，他還在焦山設置藏書樓，有功文化），時時到上海遊玩，所以作者在第六十一回說到在上海也是園見到他，「年紀不過三十多歲，留了一部濃鬍子，走起路來，兩眼望着天。」作者想起他在福建打秋風的情形，「此刻見了他的相貌，大約是色厲內荏的一流人了。」鼎芬一生虛偽造作之處甚多，但他那一次劾李鴻章主張對法議和，確是見得到，說得對，不能說他是色厲內荏的人。

第一百零一回寫梁鼎芬入焦山讀書，留下他的太太龔氏在北京，便發生了一樁桃色事件。這一回的上半回回目是「溫月江義讓夫人」，（這是暗射梁鼎芬。鼎芬字星海，「溫」對「涼」（梁），「月」對「星」，「江」對「海」，那是工整不過的）就是寫這件有趣的事。溫月江帶了家眷到北京會試，住在朋友家裏。「可巧這個朋友家裏，已經先住了一個人，姓武，名叫香樓，卻是一位太史公……溫月江出場之後……入到自己老婆房間內……誰知一腳才跨進房門口，耳邊已聽得一聲『哇！』溫月江吃了一驚，連忙站住了，抬頭一看，只見他夫人站在當路道：『你是誰，走到我這裏來？……』」接着就寫溫大人支使一班婢僕把溫月江打將出去，溫月江走到書房，「忽然看見武香樓從自己夫人臥室裏出來，向外便走。溫月江直跳起來，跑到院子外面，把武香樓一把捉住，嚇得香樓魂不附體……溫月江把他一把拖到書房……在護書裏取出一疊場稿來道：『請教請教，看還可以有望麼？』武香樓才把心放下，定一定神，勉強把頭場的文稿看了一遍，不住的擊節讚賞……及至三場的稿都讀完了，月江呵呵大笑道：『兄弟此時沒有甚麼望頭，只希望在閣下跟前，稱得一聲老前輩就夠了！』（伯雨案：入翰林院的進士，稱先入的翰林為老前輩）……」這是寫溫月江把夫人讓給武香樓的趣事。

這個武香樓就是文廷式。廷式字道希，號芸閣。作者以「武」對「文」，「香」對「芸」，「樓」對「閣」，正是虛實相稱的。書中說武香樓是溫月江的翰林前輩，那是作者故意這樣說的。其實梁鼎芬是光緒六年的翰林，文廷式是光緒十六年的翰林，梁比文入翰林早五科，可以稱得起是文的老前輩，但作者卻把事實顛倒過來，似乎是想使人看不出其中所指的是甚麼人。

梁鼎芬的太太讓給文廷式，這是一件千真萬確的事。馬敍倫先生的《石屋續瀋》（一九四八年九月十日，開始刊於香港《文匯報》）杭州閨秀詩一段有云：「世傳芸閣既以一甲第三名及第，即所謂探花也。梁節庵之妻意探花郎必美男子，投詩焉，芸閣遂與之私通。其實芸閣正是『不是君容生得好，老天何故亂加圈』之流也。不知此事是誣與否，若果然，則是裝點門面以自掩矣。」馬先生所說他們戀愛的事是真的，不過龔氏並非慕色，而是慕才。文芸閣的詩詞，在未入翰林前已名滿天下，慕才而戀愛，正是龔氏解放自己的表現。可惜七十年前離婚之事在士大夫看來是「離經叛道」的，否則他們正可以百年好合下去呢。（芸閣是以進士第二名及第，所謂榜眼，非探花。）

梁星海之妻龔氏是一個才女，詩詞都很好，民國初年商務印書館的小說月報曾刊過她很多詩詞。他們結婚於光緒六年八月。在科舉時代，少年入翰林而未娶者，成婚時，叫做「玉堂歸娶」，那是很難得的，就是皇帝也送給他宮花尺頭以為賀禮，在當時的讀書人看來是無上光榮的。李慈銘與鼎芬同在一年中進士，是年八月廿一日日記云：「同年廣東梁庶常鼎芬娶婦送賀。庶常年少有文而少孤，丙子舉順天鄉試，出湖南龔中書鎮湘之房。態有兄女亦少孤，育於其舅王益吾祭酒，遂以字梁。今年會試，梁出祭酒房，而龔升宗人府主事，亦與分校，復以梁撥入龔房。今日成嘉禮。聞新人美而能詩，亦一時佳話也。」九月三十日云：「為梁星海書楹聯，贈之句云：珠襦甲帳妝樓記；鈿軸牙籤翰苑書。以星海瀕行，索之甚力，故書此為贈，且舉其新婚館選二事，為助伸眉」。這是鼎芬少年玉堂花燭，為同時輩流艷稱的事。這次出京，他是和新夫人一起回鄉的。後來鼎芬入京供職，隔多五年降職出京了。他的太太怎樣和文廷式戀愛起來，現在已經很少人知道。李慈銘日記中，常有記友朋的軼事，可惜他最後六年的日記（光緒十五年下半年至光緒二十年十二月），已給樊樊山燬了，否則我們也許能在其中找到一點資料呢。

我曾問過廣東幾個留心朝野故事的老輩關於他們戀愛的事，但很少有人能說得出。一九五四年死去的一位金石家鄧爾雅先生說，鼎芬出京入焦山時，託文廷式照料他的太太，後來梁太太仰慕文氏的學問，才和他唱和以至戀愛起來。他們同居後，文廷式就寫了一封駢體文的信給鼎芬，爽直承認這件事。從此鼎芬就把太太無形中讓給了他。

到光緒廿二年，文廷式得罪了西太后，革職永不敍用，只得帶了她出京，流寓上海一帶，生活很苦。到鼎芬任武昌府知府時，龔氏一年總去找他三兩次，每次都有所獲。鄧先生說，他有親戚某君在鼎芬處當書啟，據說龔氏夫人每次到衙門，梁氏還照足待夫人之禮款待她，開了中門穿了公服去迎接。她住三五天就走了，臨走時，鼎芬必有餽贈，最後一次送的錢挺多，大約有一千兩，以後便不見她再來過了。

文廷式死於光緒三十年，他死後，龔氏夫人的下落如何我不大清楚。梁氏則死於民國八年（公元一九一九年），葬在河北省近着光緒帝的崇陵。他和龔夫人結婚的新居在北京東單牌樓，鼎芬題曰「棲鳳樓」，並請寓居廣州的安徽人黃牧甫刻「栖鳳樓」一印。後來在武昌做知府，榜其所居曰食魚齋。自撰聯云：「零落雨中花，舊夢難尋栖鳳宅；綢繆天下計，壯心銷盡食魚齋」，蓋往事不堪回首矣。